FRAUKE SCHEUNEMANN
Dackelglück

Frauke Scheunemann
Dackelglück

Roman

GOLDMANN

Sollte diese Publikation Links auf Webseiten Dritter enthalten,
so übernehmen wir für deren Inhalte keine Haftung,
da wir uns diese nicht zu eigen machen, sondern lediglich
auf deren Stand zum Zeitpunkt der Erstveröffentlichung verweisen.

Dieses Buch ist auch als E-Book erhältlich.

Verlagsgruppe Random House FSC® N001967

1. Auflage
Originalausgabe September 2018
Copyright © 2018 by Wilhelm Goldmann Verlag, München,
in der Verlagsgruppe Random House GmbH,
Neumarkter Str. 28, 81673 München
Gestaltung des Umschlags und der Umschlaginnenseiten:
UNO Werbeagentur, München
Umschlagmotiv: FinePic®, München
Redaktion: Marion Voigt
BH · Herstellung: kw
Satz: KompetenzCenter, Mönchengladbach
Druck und Bindung: CPI books GmbH, Leck
Printed in Czech Republic
ISBN: 978-3-442-20561-5
www.goldmann-verlag.de

Besuchen Sie den Goldmann Verlag im Netz

EINS

Herkules? Herkules!«
Luisas Stimme klingt erst freundlich einladend, dann
sehr bestimmt. Ich ignoriere es.

»Nun komm schon! Wir wollen doch Gassi gehen! Sei ein
guter Dackel und komm zu mir!«

Ich überlege kurz. Will ich überhaupt ein guter Dackel
sein? Dabei muss ich an Herrn Beck denken und wie der alte
Kater sich immer lustig darüber gemacht hat, dass ich bei
Wind und Wetter meine Runden durch den Park gedreht
habe. Ein vorsichtiger Blick aus meinem Versteck: Draußen
regnet es in Strömen. Ohne mich! Keine zehn Pferde bringen mich da raus – und erst recht nicht ein einzelner Teenager!

Luisas Füße tauchen vor dem Sofa auf, unter dem ich
mich verkrochen habe. Unschlüssig drehen sich ihre Schuhspitzen hin und her.

»Wo steckt der Kerl bloß?«, murmelt sie. »Der kann sich
doch nicht in Luft aufgelöst haben!«

Sehr richtig. Habe ich ja auch nicht. Aber unter dem Sofa,
das schräg gegenüber vor der Terrassentür steht, bin ich
trotzdem so gut wie unsichtbar. Es ist ein relativ neues Versteck, deswegen kennt es Luisa nicht und kommt gar nicht
auf die Idee, sich zu bücken und einfach mal weiter unten
nach mir zu suchen. Das gefällt mir ausnehmend gut.

Früher hatte ich nie ein Versteck. Ich bin überhaupt nicht

auf die Idee gekommen, dass es einen Sinn haben könnte, sich unter einen Sessel oder gar in eine Kiste zu quetschen. Im Gegenteil: Jedes Mal, wenn der dicke schwarze Kater voller Begeisterung in einen zufällig herumstehenden Karton oder Wäschekorb sprang, habe ich mich gefragt, ob der noch alle Latten am Zaun hat. Mittlerweile habe ich hingegen die Genialität dieser Aktionen erkannt: So hat man vor den Zweibeinern auch einfach mal seine Ruhe!

Mein kleines Dackelherz zieht sich zusammen. Ich hätte es nie für möglich gehalten, aber ich vermisse Herrn Beck so sehr, dass mir die Gedanken an ihn regelrechte Schmerzen verursachen. Immer wenn ich in den Garten laufe, denke ich, dass er im Schatten seines großen Lieblingsbaums sitzen müsse. Aber er sitzt dort nicht. Nie mehr. Es ist zum Heulen!

»Ha! Jetzt hab ich dich!«

Luisa langt unter das Sofa und zieht mich hervor. Offenbar habe ich nicht nur in Gedanken gejault, sondern auch tatsächlich. So ein Mist! Ich will nicht raus! Zappelnd versuche ich, mich aus Luisas Armen zu winden, aber ich habe keine Chance: Wie in einem Schraubstock klemme ich fest, es gibt kein Entkommen.

»Mann, Herkules, jetzt stell dich doch nicht so an! Ich will doch nur eine Runde mit dir spazieren gehen! Du warst heute noch gar nicht richtig draußen, was ist denn bloß los mit dir? Langsam glaube ich, seit der olle Kater gestorben ist, drehst du völlig durch!«

Wuhuuu! Wie redet sie über Herrn Beck? Seit wann ist Luisa so ein herzloses Gör? Empört heule ich auf und stoße mit meinen Pfoten in alle Richtungen – und dann zapple ich mich doch noch frei und kann von Luisas Arm springen. Kaum haben meine Pfoten den Boden berührt, sause ich auch schon davon und renne in Richtung Flur. Das allerdings ist eine ganz schlechte Idee, wie sich bald herausstellt, denn von dort kommt mir mit ausgebreiteten Armen das nackte Grauen entgegen: die Zwillinge von Caro und Marc, besser bekannt als Duo Infernale.

»Hundi! Hundi!«, kreischt Milla und versucht, mich einzufangen, während ihr Bruder Theo offenbar ein Kissen aus seinem Bett geschleppt hat, mit dem er mir nun den Fluchtweg verbauen will. Diese Rotznasen! Wie konnte mein Leben in den letzten Jahren nur so eine schlimme Wendung nehmen? Es war doch alles schön!

Ganz früher, da lebte ich friedlich mit meinem Frauchen Carolin in einer schönen Wohnung über ihrer Werkstatt, in der sie auch heute noch Geigen baut. Es war toll – Caro hatte mich aus dem Tierheim gerettet, wir hatten es richtig nett miteinander. Und weil ich ein sehr fürsorglicher Dackel bin, habe ich gleich noch den passenden Mann für mein Frauchen klargemacht: Marc, meinen Tierarzt. Der hat dann noch Luisa mitgebracht, seine süße kleine Tochter. Apropos: Hat jemand eine Erklärung dafür, wie aus diesem niedlichen Fratz so eine Monsterzicke werden konnte? Caro glaubt, dass es an einer Krankheit namens Pubertät liegt, die hoffentlich bald vorbeigeht. Allerdings dauert sie mittlerweile schon ganz schön lange. Aber man soll die Hoffnung nie aufgeben, sagt jedenfalls immer Oma Hedwig, Marcs Mutter. Und wenn die das sagt, muss es stimmen. Hedwig ist nämlich eindeutig unser Rudelchef, auch wenn Marc und Caro das nie wahrhaben wollen.

Warum sich Marc und Caro dann angesichts der Tatsache, dass Menschenkinder an so schlimmen Sachen wie Pubertät erkranken können, noch mehr Nachwuchs zugelegt haben, erschließt sich mir allerdings überhaupt nicht.

Erst bekamen sie nämlich zusammen Henri, und dann hatte Caro noch einen Zweier-Wurf: Milla und Theo. Seitdem wohne ich mit Sicherheit am lautesten Ort der Welt. Ein ständiges Geschrei und Türengeknalle ist das, und es sind bei Weitem nicht nur die Menschenjungen, die so viel Lärm machen. Manchmal, wenn Marc sehr erschöpft ist und die Kinder mal wieder gar nicht machen, was er sagt, dann kann er ganz schön rumbrüllen. Die Kinder machen dann zwar immer noch nicht, was er sagt – aber immerhin ist er selbst dann wieder richtig wach.

Richtig wach bin ich zum Glück gerade auch, denn jetzt kann ich mich nur mit einer pfeilschnellen Reaktion davor retten, von Milla und Theo eingefangen zu werden. In letzter Sekunde entwische ich durch eine Lücke zwischen Wand und Kissen und hechte durch die Haustür, die einen Spalt offen steht. Puh! Gerade noch mal davongekommen!

»O Gott, Herkules! Was ist denn mit dir los?«

Im wilden Schweinsgalopp habe ich Hedwig übersehen, die anscheinend gerade im Begriff ist, uns zu besuchen. Bremsen kann ich so schnell nicht mehr, also pralle ich aus vollem Lauf gegen ihre Beine. Rums! Ich fliege auf die Nase und bleibe neben Hedwigs Füßen liegen.

»Will niemand mit dir spazieren gehen, du Armer?« Hedwig bückt sich und streichelt mir über den Kopf. »Ist auch wirklich ein furchtbares Wetter da draußen.« Sie seufzt. »Aber es hilft nichts – wenn der Dackel rausmuss, muss der Dackel raus. Ich drehe ein Runde mit dir, mein Süßer!«

Was? Wuff! Nein! Was für ein schlimmes Missverständnis! Ich will doch gar nicht raus! Aber zu spät – Hedwig nimmt mich auf den Arm und geht in den Wohnungsflur zur Garderobe, wo die Hundeleine hängt.

»Hallo, Kinder!«, ruft Hedwig in Richtung Wohnzimmer. »Oma ist hier. Ich gehe kurz eine Runde mit Herkules, der ist schon ganz unruhig.« Und bevor die Horrorzwillinge oder Luisa noch etwas dazu sagen können, marschiert sie auch schon wieder mit mir aus der Wohnung und die Treppe zum Hauseingang hinunter, direkt an der Tür von Marcs Praxis vorbei und raus aus dem Haus.

Draußen peitscht uns der Regen regelrecht entgegen. Hedwig setzt mich wieder auf den Boden und holt einen kleinen Regenschirm aus ihrer Handtasche. Während ich also schon nach einem halben Meter von oben bis unten klitschnass bin, bekommt Hedwig höchstens feuchte Schuhe. Das Leben kann so ungerecht sein!

»Tja, Herkules, jetzt schau dir das an: Sommer in Hamburg!« Sie schüttelt den Kopf. »Nur gut, dass ich noch gekommen bin, sonst hättest du wahrscheinlich den ganzen Tag im Haus verbringen müssen!«

Jaul! Und was wäre das für eine schöne Vorstellung gewesen! Ich hätte einmal kurz im Garten an einen Baum gepinkelt und mich wieder in mein kuscheliges Hundekörbchen gelegt!

»Aber so sind Teenager nun mal, Herkules: Leben nur im Hier und Jetzt, ohne Sinn für ihre Pflichten.« Wieder ein Seufzen, mehr sagt sie nicht dazu, und ich wundere mich. *Leben nur im Hier und Jetzt?* Na, logisch! Wo denn sonst? In der Vergangenheit kann man doch gar nicht leben – und in der Zukunft erst recht nicht. Also, falls das ein Vorwurf an Luisa sein sollte, dann verstehe ich ihn nicht. Die Sache mit dem Sinn für Pflichten verstehe ich allerdings schon – auch mein Züchter, der alte Herr von Eschersbach, war der Meinung, dass die Jugend von heute überhaupt nichts mit Pflichterfüllung am Hut hat. Ob das stimmt, weiß ich natürlich nicht. Aber in meinem alten Leben *vor* Caroline und

Marc, als ich nicht Herkules, sondern Carl-Leopold von Eschersbach hieß, wurden Pflichten sehr ernst genommen. Zum Beispiel die Pflicht, seinem treuen Dackel jeden Morgen eine Portion frisch gekochten Pansen zu servieren! Das waren noch Zeiten, wuff!

Ein Fenster im ersten Stock wird geöffnet, Caro schaut heraus.

»Hedwig? Wo willst du denn hin? Ich muss gleich los!«

Aha! Die arme Hedwig sollte offenbar auf den Nachwuchs des Grauens aufpassen. *Babysitting* nennen Caro und Marc das, was die reinste Beschönigung ist, weil Theo und Milla ja gar keine kleinen niedlichen Babys mehr sind, sondern wahnsinnig schlecht erzogene Kleinkinder. Gut, man könnte einwenden, dass ich keine Ahnung von Menschenkindererziehung habe und mir demzufolge auch kein Urteil darüber erlauben darf, ob die nun gut oder schlecht ausgefallen ist. Das ist mir aber schnurzpiepe – denn wer mich am Schwanz zieht, um mich zu ärgern, oder mir sogar die Fleischwurst aus dem Napf klaut, um sie selbst zu futtern, der hat nach meinen Maßstäben einfach eine grottenschlechte Kinderstube. Die einzige Hoffnung, die noch besteht, liegt darin, dass Menschenkinder so wahnsinnig lange brauchen, um groß zu werden. Vielleicht kriegt jemand wie Hedwig das mit der Erziehung dann ja noch hingebogen.

Die ist mittlerweile stehen geblieben und schaut nach oben zu Caro.

»Na ja, Herkules hatte ein dringendes Bedürfnis, aber bei euch kümmert sich ja leider überhaupt niemand um den armen Hund. Zumindest die Kinder könntest du doch dazu anhalten, regelmäßig mit Herkules Gassi zu gehen. Die müssen doch mal lernen, was Verantwortung heißt! Ich drehe schnell eine Runde mit ihm, dann bin ich gleich wieder da.«

Uiuiui! Selbst von hier unten kann ich riechen, dass Caro gerade richtig sauer wird. Ich fühle mich schlecht – das ist alles meine Schuld!

»Hedwig! Wir kümmern uns immer um Herkules! Und ich muss jetzt dringend in die Werkstatt. Also komm bitte rein. Oder nein: Ich komme jetzt runter, nehme Herkules und laufe mit ihm in die Werkstatt. Dann hat er seinen Spaziergang, und ich schaffe es noch halbwegs rechtzeitig zu meinem Termin.«

Hedwig zuckt mit den Schultern.

»Wenn denn dein Termin nicht mal zehn Minuten warten kann ...«

Dazu sagt Caro nichts mehr. Ihr Kopf ist schon aus dem Fenster verschwunden, und keine Minute später steht sie neben uns vor der Haustür im Regen.

»Na endlich! Ich dachte schon, du kommst gar nicht mehr!«

Daniel klingt sehr vorwurfsvoll, als Caro und ich in der Werkstatt auftauchen. Er ist Caros Freund und Kollege, gemeinsam bauen sie Geigen und Bratschen und was sonst noch so schrille Töne von sich gibt. Daniel war sehr lange in Caro verliebt, aber weil das immer nichts wurde, war er zwischendurch mit der verrückten Aurora und der noch verrückteren Claudia zusammen. Auf der Hochzeit von Marc und Caro hat er dann aber für mich völlig überraschend Caros beste Freundin Nina geküsst. Seitdem sind die beiden ein Paar, auch wenn sie nicht zusammen-, sondern übereinander wohnen. Ninas Wohnung ist die alte von Caro direkt über der Werkstatt, Daniels noch ein Stockwerk weiter.

»Tut mir leid. Mein Babysitter hat sich verspätet. Besser gesagt, er war damit beschäftigt, mir wertvolle Erziehungstipps zu geben.«

Daniel lacht.»Ach, Hedwig hütet ein?«

Caro nickt.»Ja. Während Herr Doktor Wagner sich auf irgendeinem windigen Kongress herumtreibt, habe ich jetzt auch noch seine Mutter am Hals.« Caro stöhnt dramatisch. »Komm schon, sie hilft dir doch. Und erinnere dich daran, als Luisa auf Henri und die Zwillinge aufgepasst hat. Danach war eine Kernsanierung fällig.«

Wuff! Ich weiß zwar nicht, was *Kernsanierung* bedeutet, aber an *den* Tag kann ich mich noch gut erinnern. Luisa hatte extra ein Spiel besorgt, um ihre kleinen Geschwister etwas zu beschäftigen. *Paintball* oder so ähnlich hieß das. Das ging dann leider richtig nach hinten los. Ich mache es kurz: Als Caro und Marc wieder nach Hause kamen, war alles in einen wilden Farbmix getaucht – die Wände, die Böden – selbst ich, der Dackel. Seitdem hat Luisa nie wieder allein auf Henri, Milla und Theo aufgepasst.

Offenbar muss Caro auch gerade an diesen Tag denken, denn sie verzieht das Gesicht, als ob sie auf eine Zitrone gebissen hätte.

»O Gott, erinnere mich bloß nicht daran! Okay, so schlimm ist Hedwig vielleicht doch gar nicht. Und ich bin auch noch rechtzeitig, oder?«

»Ja, ja, die Kunden sind noch gar nicht da.«

»Familie Papadopoulos – woher kennst du die eigentlich?«, will Caro wissen. Daniel runzelt die Stirn.

»Ich kenne die gar nicht. Ich dachte, die kämen über dich.«

Caro schüttelt den Kopf.»Nein. Ich kenne niemanden, der uns beauftragen würde, eine so teure Geige für ihn zu suchen. Leider!«

»Hm, seltsam. Ich hätte schwören können, die Empfehlung kam über dich. Aber egal, wir werden einfach mal fragen, wenn sie gleich kommen.«

»Bloß nicht!«, lacht Caro. »Nachher stellt sich heraus, dass es eine Verwechslung war und die einen ganz anderen Geigenbauer beauftragen wollten!«

Gähn. Geigen. Kunden. Papando... wie bitte heißen die? Wurscht. Im wahrsten Sinne. Gibt es hier denn gar nichts für mich zu fressen? Ich muss irgendwie auf mich aufmerksam machen. Und dann tue ich das, was normalerweise völlig unter meinem Niveau ist, womit ich meine Menschen aber mit Sicherheit sofort kriege: Ich laufe zu Caros Werkbank, die vor dem großen Terrassenfenster steht – und hebe mein Bein.

Sofort ist Caro zur Stelle!

»Sag mal, spinnst du jetzt völlig, Herkules!«, schimpft sie und fuchtelt mit ihrem Zeigefinger vor meiner Nase rum. »Wie kann ein gestandener Dackelmann wie du hier auf einmal meine Möbel anpinkeln? Ich war doch gerade mit dir draußen. So eine Schweinerei! Du bist doch kein Welpe mehr!«

Ja, ja, reg du dich nur auf, liebe Caro! Wenn du wüsstest, wie es in meinem kleinen Dackelherzen aussieht, würdest du dich wundern, dass ich nicht schon wieder angefangen habe, wie ein Welpe Schuhe anzunagen. Daniel kommt mit einem Stück Küchenpapier, beugt sich zu mir herunter und wischt die Pfütze auf.

»Was ist bloß los mit dir, Herkules? Willst du mehr Beachtung?«, murmelt er. Und dann, an Caro gewandt: »Ich finde, seit der alte Kater tot ist, wirkt Herkules irgendwie verändert. Ich glaube, dass er sehr um ihn trauert.«

Caro guckt immer noch böse. »So, meinst du? Am Ende hat Herkules ein posttraumatisches Belastungssyndrom, oder wie? Ne, ne, ich glaube eher, der hat 'ne schwache Blase. Ist vielleicht langsam auch ein älterer Herr.«

Wuff! Bei meiner Lieblingsfleischwurst! So eine Frechheit! Zur Strafe hebe ich noch mal das Beinchen – aber diesmal direkt an Carolins Schuhen!

ZWEI

Nina, kann Herkules bei dir bleiben?«, bittet Daniel seine Freundin und schenkt ihr einen treuherzigen Dackelblick, wie ihn eigentlich nur ich hinbekomme. »Er ist momentan irgendwie neben der Spur. Hat gerade schon unten gegen die Werkbank und anschließend Caro auf den Schuh gepinkelt.«

Ninas Augenbrauen wandern nach oben, während sie mich nachdenklich mustert.

»Dabei ist er doch schon seit Jahren stubenrein«, murmelt Caro, die neben Daniel auf Ninas Fußmatte steht. »Könnte eine Art Rebellion sein oder so was Ähnliches wie ein posttraumatisches Belastungssyndrom. Er scheint den Kater ziemlich zu vermissen.«

Durch diese, wie ich finde, von Caro ziemlich spöttisch ausgesprochene Bemerkung ist natürlich sofort Ninas Psychologinneninteresse geweckt. Bevor ich es irgendwie verhindern kann, hat sie sich zu mir heruntergebeugt und mich fest an sich gedrückt. Hey, lass mich! Caro hat doch bestimmt nur einen Witz gemacht!

Ich will rebellieren. Ich will das wirklich nicht. Ich will nach Hause in mein gemütliches Körbchen. Wuff!

Doch als ich schließlich ihren warmen Körper an meinem fühle und ihren gleichmäßigen Herzschlag, da wird mir tatsächlich irgendwie ganz posttraumatisch zumute. Was auch immer das eigentlich bedeutet. Auf jeden Fall grummelt es in meinem Magen, als hätte ich eine übergroße Portion Pansen gefressen.

»Wir erwarten doch jeden Moment diesen wichtigen Kunden«, fährt Daniel fort. »Papadopoulos. Ich habe dir von ihm erzählt.«

Nina nickt. Auch wenn sie nicht den Eindruck erweckt, dass sie sich großartig für diesen angeblich so wichtigen Kunden interessiert. Sehr zu Daniels Leidwesen, weiß ich, weil er es ihr bestimmt schon tausendmal gesagt hat. Nina und er sind zwar ein Paar, und das schon seit über fünf Jahren, doch eben nicht so sehr Paar, wie Daniel sich das wünscht. So richtig mit einer gemeinsamen Wohnung und Kindern und jeden Abend zusammen auf dem Sofa sitzen, eben genau so, wie es zu Hause bei Caro und Marc zugeht.

Dabei ist er viel besser dran, möchte ich ihm am liebsten sagen. So ein Chaos und Geschrei kann sich nämlich freiwillig keiner wünschen.

»Ja, klar doch, ich kümmere mich gerne um Herkules«, erklärt Nina. Und dann ringt sie sich noch »Viel Glück für euren Geschäftstermin« ab.

Während sich Caro und Daniel sichtlich erleichtert, mich losgeworden zu sein, zurück in ihre Werkstatt verdünnisieren, trägt Nina mich rüber ins Wohnzimmer, wo wir zusammen aufs Sofa sinken.

Ich schaue mich um. Kein Herr Beck und natürlich auch längst keine Cherie mehr, die inzwischen wieder bei Claudia, Daniels Exfreundin, lebt. Cherie ist eine wunderschöne Retrieverhündin, in die ich mich auf den ersten Blick verliebt habe. Bei ihr hat es etwas länger gedauert, aber irgendwann hat sie eingesehen, dass ich genau der Richtige für sie bin. Umso größer war mein Glück, als Claudia sie nach der Trennung von Daniel nicht mehr haben wollte und Daniel mit Cherie in das Haus von Caros Werkstatt gezogen ist. Und umso größer war dann leider auch mein Unglück, als Claudia eines Tages so ganz und gar ohne vorherige Ankündigung bei Daniel vor der Tür gestanden und die Herausgabe ihrer Hündin gefordert hat. Daniel ist erst ganz grün vor Schreck und dann vor Wut geworden – aber er konnte anscheinend nichts machen, weil Claudia so einen Wisch dabeihatte. *Kaufvertrag vom Züchter!* – hat sie immer wieder gerufen und damit vor Daniels Nase hin- und hergewedelt. Ich hab's zwar nicht live miterlebt, aber Caro. Die hat es dann später Marc erzählt, und der war sich wie alle anderen sicher, dass Claudias plötzlich wiedererweckte Cherie-Liebe bestenfalls ein später Racheakt an Daniel war.

Verstehe einer die Menschen. Was kann denn bitte schön die arme Cherie dafür, dass Daniel lieber mit Nina zusammen sein möchte? Und warum hat Claudia dann erst ihre Hündin bei Daniel gelassen, um sie später einfach abzuholen, völlig ungeachtet, wie es Cherie damit geht? Die wäre nämlich viel lieber bei Nina, Herrn Beck und vor allem bei mir geblieben.

Ich weiß, ich wiederhole mich: Verstehe einer die Menschen!

Noch niemals zuvor ist mir Ninas Wohnung so leer vorgekommen. So trostlos. So zum Jaulen.

»O weh, Herkules, mein Guter. Du scheinst ja wirklich richtig schlimmen Kummer zu haben«, wispert Nina mitleidig und tätschelt mir tröstend den Kopf.

Jaul, ja, so ist es!

»Fehlt dir Herr Beck?«, fragt sie.

Ich neige den Kopf leicht nach links, und Nina nickt mit zusammengepressten Lippen.

»Mir auch, Herkules, mir auch«, seufzt sie. »Erst Cherie

und nun auch noch der alte Kater. Aber so ist das Leben nun mal, ein Kommen und Gehen …«

Eine Weile sitzen wir einfach nur so da und erinnern uns an Herrn Beck. Also, ich tue das zumindest. Dass Nina ebenfalls an den alten Kater denkt, kann ich nur vermuten, weil sie immer wieder leise seufzt.

»Vielleicht sollte ich mir eine neue Katze kaufen«, überlegt Nina laut. »Oder noch besser, so ein armes Seelchen aus dem Tierheim holen.«

Wie bitte? Habe ich das gerade richtig verstanden? Nina meint, sie könnte Herrn Beck einfach gegen eine neue Katze austauschen? Spinnt die? Herr Beck ist nicht zu ersetzen. Er – er ist … war einmalig!

»Das wäre für dich bestimmt auch gut, weil du dann nicht mehr ständig an Herrn Beck denkst. Was meinst du, Herkules, soll ich morgen gleich mal im Tierheim anrufen?«

Wuff! Nein! Das sollst du nicht!, kläffe ich empört.

Doch Nina liegt noch falscher als sonst und grinst mich schief an. »So, so, du findest meinen Vorschlag also richtig gut. Möchtest am liebsten mit ins Tierheim kommen, was?«

Nein! Bestimmt möchte ich das nicht!

»Okay, dann rufe ich morgen früh da gleich mal an. Ob du jedoch mitdarfst, das kann ich dir nicht versprechen, Herkules. Die haben da bestimmt jede Menge Auflagen, und vielleicht kriegt die eine oder andere Katze einen Schock, wenn plötzlich ein Hund im Katzengehege auftaucht.« Nina lacht, und ich knurre.

Bei meinem Lieblingskauknochen, ich habe nicht das geringste Interesse daran, sie ins Tierheim zu begleiten, denn ich habe nicht das geringste Interesse daran, irgendeine andere Katze kennenzulernen. Beck ist durch nichts und niemanden zu ersetzen!

Leise vor mich hin knurrend drehe ich ihr mein Hinterteil zu und rolle mich zu einer Kugel zusammen, wie Herr Beck es immer getan hat. Hier auf dem Sofa. Genau an dieser Stelle. O weh, schon wird mir das Dackelherz wieder schwer! Ich hätte wirklich nicht gedacht, niemals, dass mir der alte Zauselkater so sehr fehlen würde.

Ich muss eingenickt sein, denn als ich mich auf dem Sofa entrolle, meine Vorderpfötchen ausstrecke, da kommen Caro und Daniel gerade ins Wohnzimmer geschlendert. Sie strahlen um die Wette.

»Ich kann es noch gar nicht richtig fassen«, meint Daniel. »Dieser Auftrag, das ist der absolute …«

»…Jackpot«, fällt Caro ihm ins Wort und knufft ihm freundschaftlich den Ellbogen in die Seite. »Du wiederholst dich.«

»Nun setzt euch doch erst mal und trinkt ein Glas mit mir und erzählt ganz in Ruhe«, schlägt Nina vor.

Caro nickt. Doch dann fragt sie: »Habt ihr schon gegessen? Ich nämlich nicht. Und jetzt habe ich einen Mordshunger.«

»Ich könnte auch was vertragen«, stimmt Daniel ihr zu.

»Was haltet ihr davon, wenn wir uns was bestellen? Vielleicht beim Inder?«

Nina schiebt die Unterlippe vor. »Nee, auf Essen vom Inder steh ich heute überhaupt nicht. Und außerdem will ich nicht ständig bestellen. Aber wir können doch zusammen kochen. Was haltet ihr davon?«

»Superidee«, freut sich Caro. »Das haben wir schon eine halbe Ewigkeit nicht mehr gemacht.«

Auch Daniel ist mit Ninas Vorschlag einverstanden und haucht ihr einen schnellen Kuss auf die Wange. »Ich freue mich«, sagt er leise und blickt ihr fest in die Augen.

Nina dreht sich von ihm weg, und Daniels Mundwinkel ziehen sich nach unten.

Doch lange bleiben sie da nicht, denn Caro hakt sich bei ihm unter. »Nina, du hättest sehen sollen, wie dieser reiche Reeder Papadopoulos an Daniels Lippen gehangen hat. Egal was Daniel gesagt oder gefordert hat, er hat ihm versichert, dass er ihm völlig freie Hand lassen würde.«

Caro ist völlig aus dem Häuschen. So euphorisch habe ich sie ewig nicht mehr gesehen.

»Uns!«, korrigiert Daniel sie. »Wir haben den Auftrag gemeinsam bekommen, Caro.«

Caro schenkt ihm ein Lächeln, und auch wenn ich Marc wirklich gerne mag – außer natürlich, wenn er meint, es sei mal wieder Zeit für meine alljährliche fiese wie hinterhältige Impfungsspritze –, frage ich mich immer noch, warum aus den beiden nie ein Paar geworden ist. Daniel hatte den einen oder anderen Anlauf unternommen, aber laut Herrn Beck war er einfach zu nett, und Menschenfrauen mögen keine netten Männer. Also, als Partner. Als Kumpel mögen sie sie schon. So jedenfalls die Theorie des alten Katers, und ich frage mich oft, ob da nicht sogar ein Fünkchen Wahres drinsteckt. Obwohl Marc natürlich auch sehr nett ist. Wie gesagt: außer er will mich impfen!

»Wollen wir Spaghetti mit grünem Pesto machen?«, schlägt Nina vor. »Ich habe sogar frischen Parmesan da, und für einen kleinen Salat reichen die Zutaten auch noch.«

Caro nickt, und Nina macht sich daran, einen großen und einen etwas kleineren Topf aus dem Schrank zu holen.

Daniel öffnet die Kühlschranktür. »Bier oder lieber ein Glas Rotwein?«, fragt er Caro. »Du bleibst bei Rotwein, nehme ich an?«, möchte er von Nina wissen.

Nina nickt, und Caro findet: »Sekt wäre mir eigentlich

gerade lieber. Schließlich gibt es ja etwas zum Feiern. Hast du zufällig eine Flasche da, Nina?«

Nina schüttelt den Kopf. »Tut mir leid, damit kann ich nicht dienen.«

Caro überlegt, und damit ist sie nicht allein. Ich überlege nämlich auch schon die ganze Zeit. Irgendetwas ist anders, seitdem Caro und Daniel aus der Werkstatt zurück sind. Irgendwas hängt mir in der Nase. So ein Geruch, er pappt an ihren Klamotten und kommt mir irgendwie bekannt vor. Eine blasse Erinnerung umweht mich, irgendetwas ganz weit Entferntes, und wenn mich mein Dackelinstinkt nicht täuscht, keine gute Erinnerung.

»Dann laufe ich schnell runter zum Kiosk und kaufe eine Flasche«, erklärt Caro und ist schon auf dem Weg zur Wohnungstür.

»Warte, Caro, wir haben unten in der Werkstatt noch eine Flasche stehen. Frau Keller hat sie mitgebracht, als sie ihre restaurierte Geige abgeholt hat.«

Caro bleibt überrascht stehen. »Die geizige Keller hat uns Sekt geschenkt?«

Daniel grinst. »So ist es. Um anschließend mit mir um den Rechnungsbetrag zu feilschen.«

»Du hast dich doch aber hoffentlich nicht weichkochen lassen?«

Daniel schüttelt den Kopf. »Nö. Ganz im Gegenteil. Ich habe ihr sogar noch Politur aufgeschwatzt.«

»Wow, du bist ja ein echtes Verkaufstalent«, lacht Caro und zwinkert ihm zu.

Kaum hat Daniel die Wohnungstür hinter sich zugezogen, da motzt Caro Nina vorwurfsvoll an. »Sag mal, warum bist du denn so abweisend zu Daniel?«

»Bin ich doch gar nicht«, behauptet Nina und verschwindet mit dem Oberkörper im Unterschrank, um irgendetwas hervorzukramen.

Caro lässt sich davon jedoch nicht abhalten und redet weiter auf Nina ein. »Und ein bisschen freuen könntest du dich gefälligst auch mal für uns. Wir haben gerade einen wirklich großen Fisch an Land gezogen. Diese griechische Reederfamilie möchte eine exquisite Instrumentensammlung aufbauen und ist bereit, dafür richtig viel Geld auszugeben. Daniel und ich sollen für sie nach den geeigneten Instrumenten suchen, sie begutachten, den Preis verhandeln, und dafür werden wir dann fantastisch bezahlt. Nina, so einen Auftrag hatten wir noch nie. Ich kann es gar nicht fassen …« Sie stockt, und als Nina endlich wieder auftaucht, umfasst sie ihre Schultern und zwingt sie, ihr direkt ins Gesicht zu gucken. »Was ist los, Nina?«

Nina seufzt. »Ach … eigentlich nichts Besonderes«, versucht sie immer noch auszuweichen. »Ich bin traurig wegen Herrn Beck und überhaupt. Daniel ist momentan so anhänglich. Er redet ständig vom Zusammenziehen und so.«

Caro macht große Augen. »Aber Nina, ihr seid seit fünf Jahren ein Paar. Da ist es doch nur logisch, dass ihr irgendwann auch mal den nächsten Schritt macht. Der doch auch kein so riesiger Schritt wäre: Immerhin wohnt Daniel in der Wohnung über dir und ist fast ständig hier. Wovor hast du denn Angst? Daniel und du, das klappt doch prima. Ihr seid füreinander geschaffen.«

Bevor Nina antworten kann, ist Daniel zurück. »Hm, leider ziemlich billiger Fusel, hab ich gerade festgestellt«, sagt er mit Blick auf die Sektflasche. »Aber zum Anstoßen reicht's.«

»Ausgezeichnet!«, ruft Caro und klingt dabei irgendwie schuldbewusst.

Daniel guckt erstaunt. »Ist was passiert?«

»Nö. Was soll denn passiert sein? Du warst doch nur ganz kurz weg.« Caro lacht übertrieben. »Außer natürlich, dass wir einen sensationellen Auftrag bekommen haben.«

Nun guckt Daniel noch skeptischer. Doch Caro verdonnert ihn zum Tischdecken, und kurz darauf sitzen die drei bei Spaghetti, Salat, eklig süßem Sekt (findet jedenfalls Caro) und dem Rest Rotwein zusammen. An mich hat übrigens keiner gedacht. Aber wenn ich ehrlich bin, dann habe ich eh keinen Appetit. Dieser seltsame Geruch, der Caro und Daniel umweht, und die Herr-Beck-leere Wohnung, das alles zusammen ist mir irgendwie auf den Magen geschlagen.

»Was für ein Tag. Erst fängt er mal wieder völlig chaotisch an, und dann kommt am Ende doch noch so etwas Gutes wie dieser Papadopoulos-Auftrag dabei heraus. Und nun sitze ich hier mit euch beiden, und wir plaudern ganz entspannt über alte Zeiten. Hm … wie ich das gerade genieße.« Caro seufzt zufrieden, während sie sich weit auf ihrem Stuhl zurücklehnt. »Und diese himmlische Ruhe.«

Ihre Stimme klingt irgendwie komisch. Ich glaube, sie hat einen kleinen Schwips. Kein Wunder, von der zweiten Rotweinflasche, die Daniel beim Essen noch aufgemacht hat, hat Caro allein drei Gläser getrunken.

Ninas Stimme hört sich ähnlich schwer an, aber auch ein bisschen zynisch. »Und das aus deinem Mund«, wundert sie sich. »Normalerweise gehst du doch ganz und gar in deinem trubeligen Großfamilienleben auf.«

»Und was ist daran so verkehrt?«, will Daniel wissen und schaut Nina herausfordernd ins Gesicht.

Nina verschränkt die Arme vor der Brust. »Nichts! Nur eben jeder so, wie er es für sich meint.«

»Hach«, macht Caro. »Nun streitet bloß nicht. Ich war gerade so froh, dass ich mal an einem Tisch sitzen kann, an dem nicht gestritten wird. Ihr habt ja überhaupt keine Ahnung, wie stressig mein Leben als Working Mum manchmal ist.«

»Du hast doch Hedwig, und deine Arbeitszeit kannst du dir flexibel einteilen. Luisa ist auch schon fast erwachsen und hilft dir, wo sie kann«, behauptet Nina. »Marc hat seine Praxis im Haus und steht ebenfalls ständig zur Verfügung, wenn es mal brennt. Echt, Caro, dein Gejammer hört sich in meinen Ohren irgendwie nach Luxusproblemen an.«

Caro entgleiten sämtliche Gesichtszüge. »Luxusprobleme?«, krächzt sie fassungslos. »Du kannst ja gerne mal mit mir tauschen.«

»Ha!« Nina lacht laut. »Auf gar keinen Fall! Vier Gören, das wäre mein Untergang! Da lege ich mir lieber zehn neue Katzen zu! Niemals würde ich mit dir tauschen wollen!«

Daniel zieht mit dem Zeigefinger unsichtbare Kreise auf der Tischplatte, bevor er den Kopf hebt. »Ich schon. Ich würde sehr gern tauschen. Das wäre mein Traum.«

Nina stöhnt theatralisch auf. »O nein, jetzt fang bitte nicht wieder damit an!«, fährt sie Daniel an. »Du kennst meine Meinung dazu!«

»Ach so, und deine Meinung ist die einzige, die zählt?«, hält Daniel dagegen. »Und deshalb habe ich mich zu fügen und einfach schön die Klappe zu halten?«

Betrübt verzieht Caro das Gesicht. »Jetzt streitet doch bitte nicht. Es war doch gerade so … friedlich.«

»Das Leben ist aber nun mal kein Ponyhof«, blafft Nina sie an und steht abrupt vom Tisch auf.

»Stimmt!«, motzt Daniel und folgt ihrem Beispiel. »Auf einem Ponyhof gibt es nämlich in der Regel Kinder. Die du,

Nina, ja auf gar keinen Fall haben möchtest. Und erst recht nicht mit mir!«

»Du wünschst dir Kinder?« Caro schaut Daniel mit großen Augen an.

Er zuckt mit den Schultern. »Was ist falsch daran?«

Caro schüttelt den Kopf. »Nichts. Absolut gar nichts. Ich – ich find's toll.«

»Hallo! Caro! Darf ich dich daran erinnern, dass du dich gerade eben noch über deine nervige Großfamilie bei uns beschwert hast«, motzt Nina, »wie stressig dein Leben ist und wie dankbar und erleichtert du bist, dem Chaos mal zu entkommen?«

Nun steht auch Caro vom Tisch auf. Ich schätze, der gemeinsame Abend nähert sich dem Ende.

»Nina, ich habe mich nicht beschwert. Ich habe nur angedeutet, dass ich manchmal ziemlich viel um die Ohren habe und es schön ist, mal wieder einen Abend mit Freunden zu verbringen. Aber weißt du, für nichts in der Welt würde ich mein Familienleben gegen ein anderes eintauschen wollen.«

»Schön für dich.« Nina bleibt bockig. »Aber wie bereits erwähnt, jeder so, wie er meint.« Geräuschvoll beginnt Nina den Tisch abzuräumen. Sie knallt die Teller so heftig in die Spüle, dass ich sicherheitshalber den Kopf einziehe.

»Lass es, Caro, es bringt nichts«, brummt Daniel enttäuscht.

Nina knallt den nächsten Teller in die Spüle, stemmt beide Hände in die Seiten und funkelt Caro und Daniel wütend an. »Wenn ihr beide euch doch mal wieder so einig seid, warum um alles in der Welt seid ihr dann nicht zusammen, hä?«

Caro schnappt empört nach Luft. Doch bevor sie Nina selbst anmotzen kann, ist ihr Daniel zuvorgekommen.

»Mir reicht's, ich geh!«, erklärt er und verlässt die Wohnung. Die Tür knallt ins Schloss, und Caro sieht Nina kopfschüttelnd an.

»Ich geh jetzt besser auch. Sonst sag ich noch etwas, was ich morgen bitter bereue.«

Kurz darauf trabe ich neben der leise vor sich hin schimpfenden Caro durch den Nieselregen. Ich frage mich, was Herr Beck zu diesem Theater wohl gesagt hätte. Vielleicht gar nichts, sondern nur den Kopf geschüttelt. Manchmal sagt das mehr als tausend Worte.

DREI

Als wir wieder zu Hause ankommen, hat sich Caro einigermaßen beruhigt. Sie murmelt zwar noch ab und zu etwas vor sich hin, was wie *Blöde Kuh* und *Ichbezogene Tussi* klingt, aber sie zieht nicht mehr ganz so ungnädig an meiner Leine. Ein gutes Zeichen! Bevor Caro die Wohnungstür aufschließen kann, hat uns Hedwig schon geöffnet.

»Meine Güte, das hat aber gedauert!« Marcs Mutter klingt vorwurfsvoll. Sie lässt uns vorbeigehen, Caro hängt ihre Jacke an die Garderobe, geht ins Wohnzimmer und setzt sich auf das Sofa. Hedwig pflanzt sich daneben, offenbar will sie sich noch ein bisschen mit Caro unterhalten. Oder ihr noch ein bisschen Vorhaltungen machen. Das weiß man bei Hedwig nie so genau.

»Wirklich, ich hatte eher mit dir gerechnet. Henri wollte dir noch irgendetwas erzählen, aber der schläft jetzt natürlich längst.«

»Ich hab doch gesagt, dass wir im Anschluss noch ein Glas Wein trinken. Du hast gesagt, das wäre in Ordnung«, verteidigt sich Caro.

»Na ja, aber ich dachte trotzdem, du bist spätestens um neun Uhr wieder da. Jetzt ist es schon fast elf, und immerhin ist morgen Schule!«

»Entschuldige, Hedwig, aber falls es dir entgangen ist: Ich gehe gar nicht mehr zur Schule«, kichert Caro.

»Wie du meinst. Ich bin früher immer eine Stunde vor

Marc und Reinhard aufgestanden, um meinen Lieben ein schönes Frühstück zuzubereiten. Dann habe ich Reinhard rechtzeitig in die Praxis und Marc in die Schule geschickt. Wenn ich da so spät ins Bett gegangen wäre, wäre ich am nächsten Morgen ja todmüde gewesen.«

Caro zuckt mit den Schultern. »Ich bin sowieso immer müde. Milla und Theo kommen fast jede Nacht noch in unser Bett, während Henri abends gar nicht schlafen will – wenn ich erschöpft bin, liegt's garantiert nicht am Rotwein.«

»Bei mir ist Henri vorhin sehr gut ins Bett gegangen. Also, bis auf die Tatsache, dass er dir noch etwas erzählen wollte. Und den Zwillingen musst du endlich mal beibringen, dass sie in ihr eigenes Bett gehören. Du verwöhnst die beiden völlig! Das ist doch keine Erziehung, wenn du ständig nachgibst!«

Wuff! Vorsicht, Hedwig! Dünnes Eis! Bei diesem Thema gab es doch eben schon mächtig Zoff! Aber anders als vorhin geht Caro nicht gleich an die Decke, wahrscheinlich hat sie sich schon ausgetobt. Kenne ich. Wenn man vormittags schon tausendmal hinter einem Eichhörnchen hergehechelt ist, kriegt einen Nachbars Katze nicht mehr so leicht aus dem Körbchen. Jaul! Nachbars Katze! Sofort bin ich in Gedanken wieder bei Herrn Beck und fühle mich schlecht.

Caro bückt sich zu mir und krault mich hinter den Ohren. »Ach, was heißt denn schon verwöhnen, liebe Schwiegermama?«, sagt sie dann, und ich glaube, sie lächelt dabei. Jedenfalls klingt ihre Stimme ganz warm. »Ich bin einfach gern nett zu meiner Familie. Selbst zu dir.«

Hedwig verzieht mal wieder das Gesicht. Warum nur? Ist doch toll, dass Caro auch nett zu ihr sein will!

»Gut, wenn du mich nicht gern um dich hast, dann will ich auch mal nach Hause.« Hedwig steht auf und streicht ihren Rock glatt. »Ich mach und tu hier, um dir zu helfen, aber offenbar ist dir das ja nicht recht. Gib den Kindern ein Küsschen von mir. Ich habe mit ihnen schon alle Anziehsachen rausgelegt, damit du morgen früh nicht so einen Stress hast.«

Mehr sagt sie nicht, sie nimmt ihren Mantel von der Garderobe und ist auch schon verschwunden.

Caro schüttelt den Kopf. »Mann, Herkules, Hedwig war ja noch schlechter gelaunt als sonst. Und überhaupt: Ständig ihre Erziehungstipps, das nervt kolossal. Ist nett, dass sie helfen will, aber so bitte nicht.«

Sie seufzt und geht zum Esstisch, auf dem anscheinend noch etwas herumliegt, das sie wegräumen möchte. Ich kann es von hier unten nicht erkennen, aber es ist wohl aus Papier, denn es raschelt, als Caro es hochhebt.

»Oh, Hedwig hat die neue *ZEIT* mitgebracht. Komm, Herkules, wir hauen uns noch etwas damit aufs Sofa.«

Hedwig hat Zeit mitgebracht? Das ist aber interessant. Ich lebe nun schon eine ganze Weile mit den Zweibeinern zusammen, aber dass Zeit etwas ist, was man herumtragen und mitbringen kann, wusste ich noch nicht. Könnte allerdings auch daran liegen, dass speziell meine Menschen eigentlich nie Zeit haben. Sagen sie jedenfalls. Und wenn sie die nicht haben, können sie die logischerweise auch nicht mit sich herumtragen.

Caro kommt angeraschelt und legt sich auf das Sofa, ich hüpfe hoch und kuschle mich an ihre Füße. Von hier aus sehe ich es: Das Rascheln kommt von einer Zeitung, in der Caro herumblättert. Sie liest eine Weile, dann fallen ihr die Augen zu, so müde ist sie. Die Zeitung rutscht neben sie, und dann fällt ein Teil der Zeitung, der im Gegensatz zum restlichen Papier offenbar farbig ist, auf den Boden. Caro zuckt kurz zusammen und ist wieder wach. »Hoppla, weg-genickt! Vielleicht gehe ich besser mal ins Bett.«

Sie richtet sich auf und greift nach dem Teil der Zeitung, der auf dem Boden liegt. Als sie ihn hochgehoben hat, betrachtet sie ihn nachdenklich. »Guck mal, Herkules, scheint so, als habe Hedwig etwas Bestimmtes im *ZEIT-Magazin* gesucht.«

Sie hält mir die aufgeschlagene Seite unter die Nase. Haha, sehr witzig! Seit wann kann ich lesen? Ich sehe also nur die für mich kryptischen kleinen Zeichen, die sich in den Köpfen der Menschen beim Lesen zu Worten formen. Einige dieser Zeichen sind angemalt. Besser gesagt: Sie sind mit einem Stift eingekringelt. Was daran nun so sensationell sein soll, verstehe ich allerdings trotzdem noch nicht.

Caro deutet mit dem Zeigefinger auf einen Teil der Zeichen und grinst. »Na, sieh mal einer an: *Er sucht Sie.* Die guten alten Kontaktanzeigen im *ZEIT-Magazin*!«

Heilige Fleischwurst, Carolin! Kannst du bitte mal aufhören, in Rätseln zu sprechen? Was genau meinst du? Ich gebe der Zeitung einen kräftigen Stups mit der Schnauze und knurre kurz. Vielleicht merkt sie dann, dass ich hier nur Bahnhof verstehe!

»Was hast du denn, Herkules?«

Ich jaule laut auf.

»Hm.« Caro betrachtet mich genau.

Ich lege den Kopf schief und versuche, möglichst ratlos zu gucken. Vielleicht fällt dann der Groschen bei meinem Frauchen.

»Willst du wissen, was da steht?«

Hurra, er fällt! Ich nicke inbrünstig.

Caro lacht. »Wenn ich jetzt jemandem erzähle, dass ich meinen Dackel gefragt habe, ob ich ihm aus dem Bekanntschaftsteil des *ZEIT-Magazins* vorlesen soll, und er diese Frage eindeutig bejaht hat – dann … ach, ich glaube, das sollte ich lieber lassen. Glaubt mir doch keiner! Also, Herkules, hör gut zu …«

Sie nimmt die Zeitung in beide Hände und fängt an, laut daraus vorzulesen.

»An eine ältere Dame: Alexander, 75 Jahre, Prof. Dr., Oxford-Absolvent, weltweit erfolgreicher Architekt der Extraklasse, mehrsprachig, bester familiärer Background, finanziell unabhängig, ein Gentleman durch und durch, Hobbys: Theater, Oper, Bayreuther Festspiele, Golf, Tennis, Kreuzfahrten … Wo sind Sie, die intelligente, elegante und weltgewandte Dame passenden Alters? Lassen Sie sich auf ein Abenteuer ein und trauen Sie sich, mich zu kontaktieren. Gemeinsam wollen wir die Welt erkunden, denn das Leben hat noch so viel zu bieten!«

Caro kichert. »Intelligent, elegant, weltgewandt – kein Wunder, dass sich Hedwig da angesprochen fühlt. Dieser Alexander ist eindeutig auf der Suche nach ihr!«

Tut mir leid. Ich verstehe immer noch rein gar nichts, und entsprechend verwirrt schaue ich mein Frauchen auch an. Wer ist dieser Alexander? Und wieso sucht er Hedwig? Und schreibt das in eine Zeitung, anstatt schnell mal bei ihr durchzuklingeln? Immerhin hat Hedwig ein Handy, das meines Wissens auch sehr gut funktioniert. Jedenfalls ruft sie damit ständig bei Marc an, um ihm Tipps für sein Leben zu geben, worüber der sich auch immer sehr freut.

»Oder hier: Der sucht auch jemanden wie Hedwig. *Charaktervoller Akademiker, 69 Jahre, noch beruflich tätig, sucht die Frau, die ihn mit ihrem fröhlichen Charme verzaubert.* Fröhlicher Charme, na, wenn das nicht unsere Hedwig ist! Hat sie natürlich auch gleich unterstrichen.« Sie lacht, und es klingt irgendwie ein bisschen böse.

Ratlos lege ich den Kopf auf meine Vorderläufe. Jetzt hat mir Caro zwar vorgelesen, aber ich bin immer noch nicht schlauer daraus geworden. Zum Glück setzt mein Frauchen nun zu einer dackelgerechten Erklärung an.

»Okay, Spaß beiseite, Herkules – natürlich ist Hedwig eine sehr nette Frau, auch wenn sie es nicht immer so zeigen kann. Und wenn ich das hier so sehe, dann verstehe ich auch, warum Hedwig in letzter Zeit so schlecht gelaunt ist. Sie ist offenbar einsam. Und Einsamkeit ist ein furchtbares Gefühl! Da hilft es auch nicht, dass Hedwig eine nette Familie und vier reizende Enkelkinder hat. Sie hätte wohl gern wieder einen richtigen Partner.«

Wuff! Wer wüsste das besser als ich! Ohne Herrn Beck fühle ich mich auch sehr einsam, obwohl ich im Hause Wagner weiß Gott nicht allein bin. Aber das ist einfach nicht dasselbe. Ich vermisse meinen Partner, meinen Kumpel, meinen besten Freund! Ob ich auch mal Kringel in die Zeitung malen sollte? Für den Fall, dass mich jemand sucht? Leider kann ich weder lesen noch einen Stift halten. Und ich bin mir nicht ganz sicher, dass dieses Kontaktanzeigendingsbums auch für einsame Dackel funktioniert. So wie sich Caro darüber lustig gemacht hat, scheint ja nicht mal sicher zu sein, dass es für einsame ältere Damen funktioniert. Arme Hedwig! Hoffentlich findet sie bald wieder einen treuen Kumpel! Und armer Herkules! Für mich wünsche ich mir das auch!

Caro gähnt herzhaft und streckt sich. »So, jetzt muss ich aber wirklich ins Bett, sonst fallen mir hier wieder die Augen zu. Ab ins Körbchen und schlaf schön, mein Lieber!«

Sie steht auf und wankt in Richtung Schlafzimmer, ich

trabe zu meinem Körbchen im Flur. Gerade jetzt merke ich deutlich, dass ich auch sehr müde bin. Morgen ist auch noch ein Tag! Ich rolle mich ein und bin keine zwei Sekunden später eingeschlafen.

VIER

In der Nacht verfolgt mich ein Rudel Schäferhunde. Ihr Anführer ist ein strubbeliger Kerl mit rot unterlaufenen Augen und hochgezogenen Lefzen, die ziemlich gefährlich aussehende Reißzähne freigeben. Das Rudel jagt mich quer durch den Park. Ich renne um mein Dackelleben, doch meine Verfolger kommen erbarmungslos näher und näher.

Schon spüre ich ihren hechelnden Atem auf meinem Nackenfell. Lange dauert es nicht mehr, und ihre Hauer werden sich in meinen Körper bohren.

Wuff-wuff! Hilfe!

Gerade als ich mich innerlich auf mein Ende gefasst mache, taucht ein Schatten wie aus dem dunklen Nichts vor mir auf. Ich bleibe abrupt stehen, schnappe nach Luft, während der Schatten an meine Seite springt. Pfeilspitze Krallen sausen durch die Luft, und das Schäferhundrudel ergreift augenblicklich die Flucht.

»Herr Beck«, winsele ich erleichtert. »Ich dachte, du bist im Kater-Nirwana?«

Der weise alte Kater schaut mich nachdenklich an, und eine warme Welle voller Glückseligkeit überkommt mich. »Aber, Herkules, mein Freund, ich lass dich doch nicht allein. Wie kannst du so etwas nur annehmen …«

Ich jaule vor Glück, und dann traben wir Seite an Seite quer durch den Park zurück zur Pforte und in den Garten. Herr Beck ist wieder da und hat mich gleich mal vor einem wirklich gemeingefährlichen Schäferhundrudel gerettet. Oder waren es sogar Wölfe? Hm ... mit Sicherheit kann ich das jetzt gar nicht mehr sagen. Aber, aber ... wohin um alles in der Welt ist Herr Beck denn jetzt schon wieder verschwunden? Eben war er doch noch an meiner Seite und jetzt ...

Ein sonderbares Geräusch lässt mich aus dem Schlaf hochschrecken. Ich brauche einen Moment, um mich zu sortieren.

Ein Traum! Bei meinem Lieblingskauknochen, ich habe nur geträumt. Was zum einen gut ist, denn dann bin ich nur im Traum von einem wilden Schäferhund- oder Wolfsrudel gejagt und beinahe gefressen worden. Doch wenn das hinterhältige Rudel überhaupt nicht existiert, dann verhält sich das mit meinem guten Freund Herrn Beck nicht anders.

Ich weiß nicht, was größer ist – die Erleichterung, dass das Rudel mich nicht gekriegt hat, oder die Enttäuschung, dass Herr Beck nach wie vor im Kater-Nirwana weilt.

Unbehaglich wühle ich mich aus dem Körbchen und tapere im Dunkeln in die Küche, wo mein Wassernapf steht. Meine Kehle ist regelrecht ausgetrocknet. Na ja, kein Wunder, schließlich bin ich gerade gerannt, was meine kurzen Dackelbeine nur so hergaben.

Als ich über die Schwelle tapse, höre ich ein seltsames Rascheln und Scharren. Sofort stellen sich mir sämtliche Nackenhaare auf. Da ist jemand! Im Treppenhaus. An unserer Tür! Einbrecher!

Leise knurrend und in bedrohlich geduckter Haltung schleiche ich zur Wohnungstür. Na warte, du fieser Einbrecher, gleich bekommst du meine Hauer zu spüren. Jeden Moment ramme ich sie dir in die Wade, und dann kannst du ordentlich jammern, Dackel Herkules kennt kein Erbarmen! Ich bin zwar klein und noch dabei, diesen wirklich dummen

Alptraum zu verarbeiten, aber Einbrecher haben hier trotzdem keine Chance.

»Rrrrrr!«, mache ich. Und zur Sicherheit auch noch zweimal laut und deutlich: »Wuff! Wuff!«

Ich lausche. Ruhe. So, so, der Einbrecher hat also die Flucht ergriffen. Das war ja leicht. Ziemlich zufrieden mit mir und meiner Heldentat beschnüffele ich die Tür, als sich zeitgleich Caros Schlafzimmertür öffnet.

Im nächsten Moment erscheint Caro im weißen T-Shirt und mit wilden Haaren im Rahmen. »Herkules, verdammt. Was soll das denn? Warum kläffst du hier mitten in der Nacht herum? Spinnst du jetzt total? Du weckst die Zwillinge auf«, motzt sie mich mit ziemlich verkniffenem Gesichtsausdruck an.

Äh … HALLO? Ich habe vielleicht gerade einen hinterhältigen Einbrecher in die Flucht geschlagen. Wie wäre es denn wohl mal mit einem Dankeschön?

Doch Caro sieht noch immer nicht nach Dankbarkeit aus. Ganz im Gegenteil. Sie packt mich und trägt mich zu meinem Körbchen. Statt mir lieb den Kopf zu tätscheln, lässt sie mich fast schon hineinplumpsen. »Und jetzt bist du gefälligst ruhig«, befiehlt sie mir und schleicht sich in ihr Schlafzimmer zurück.

Ich hocke in meinem Körbchen und kann es nicht fassen. Wo ist bloß meine Caro von früher geblieben? Meine beste Menschenfreundin, die mich stundenlang kraulen konnte und mit der ich vergnügt im Park getobt habe?

Jetzt ist sie ständig gestresst, hat kaum noch Zeit für mich, und gekrault werden nur noch die Rücken der Zwillinge Milla und Theo oder Henris Kopf. Ich bekomme höchstens mal einen Klaps im Vorbeigehen. Das war's. Ja, ja, ich bin hier nur der Dackel.

Aber okay, wenn Caro und der Rest dieser viel zu lauten Bande es so wollen, dann schere ich mich zukünftig nicht mehr um irgendwelche Einbrecher. Sollen sie die Wohnung samt Tierarztpraxis doch von mir aus komplett plündern. Ich gebe keinen Wuff mehr von mir. Beleidigt rolle ich mich zur Kugel und bin mir sicher, die restliche Nacht kein einziges Dackelauge mehr zuzukriegen.

Irgendwie muss es mit dem Wiedereinschlafen dann doch geklappt haben. Es ist nämlich schon taghell, als ein greller Schrei mich das nächste Mal hochschrecken und mit einem gewaltigen Satz aus dem Körbchen springen lässt. WUFF! Wusste ich es doch, die Einbrecher sind zurückgekommen! Jetzt kreischt Caro hier entsetzt herum, weil die Halunken natürlich alles nur im Ansatz Wertvolle haben mitgehen lassen. Und wer wollte sie in die Flucht schlagen und hat deshalb einen Anranzer von ihr kassiert? Genau, Herkules. Ich. Astreiner Wachhund, wenn man ihn nur lassen würde.

Ich schlendere bewusst gemütlich rüber zur Wohnungstür und finde zu meinem Erstaunen nicht Caro mit vor Schreck verzerrtem Gesicht davor, sondern: Luisa! In den Händen hält sie einen großen Stoffbeutel. Komisch, sie macht überhaupt nicht den Eindruck auf mich, als wäre sie vor Angst und Entsetzen völlig neben der Spur. Eher im Gegenteil: Sie strahlt verzückt in den Beutel hinein und macht dabei unentwegt: »O nein, o nein, o nein, o nein …« Und schließlich: »Wie süß ist das denn!«

Süß? Einbrecherwerkzeug? Das in aller Eile am Tatort zurückgelassen wurde?

»Was ist los?« Caro hat inzwischen auch ihre Schlafzimmertür aufgerissen. Noch immer im weißen T-Shirt, aber

die Haare noch zerzauster und die Augen schlaftrunken.
»Hast du gerade so geschrien, Luisa?«

So, jetzt bekommt Luisa unter Garantie erst einmal einen ordentlichen Ranzer von Caro. Schließlich war ihr Kreischen wesentlich lauter und auch eindeutig unangenehmer in den Ohren als mein zweimaliges kurzes Wuff-Wuff!

Aber von wegen. Caro läuft zu Luisa und legt ihr besorgt die Hand auf die Schulter. »Ist etwas passiert? Geht es dir nicht gut? Tut dir irgendwas weh?«

Äh … und warum hat sie mich das heute Nacht nicht gefragt? Schließlich hätte mir auch irgendetwas wehtun können oder so.

»Nein, Quatsch. Aber guck doch mal, was ich eben an Papas Tür entdeckt habe.« Luisas Stimme klingt total aufgeregt und sehr jung. Nicht so motzig und zickig wie normalerweise. Zumindest seitdem sie unter dieser seltsamen Krankheit namens Pubertät leidet, wie es Caro neulich genannt hat.

»Welche Tür?«, fragt Caro perplex. Bestimmt, weil Luisas weiche Stimme sie total verwirrt.

»An der Praxistür«, erwidert Luisa und lächelt immer noch. Was wirklich außergewöhnlich ist, denn auf jegliches Nachfragen reagiert Luisa momentan meistens mehr als explosiv. Was Caro aber anscheinend wurscht ist, denn sie stellt sogar noch eine Frage.

»Was wolltest du denn so früh an Marcs Praxistür?«

Jetzt hat sie den Bogen aber doch überspannt, denn Luisa winkt genervt ab. »Das spielt doch jetzt keine Rolle«, murmelt sie. »Schau lieber mal, was in dem Beutel drin ist.«

Skeptisch beugt sich Caro etwas vor und wagt dann einen vorsichtigen Blick in den Beutel. Wahrscheinlich traut sie Luisa nicht und befürchtet, dass ihr jeden Moment ein Was-

serstrahl direkt ins linke Auge schießen könnte. Oder eine
fleischfressende Pflanze sich in ihre Nase verbeißt.

Doch dann weiten sich plötzlich ihre Augen, und genauso
wie Luisa vorhin säuselt sie schwer verzückt: »O nein, o
nein, wie süß ...«

Wie süß? Hm, das muss ich unbedingt mal aus der Nähe
betrachten. Da stimmt doch was nicht.

»Und dieser Beutel hing einfach so an der Praxistür?«,
will Caro von Luisa wissen.

Luisa nickt. »Ja. Ob ich es wohl rausheben kann?«

Caro zuckt mit der linken Schulter. »Ich denke schon. Es
ist ja noch ein Baby. Das wird schon nicht wild um sich bei-
ßen. Auch wenn es bestimmt unter Schock steht. Wer weiß,
wie lange es schon in diesem Beutel steckt, das arme kleine
Dingchen.«

Baby? Dingchen? Beutel? Schock?

Ich will jetzt endlich wissen, was in diesem ollen Beutel
ist. Und zwar sofort!

Vorsichtig greift Luisa mit einer Hand hinein und hebt
ganz langsam etwas sehr Felliges und sehr Schwarzes heraus.

»O mein Gott, ist die niedlich«, zwitschert sie. »So ein
kleines Fellknäuel.«

Caro ist ebenso begeistert.

»Ein kleiner Kater.«

Kater?

Ich strecke schnüffelnd die Nase in die Luft. Tatsächlich,
duftet eindeutig nach Katze.

»Aber wer kommt bloß auf die Idee, sie uns an die Tür zu
hängen?«, fragt Luisa. »Noch dazu in einem ollen Jutebeutel
vom Kaufhaus Schröder?«

Caro überrascht das weitaus weniger. »Na ja, die Leute

wollten sie wohl loswerden und haben sich gedacht, beim Tierarzt ist sie gut aufgehoben.«

Luisa guckt sie erstaunt an. »Du sagst das so, na ja, als ob du es überhaupt nicht schlimm finden würdest.«

Doch nun schüttelt Caro den Kopf. »Ich finde das sogar richtig schlimm. Ein Tier einfach so zu entsorgen ist unmöglich. Aber besser hier beim Tierarzt an der Türklinke als auf irgendeinem Autobahnrasthof im Mülleimer.«

Luisa schluckt so schwer, dass man es richtig sehen kann. »Wie fies manche Menschen doch sind«, murmelt sie und presst das kleine schwarze Fellknäuel fest an ihr Herz. »Aber jetzt wird alles gut, kleiner Schatz. Wir geben dich bestimmt nicht wieder weg.« Sie blickt Caro fest ins Gesicht. »Das machen wir doch nicht, oder? Wir behalten das Kätzchen doch?«

»Also … na ja, darüber müssen wir erst mal mit Marc reden, wenn er von der Fortbildung zurück ist. Und außerdem sollte er es erst einmal genau untersuchen. Nicht dass es krank ist, das Katzenbaby«, bleibt Caro sehr vage.

Luisa streckt das Kinn vor. »Wenn es krank ist, dann ist es hier bei uns doch genau richtig!«, gibt sie entschlossen zurück. »Mein Vater ist Tierarzt! Ich gebe es jedenfalls nicht mehr her!«

Die Zwillinge kommen schlaftrunken aus Caros Schlafzimmer geschlichen, bevor Caro etwas erwidern kann.

»Was hat du da, Lulu?«, will Milla wissen.

»Unser neues Kätzchen«, verkündet Luisa. »Es ist gerade bei uns eingezogen.«

»Süüüß«, säuselt Milla begeistert.

»Und wie heißt es?«, möchte Theo piepsend erfahren.

Luisa zuckt mit den Schultern. Doch dann bleibt ihr Blick plötzlich an dem Beutel hängen, in dem der schwarze Baby-

40

kater gerade noch gehockt hat. Sie deutet auf die schwarzen Zeichen, die auf die eine Seite des Beutels gedruckt sind.

»Schröder«, sagt sie und lacht. »Schröder ist ein richtig cooler Name.«

FÜNF

Also … Luisa, ich möchte mich da jetzt wirklich noch nicht festlegen.« Caro verzieht den Mund, als hätte sie etwas gegessen, was ihr im Nachhinein nicht mehr schmeckt. »Was soll das heißen?«, funkelt Luisa sie an und klingt nun wieder so muffelig wie die ganze letzte Zeit, seitdem sie das mit dieser anstrengenden Pubertät hat.

»Das soll heißen, dass wir jetzt nicht automatisch dieses Katzenbaby behalten, nur weil es an Marcs Praxistür gehangen hat.«

Luisa schiebt die Unterlippe vor, während sie das Fellknäuel noch fester an sich drückt. »Das werden wir ja sehen«, knurrt sie. »Wir können ja abstimmen.«

Die Zwillinge hat sie auf jeden Fall schon mal auf ihrer Seite, ohne sie großartig überreden zu müssen. Die beiden sind völlig aus dem Häuschen, quieken und kichern um die Wette, während sie das sonderbare Katzenkind hätscheln und tätscheln.

»Süüüßßß«, wispert Milla freudestrahlend. »Kätzchen behalten.«

Theo nickt und krächzt: »Schröder soll bleiben.«

Triumphierend guckt Luisa Caro an, die schließlich tief seufzend versucht, die Zwillinge in Richtung Badezimmer zu dirigieren. »Marc ist spätestens gegen Mittag zurück«, murmelt sie. »Dann sehen wir weiter.«

Die Zwillinge wollen natürlich nicht ins Badezimmer.

Theo findet Zähne putzen und Waschen sowieso doof, und Milla will unbedingt bei dem schwarzen Knäuel bleiben. Es dauert eine ganze Weile, ehe es Caro gelingt, die beiden dorthin zu verfrachten. Kaum dass sie die Tür hinter sich zugezogen hat, ist Theos lauter Protest zu hören: »Will nicht Zähne putzen!«, und Millas weinerliche Bitte: »Kätzchen behalten.«

Luisa lächelt zufrieden. »Du bleibst, Schröder. Das ist schon mal sicher!«, murmelt sie ins Katzenfell und trägt diesen Schröder rüber in ihr Zimmer.

Wuff! Und was ist mit mir? Möchte mich eventuell mal jemand füttern, in den Garten zum Beinchenheben lassen oder überhaupt einfach mal beachten?

Das mit diesem schwarzen Katzenkind, ich sag's mal jetzt so, wie es ist: Ich bin dagegen! Ich will nicht, dass es bleibt. Ich will mein Zuhause nicht mit noch jemand Neuem teilen. Marc, Luisa, Henri, das war und geht in Ordnung. Oma Hedwig auch. Die Zwillinge, na ja, inzwischen habe ich mich irgendwie damit abgefunden, und seitdem ich sie ein paarmal heimlich angeknurrt habe, lassen sie mich im Großen und Ganzen auch in Ruhe.

Aber nun ist wirklich genug! Kein neuer Mitbewohner. Bei meinem Lieblingskauknochen, da mache ich nicht mit!

Ich trabe zur Küche in der Hoffnung, dass Caro gleich wieder aus dem Badezimmer kommt und dann bekümmert und verschämt merkt, dass ihr lieber Herkules weder Fressen noch Trinken in seinen Näpfen hat. Auf Luisa brauche ich da heute Morgen bestimmt nicht zu hoffen, die ist im Katzenbaby-Rausch.

Doch als sich nach einer halben Ewigkeit die Badezimmertür wieder öffnet, hat Caro ein feuerrotes Gesicht, und ihr Shirt ist an einigen, ach was: an den meisten! Stellen pitschnass. Theo schmollt, Milla verlangt noch immer nach dem süüüßen Kätzchen. Und Caro hat natürlich mal wieder weder Augen noch Ohren für mich, ihren hungrigen Dackel. Irgendwann sind die Zwillinge in den Kindergarten und Henri in die Schule entschwunden. Luisa hat sich erfolgreich geweigert, weil, es muss ja schließlich einer zu Hause sein, der sich um das arme kleine Findelkätzchen kümmert, und außerdem ist Caro nicht zu trauen: »Du bist ja wohl eindeutig gegen Schröder!«, hat Luisa gerufen und sich mit dem Kater in ihr Zimmer verzogen.

Normalerweise kann sich Caro immer gegen Luisa durchsetzen und hätte sie niemals zu Hause gelassen. Aber normalerweise befindet sich auch spätestens um neun Uhr Futter in meinem Napf.

Kurz vor Mittag kommt dann endlich Marc von seinem Kongress zurück.

Caro rennt ihm auf dem Flur regelrecht entgegen.

»Zum Glück!«, ruft sie. »Du glaubst gar nicht, was hier los war. Himmel und Hölle haben sich abgewechselt.«

Marc grinst. »Hey, was für eine stürmische Begrüßung. So gefällt mir das.« Er versucht, Caro in seine Arme zu ziehen und ihr einen Kuss zu geben.

Doch Caro ist anscheinend nicht danach. Auf jeden Fall dreht sie den Kopf zur Seite, sodass er mit seinen Lippen nur ihre Wange streift, und als er sie erstaunt anguckt, redet sie sofort weiter: »Marc, wir haben einen unglaublichen Auftrag an Land gezogen. Daniel und ich können es noch immer nicht fassen. Doch anstatt sich für uns zu freuen, fängt Nina dann aus heiterem Himmel Streit an. Ich fürchte, bei Daniel und ihr läuft es zurzeit nicht so gut.«

»Streit kommt doch in jeder guten Beziehung mal vor«, merkt Marc an.

Doch Caro schüttelt wild den Kopf. »Nein, lass mich bitte ausreden!«

Marc nickt einsichtig, wohl auch, weil er weiß, dass Widerworte zwecklos sind. Caro ist mächtig in Fahrt.

»Auf jeden Fall bin ich dann stinkwütend nach Hause gelaufen und hab mir gleich mal wieder einen Vortrag von deiner Mutter anhören dürfen. In der Nacht hat Herkules dann plötzlich gekläfft und damit die Zwillinge geweckt. Sie sind zwar wieder eingeschlafen, aber natürlich erst in unserem Bett, woraufhin für mich an Schlaf keine Sekunde mehr zu denken war. Tja, und heute Morgen steht dann Luisa mit einem Jutebeutel vom Kaufhaus Schröder im Flur, in dem ein schwarzes Katzenbaby hockt. Sie will es behalten und hat sich sogar geweigert, zur Schule zu gehen, weil sie denkt, dass ich es gleich wieder loswerden will.« Caro holt tief Luft, und Marc nutzt die Chance, um ungläubig zu fragen:

»Luisa hat ein Katzenbaby bei Schröder gekauft?«

Caro tippt sich mit dem Zeigefinger gegen die Stirn. »Blödsinn! Natürlich nicht. Seit wann kann man bei Schröder denn Tiere kaufen?«

Vorsichtig zuckt Marc mit den Schultern. »Ich hab mich ehrlich gesagt auch etwas gewundert …«

Caro winkt ab. »Es handelt sich natürlich um eine ausgesetzte Katze, Marc«, erklärt sie, blickt sich kurz nach allen Seiten um und fährt dann mit gesenkter Stimme fort: »Jemand hat den Beutel an deine Praxistür gehängt, und Luisa hat ihn entdeckt. Jetzt will sie den kleinen Kater behalten.«

Marc fährt sich mit beiden Händen durch die Haare. »Was für eine Sauerei. Die Leute werden immer gewissenloser.«

Doch nach einer kurzen Pause, in der Caro ihm nickend zustimmt, meint er: »Aber besser bei mir an der Praxistür als irgendwo im Mülleimer.«

»Das habe ich Luisa auch gesagt. Trotzdem bedeutet das nicht automatisch, dass wir den Kater behalten. Um uns herum herrscht schon genug Trubel und Chaos. Ein junges Kätzchen, nein …« Caro schüttelt entschieden den Kopf. »Das machen meine Nerven momentan nicht mit.«

»Papa, da bist du ja!«, ruft es plötzlich. Luisa ist aus ihrem Zimmer gekommen, das schwarze Knäuel noch immer fest an sich gedrückt. »Schau mal, ist der nicht süß! Ich hab ihn Schröder genannt. Ich … wir behalten ihn doch, ja?!«

Marc hebt beide Hände. »Nun mal langsam, Luisa«, sagt er. Dann schaut er nach links unten, und endlich beachtet mich hier auch mal einer.

»Herkules, mein Freund.« Marc geht vor mir in die Hocke und tätschelt mir den Kopf, woraufhin ich ihm freundlich die Finger abschlecke.

»Papa! Jetzt lass doch mal Herkules und schau dir Schröder an«, motzt Luisa.

Unerhört! Eigentlich mag ich Luisa. Eigentlich …

»Gleich«, brummt Marc. »Hast du schön auf Caro und die Kids aufgepasst, während ich weg war?«

Und wie ich aufgepasst habe. Nur mein Bellen wurde von Caro nicht ernst genommen. Wenn sie einfach mal reagiert und mich nicht nur angemotzt hätte, wäre uns der Katzenaussetzer nicht passiert.

Wuff-wuff!

Marc tätschelt mir noch einmal die linke Schulter, dann erhebt er sich langsam und schaut sich das Kätzchen auf Luisas Arm an.

»Am besten wird es sein, wir bringen ihn runter in die Praxis, damit ich ihn untersuchen kann.«

Luisa nickt. »Seine Augen tränen ziemlich. Hoffentlich ist das nichts Schlimmes?«

Marc zuckt mit den Schultern. »Das kann unterschiedliche Gründe haben. Aber wie gesagt, lass uns runter in die Praxis gehen.«

Luisa ist schon bei der Tür. Marc will ihr folgen. Doch Caro hält ihn am Ärmel zurück. »Marc, lass dich bitte von Luisa nicht überreden«, raunt sie ihm zu. »Ein Katzenbaby ist momentan wirklich nicht drin. Zumal ich für den neuen Auftrag auch oft unterwegs sein werde und der kleine Kater dann allein in der Wohnung wäre.«

Hallo? Allein? Bin ich etwa niemand? Oder meint Caro das anders, nämlich, dass sie mich selbstverständlich zu all ihren Terminen mitnehmen wird?

»Ich werde ihr schon klarmachen, dass so eine kleine Katze viel Zeit und Zuwendung benötigt …«, verspricht Marc.

»… die sie nicht hat, weil sie endlich mal anfangen müsste, etwas für die Schule zu tun!«, beendet Caro den Satz für ihn.

Marc nickt und folgt Luisa samt schwarzem Knäuel schließlich ins Treppenhaus. Ich überlege, ob ich eventuell hinterhertraben sollte. Doch gerade als ich mich in Richtung Tür bewege, ruft Caro: »Himmel! Herkules! Ich habe dir ja heute noch gar kein Futter gegeben. Und Gassi waren wir auch noch nicht.«

Ich gebe ein leises, aber sehr leidvolles Jaulen von mir. Caro sieht nun noch betrübter aus, während sie in die Küche rennt und den Schrank unter der Spüle aufmacht. Sie geht in die Hocke und zerrt mit hektischen Händen den Hundefuttersack heraus. Sonst bekomme ich morgens immer nur einen Becher. Marc meint, ich würde zu dick werden. Frechheit. Doch heute beschert mir Caros schlechtes Gewissen zwei randvolle Becher im Napf.

Während ich mich genüsslich über mein spätes Frühstück hermache, bleibt Caro neben mir in der Hocke.

47

»Es ist momentan einfach alles zu viel«, murmelt sie vor sich hin. »Ich kann mich schließlich nicht zerteilen. Aber du, Herkules, bist bestimmt der Letzte, der dafür verantwortlich ist. Es tut mir wirklich leid, dass du zurzeit zu kurz kommst.«

Ich kann ihr längst nicht mehr böse sein. Versöhnlich schlecke ich ihr die Hände ab, und Caro lächelt erleichtert.

»Du bist der Beste, Herkules.«

Kurz darauf sitzt Caro am Küchentisch, und ich liege auf der Bank neben ihr. Es ist herrlich friedlich und ein wenig so wie früher, als wir beide noch allein waren. Allerdings hält dieser Augenblick nicht lange an.

Marc und Luisa kommen in die Wohnung gestürmt und gleich darauf in die Küche.

»Papa, ich schwöre es dir, ich kümmere mich um ihn. Du kannst dich darauf verlassen.«

»Das sagst du jetzt. Und wie sieht es in ein paar Tagen aus? Wochen? Monaten?«

»Noch ganz genauso!«

»Was ist denn mit dem Kater?«, möchte Caro erfahren. »Geht es ihm so weit gut?«

»Nein! Kein bisschen«, ruft Luisa aufgeregt. »Papa sagt, er ist viel zu dünn und bestimmt total verwurmt. Und seine Augen sind auch entzündet. Er braucht jetzt erst einmal ganz viel Pflege und Zuneigung.«

Luisa lässt keinen Zweifel daran aufkommen, dass sie diejenige ist, die ihm diese Zuneigung geben will.

»Er hat Würmer?« Caro sieht ziemlich angeekelt aus.

»Haben alle kleinen Tiere«, blafft Luisa. »Nur er hat ein paar mehr davon. Doch wenn wir ihn regelmäßig entwurmen, dann kriegt man das ruck, zuck in den Griff. Stimmt's Papa?«

48

Marc holt tief Luft, aber er nickt. »Aber behalten werden wir ihn trotzdem nicht. Du kannst dich von mir aus um ihn kümmern, bis er so weit fit ist, dass wir ihn vermitteln können.«

Hinter Luisas Stirn rattert es. Ich kann es ihr ansehen.

»Okay«, sagt sie schließlich. »So machen wir es.«

Als sie kurz darauf mit dem Kater in ihr Zimmer verschwindet, schüttelt Caro fassungslos den Kopf.

»Marc, jetzt mal im Ernst, glaubst du wirklich, dass Luisa den Kleinen jemals wieder hergeben wird, wenn sie ihn aufgepäppelt hat?«

Marc hebt die Hände. »Da gibt es dann gar keine Diskussion.«

Nun lacht Caro. Aber fröhlich hört es sich nicht an. »Wollen wir wetten?!«

SECHS

Caro und Marc sind Weicheier! Ein anderes Wort fällt mir für die beiden nicht ein.

Es hat keine drei Tage gedauert, dann hatte Luisa Marc weichgekocht. Nur Caro hat sich noch immer standhaft geweigert. Doch nachdem Luisa schließlich erst die Zwillinge auf ihre Seite gezogen hatte und dann sogar Henri, dem in der Regel alles, was die Familie betrifft, egal ist, musste Caro einsehen, dass es sinnlos ist, sich noch länger zu weigern.

Die Sache mit diesem Kater war sowieso längst beschlossen, und zwar von Luisa: Schröder bleibt, und zwar für immer!

»Aber eines sage ich dir, Luisa, ich kümmere mich nicht um den Kater. Ich bin nicht diejenige, die mindestens alle drei Tage sein Katzenklo sauber macht. Die wischt, wenn er in die Ecke gepieselt hat, oder die Tapete wieder anklebt, wo er versucht hat, sie von den Wänden abzunagen. Das wirst schön alles du erledigen. Dein Job und deine Verantwortung.«

»Kein Problem«, behauptet Luisa und grinst triumphierend.

Mich hat natürlich niemand nach meiner Meinung gefragt. Nicht einmal Caro, die ich bei ihrem Nein zum schwarzen Fellknäuel auf jeden Fall unterstützt hätte.

Doch kaum hat Luisa ihren Willen durchgesetzt, will sie

zu ihrer Freundin Lena verschwinden. Natürlich ohne Zwergkater Schröder.

»Vergiss es, Luisa«, sagt Marc. »Der Kater kann nicht allein in der Wohnung bleiben. Ich bin gleich wieder unten in der Praxis, Caro muss in ihre Werkstatt, und die Zwillinge gehen nach dem Kindergarten mit Oma Hedwig in den Zoo.«

»Dann kann doch Henri …« Luisa hat den Satz noch nicht zu Ende gebracht, als Henri aus seinem Zimmer kommt und verkündet: »Bin dann mal weg. Mit Luca und Tom im Park zum Bolzen!«

Die Wohnungstür fällt ins Schloss, und Marc grinst Luisa breit an. »Tja, du willst ihn behalten, also musst du dich auch um ihn kümmern.«

»Aber … Lenas Mutter hat eine Tierhaarallergie. Ich kann Schröder nicht mit zu ihr nach Hause nehmen.«

Marc ist schon halb zur Tür hinaus. »Dann muss Lena eben hierherkommen«, findet er und ist verschwunden.

»Mist!«, flucht Luisa. Der Kater auf ihrem Arm, den sie die ganze Zeit mit sich herumträgt, maunzt kläglich.

»O nein, Schröder, so habe ich das doch überhaupt nicht gemeint. Du bist mir nicht zu anstrengend. Wirklich nicht. Nur … na ja, ich wollte eigentlich mit Lena ins Einkaufszentrum.«

Der Kater maunzt erneut und schaut dabei in meine Richtung.

»Soll ich dich mit Herkules bekannt machen?« Und nach einer kleinen Pause fügt sie mit einem sonderbaren Lächeln hinzu: »Vielleicht werdet ihr ja Freunde. Dann kann Herkules auf dich aufpassen.«

Wie bitte? Geht's noch? Ich werde bestimmt nicht den Babysitter für dieses schwarze Knäuel spielen. Ich stelle das

auch direkt mal klar, indem ich den Zwergkater drohend an-
knurre, sobald Luisa ihn auf den Boden gesetzt hat und er
ein paar unsichere Tapser auf mich zu macht.

»Herkules, hey, was soll das denn?«, motzt Luisa mich an.
»Benimm dich gefälligst!«

Ich denke ja überhaupt nicht daran. Schließlich soll ich
mich nur aus einem einzigen Grund mit diesem Schröder
anfreunden, damit Luisa sich ins Einkaufszentrum verab-
schieden kann.

Überhaupt finde ich es unmöglich, dass sich bei Luisa alles nur noch um diesen Schröder dreht. Wenn das so weitergeht, dann bin ich hier bald komplett abgeschrieben. Man
kennt das doch: Erst gibt es gegen Mittag Futter für den
Dackel, dann gegen Nachmittag, und ruck, zuck vergessen
sie mich ganz, und ich muss hungern. Womöglich tagelang,
Wochen ...

Die Vorstellung lässt mir einen eisigen Schauer übers
Nackenfell huschen und mich den spontanen Entschluss fassen, dass ich mich dagegen entschieden zur Wehr setzen
muss. Ich darf nicht zulassen, dass dieser Zwerg Schröder
mir bei meiner Familie den Rang abläuft. Nein, so weit darf
und wird es auch niemals kommen.

Nur, wie stelle ich das am besten an? Einerseits möchte
ich mit dem Zwergkater nichts zu tun haben. Andererseits
wäre es falsch, mich beleidigt in mein Körbchen zurückzu-
ziehen.

Wie hat Herr Beck immer so schön gesagt: Angriff ist die
beste Verteidigung!

Also knurre ich gleich noch mal, woraufhin Luisa den
Kater schnell wieder hochhebt und ihn beschützend an sich
presst.

»Du bist richtig gemein, Herkules«, schimpft sie mich aus.

Hallo? Ich bin also gemein, nur weil ich mein Revier verteidige? Wenn der nervige Zwergkater – und ich sehe ihm an, dass er mich nerven wird – an Luisa pappt wie mit Caros Geigenkleber beschmiert, dann muss ich wohl das Gleiche tun.

Genau, ich werde mich an Luisas Fersen heften, den besten und treusten Dackel mimen, damit hier schnell allen klar wird, wer das Lieblingshaustier ist und auch bleibt: Herkules!

Ich schenke dem Zwergkater einen eiskalten Blick. Ja, ja, schnurre nur zutraulich in Luisas Armen, du kleiner Gangster, ich habe dich längst durchschaut und werde mich zu wehren wissen. Wuff-wuff!

Als kurze Zeit später Lena vor der Tür steht, begrüße ich sie mit wildem Rutenwedeln, was sie mit hochgezogenen Brauen registriert.

»Herkules, was ist denn mit dir los? So zutraulich kenne ich dich ja gar nicht.«

Ich winsele lieb, und nun macht auch Luisa große Augen.

»Sieht fast so aus, als hätte er irgendwie Gefallen an Schröder gefunden«, beschließt sie zu glauben. »Auf jeden Fall ist er richtig aktiv, seitdem Schröder bei uns eingezogen ist.«

Auweia, diesmal liegt sie noch falscher als sonst. Doch so schöpft sie wenigstens keinen Verdacht. Obendrein wedele ich zustimmend mit dem Schwanz und zeige ihr mein freundlichstes Dackelgrinsen.

Lena und Luisa verziehen sich in Luisas Zimmer, wo Schröder auf Luisas Bett liegt und Lena bei seinem Anblick anfängt zu quietschen: »O nein, wie süß ist der denn. Ich werde verrückt, Luisa, so ein lieber kleiner Kerl.«

Sie hockt sich neben ihn. Schröder fängt wie ein Rasenmäher zu schnurren an, während Lena ihn hinter den Ohren krault. Mich krault mal wieder keiner. Dabei habe ich Lena wesentlich freundlicher begrüßt als die schwarze Fellnase, die sogar erst ein leises Fauchen bei Lenas Anblick von sich gegeben hat. Ich hab's genau gehört, und ja, ich weiß auch, warum Schröder gefaucht hat: Lena ist schrecklich laut und polternd.

Ich springe aufs Bett und lasse mich neben Luisa nieder, die mich von Minute zu Minute erstaunter mustert.

»Herkules, so schmusig. Hm, das ist wirklich neu für mich.«

»Dabei würdest du doch viel lieber mit jemand anders schmusen, stimmt's, Lulu«, kichert Lena und zwinkert ihr verschwörerisch zu.

Luisa bekommt rote Bäckchen. »Mann, Lena«, krächzt sie, »jetzt lass das doch. Ich hab bei Pauli eh keine Chancen.«

Plötzlich ist Luisa ganz geknickt. Sofort rückt der Zwergkater an ihre Seite und kuschelt sich an sie.

Hey, was soll das? Das wollte ich gerade machen.

»Schau mal, der Kleine will dich trösten«, säuselt Lena. »Dabei braucht er das gar nicht, denn ich habe schon den perfekten Plan, wie du Pauli auf dich aufmerksam machst.«

Luisa schiebt die Unterlippe vor. »Jetzt ist es eh zu spät. Der hat doch gerade sein Abi gemacht und geht nicht mehr auf unsere Schule. Bestimmt verschwindet der jetzt erst einmal für ein halbes Jahr oder sogar noch länger ins Ausland. Machen doch inzwischen fast alle so.«

Lena grinst breit. »Nö! Pauli aber nicht. Der absolviert ein FSJ bei der evangelischen Kirche. Und ich hab auch schon eine Idee, wie du ihm da rein zufällig über den Weg laufen kannst.«

Pauli? FSJ?

Schröder maunzt mir irgendetwas zu. Aber ich habe dafür jetzt keine Zeit. Meine Ohren sind gespitzt, weil ich mehr über diesen Pauli und Lenas Plan erfahren will.

»Einen Plan?«, fragt Luisa misstrauisch. Und auch noch: »Woher weißt du das mit dem FSJ und so überhaupt?«

Lena lässt sich mit dem Oberkörper mitten in Luisas bunten Kissenberg zurücksinken. »Ich habe halt so meine Kontakte ...«

Luisa knufft ihr gegen den Arm. »Doofe Nuss«, motzt sie, und Lena lacht.

»Dank dieser doofen Nuss wirst du ganz bald in Paulis starken Armen liegen«, säuselt sie übertrieben süß.

Luisa knufft gleich noch mal. »Iiih, jetzt mach dich nicht auch noch lustig über mich ...«

Eine Weile geht das so zwischen den beiden weiter. Lena sagt etwas, Luisa wird noch röter, Lena lacht, und Luisa rauft sich verzweifelt die Haare. Dann endlich verkündet Lena ihren Plan, den sie als astrein bezeichnet.

»Pauli ist in der Kirchengemeinde für die Seniorenbetreuung zuständig. Wie wäre es denn, wenn du deine Oma überredest, dass sie zweimal die Woche zum Spielenachmittag oder Turnen auf dem Stuhl oder was auch immer die da gerade anbieten, hingeht? Natürlich begleitest du sie dabei, und wie der Zufall es so will, kommst du ganz nebenbei mit Pauli ins Gespräch.«

Luisa guckt sie mit fassungslos geweiteten Augen an. »Ich soll mit Oma Hedwig zum Seniorennachmittag gehen?«

Lena nickt wie verrückt. »Ja, der Plan ist perfekt. Denn unter all den Senioren seid Pauli und du die einzigen Jungen, und das schweißt natürlich zusammen. Dann stellt er fest, wie cool du bist, und verknallt sich in dich. Was sagst du, astreiner Plan oder astreiner Plan?!«

Luisa lacht. Aber überzeugt wirkt sie nicht. »Verrückter Plan, würde ich eher sagen.«

»Aber du bist begeistert?«, will Lena von ihr hören.

Luisa zuckt ratlos mit den Schultern. »Ich weiß nicht … na ja, fragen kann ich Oma Hedwig ja mal …«

Lena springt so ruckartig vom Bett, dass nicht nur Schröder einen halben Luftsprung vor Schreck vollführt. Ich selbst bin auch nicht darauf vorbereitet gewesen und kläffe sie empört an.

»Sorry, Herkules und Schröder«, lacht Lena. »Ich wollte euch nicht erschrecken. Echt nicht.«

Sie tätschelt erst dem schwarzen Zwergkater den Kopf, bis er schnurrt und sich zu einem Ball zusammenrollt, und dann mir. »Der Plan ist so affengenial, ich muss mich ständig selbst loben«, meint Lena.

Luisa hingegen ist plötzlich auffallend ruhig geworden. Irgendwann fällt das auch Lena auf.

»Was ist los? Warum ziehst du denn jetzt so ein Gesicht?«

»Und was mache ich, wenn er sich zwar mit mir unterhält, aber ansonsten kein Interesse hat? Ich meine, Lena, wie gehe ich denn damit um, wenn er mich … na ja, nicht gut findet?«

Lena baut sich direkt vor Luisa auf und legt ihr beide Hände auf die Schultern. »Wenn das tatsächlich der Fall sein sollte, Lulu, dann ist Pauli blind, blöd und eh nicht gut genug für dich.«

Okay, Lena verbreitet zwar für meinen Geschmack meistens viel zu viel Stress, und ihre Stimme klingt so schrill, dass mir davon das Trommelfell brennt, aber wo sie recht hat, da hat sie recht.

»Danke«, wispert Luisa gerührt. »Das ist wirklich lieb von dir.«

»Standard«, gibt Lena lässig zurück. »Gehört sich ja wohl

so unter besten Freundinnen. Aber jetzt genug herumge-
schleimt und so. Ruf deine Oma Hedwig an, damit du gleich
morgen das erste Mal mit ihr zum Seniorennachmittag gehen kannst.«

»Sie ist mit den Zwillingen im Zoo.«

Die Tür wird aufgedrückt, und Hedwigs Kopf erscheint
im Rahmen. »Hab ich da etwa gerade meinen Namen gehört?«

Lena reibt sich zufrieden die Hände. »Perfekt, einfach
nur perfekt!«, freut sie sich.

SIEBEN

Lebensabend-Bewegung?« Hedwig zieht die Augenbrauen hoch. Sehr hoch! »Wieso denn Lebensabend? So schlimm steht es doch um mich hoffentlich noch nicht!«

Wir sind vor dem Haus direkt neben der Kirche, in die mich Luisa schon einige Male hineingeschmuggelt hat. Zuletzt habe ich sie bei einem Familienfest gigantischen Ausmaßes namens *Taufe* von innen gesehen. Der Typ in dem schwarzen Umhang, der immer vorn steht, hatte wohl den Eindruck, dass die Zwillinge schon lange nicht mehr gebadet wurden, und goss ihnen deshalb einfach Wasser über den Kopf. Seltsamerweise regten sich Caro und Marc über diese Übergriffigkeit nicht auf, sondern freuten sich sogar. Mir völlig unverständlich, wuff!

Aber ich schweife ab – und zwar vom eigentlichen Grund unseres Kommens: Kaum hatte sich herausgestellt, dass Hedwig gar nicht mit den Zwillingen im Zoo war, sondern Letztere noch eine Verabredung zum Spielen hatten, startete Luisa die Operation *Seniorennachmittag*. Unter dem fadenscheinigen Vorwand, mit mir Gassi gehen zu wollen, schleifte sie Hedwig und mich zu der Kirche. Oder besser gesagt zu dem Haus neben der Kirche. Denn da findet anscheinend dieser ominöse Seniorennachmittag statt. *Guck mal, Oma! Hier arbeitet ein Freund von mir! Das wäre vielleicht auch was für dich!* – Und schwupp, standen wir auch schon im Eingang. Beziehungsweise hätten wir auch schon im Eingang gestanden, wenn Hedwig nicht das Schild daneben entdeckt und vorgelesen hätte, was in großen Buchstaben darauf stand: LEBENSABEND-BEWEGUNG. Was Hedwig offenbar überhaupt nicht gefällt. Denn jetzt hat sie eine Vollbremsung eingelegt.

»Niemals gehe ich dort hinein! Ich bin weder senil, noch habe ich Interesse daran, irgendwelche Tücher zu falten.«

»Wer sagt denn, dass du Tücher falten sollst?«, fragt Luisa.

Hedwig winkt genervt ab. »Das weiß doch jeder, dass in solchen Einrichtungen den älteren Leuten nur noch so was in der Art zugetraut wird.«

Luisa verzieht das Gesicht, als denke sie angestrengt nach, während Hedwig sich demonstrativ noch einen Schritt vom Eingang entfernt.

»Also, mein Freund hat gesagt …«

Weiter kommt Luisa nicht. Hedwigs Augenbrauen schnellen erneut in die Höhe. »Du hast einen Freund?«, fällt sie ihr ins Wort.

»Nein … er ist nur …«, stammelt Luisa und bekommt knallrote Bäckchen. »Ich meinte, ein Bekannter.«

»Du hast einen Bekannten, der Seniorennachmittage organisiert. Hat der nichts Besseres zu tun? Und woher kennst du ihn überhaupt?«

»Er ist bis vor Kurzem auf meine Schule gegangen.«

Doch diese Information klingt in Hedwigs Ohren wohl noch immer nicht schlüssig genug. »Demnach hat er das Abitur in der Tasche und – ich weiß, ich wiederhole mich – nichts Besseres gefunden, als mit Senioren zu basteln, zu malen oder Tücher zu falten? Wie schlecht ist denn wohl sein Reifezeugnis? Zu schlecht für einen bestimmten Numerus clausus?«

»Mensch, Oma, er macht ein freiwilliges soziales Jahr bei der Kirche. Das hat mit Numerus clausus überhaupt nichts zu tun.«

Ich würde zu gerne wissen, was ein Numerus clausus eigentlich ist, und spitze deshalb die Ohren, da kommt ein älterer Herr mit forschen Schritten auf uns zugeeilt. Dunkelgrüne Jacke und ein Hut, der mich an irgendetwas erinnert. Er hat eine breite Krempe und ein Band ringsherum, in dem ein Büschel Tierhaare steckt. Ich schnuppere unauffällig. Ziege, eindeutig. Hinter dem Band steckt ein Ziegenbart und ragt wie ein kleine Palme aus dem Hut. Das habe ich doch schon mal gesehen ... was war das ... ja, genau, der Mann sieht aus wie ein Jäger. Die Jagdfreunde vom alten von Eschersbach trugen häufig solche Hüte! Fehlt nur noch das Jagdgewehr.

»Oh, wie schön. Ein neues Gesicht in unserer Gemeinde«, ruft er erfreut aus und bleibt direkt vor Hedwig stehen. »Friedjof Michaelis«, er deutet eine kleine Verbeugung an, »ist mein Name.«

Mir gefällt dieser Herr Michaelis auf Anhieb. Er duftet gut, ganz so, als käme er gerade aus dem Wald, und seine Stimme klingt total angenehm.

»Ich bin bestimmt kein neues Gesicht«, motzt Hedwig ihn an. »Wir sind hier rein zufällig langgekommen.« Sie deutet auf mich und behauptet dann doch tatsächlich: »Und stehen geblieben sind wir nur, weil der Dackel das Beinchen heben musste.«

Wie bitte? Hallo? Musste ich gar nicht!

Herr Michaelis mustert mich nachdenklich. Dann sagt er: »Ich bin ein großer Dackelfan und muss schon sagen, dass der Kleine nach einem echten Prachtkerl aussieht. Aber bestimmt möchte er sein Beinchen lieber gegen eine Fichte im

Wald heben als an eine Hauswand der Kirchengemeinde.«
Den letzten Satz hat er ein wenig vorwurfsvoll gesagt. Was
mich ziemlich ärgert, denn ich habe nicht gegen die Wand
gepinkelt und beabsichtige es auch nicht.

»Er hat nicht gegen die Wand gepinkelt«, rettet Luisa
meine Dackelehre, auch wenn sie dafür von Hedwig mit
finsteren Blicken bestraft wird.

»Ich habe von dem Seniorennachmittag gehört und meiner Oma vorgeschlagen, einfach mal hinzugehen.«
Hedwig schnappt empört nach Luft. »Luisa, also wirklich. Ich dachte, das hätten wir geklärt. Lebensabend-Bewegung! Nein danke! Da habe ich doch hoffentlich noch ein
bisschen Zeit!«

Herr Michaelis lacht. »Aber gnädige Frau, Sie täuschen
sich. LAB steht schon lange nicht mehr für Lebensabend-
Bewegung, sondern für: Lange Aktiv Bleiben. Und das ist es
ja wohl, was wir uns in jedem Alter erhoffen und wünschen.
Oder?«

Hedwig fehlen für den Bruchteil einer Sekunde die Worte.
Was wirklich selten vorkommt. Nein, eigentlich sogar nie.

Der nette Herr Michaelis nutzt die Chance und redet
schnell weiter. »Ich würde mich wirklich sehr freuen, wenn
Sie mich hineinbegleiten und sich persönlich davon überzeugen würden, dass wir kein Haufen seniler Greise sind,
die zu nichts anderem mehr in der Lage sind, als Tücher zu
falten.«

Luisa lacht. »Oma, hörst du, nix von wegen Tücher falten.«

Hedwigs Gesichtsfarbe verfärbt sich leicht rosa. Bei meinem Lieblingsknochen, das habe ich auch noch nicht erlebt.

»Dann darf ich Ihnen also meinen Arm anbieten?«, fragt
Herr Michaelis hoffnungsvoll.

Hedwig zögert noch. Doch schließlich nickt sie. »Ansehen kann ich es mir ja mal …«, brummt sie, übersieht aber den ihr hingehaltenen Arm.

Während Hedwig durch die Tür verschwindet und Herr Michaelis ihr folgt, muss Luisa mit mir an der Leine auf dem Weg ins Haus kurz warten, weil uns nun jemand entgegenkommt, der offensichtlich rauswill. Ein junger Mann mit wuscheligen Haaren, groß, für menschliche Verhältnisse ein sportlicher Typ, ein freundliches, offenes Gesicht.

»Pauli«, haucht Luisa kaum hörbar, also zumindest für ein normales Menschengehör.

»Oh, hi, Luisa, was machst du denn hier?«, fragt er.

Erst sagt Luisa gar nichts. Dann schnappt sie hektisch nach Luft, während sie sich zeitgleich mit der Hand dieselbe zufächelt.

»Ich begleite meine Oma«, krächzt sie schließlich.

»Echt? Das ist ja cool«, findet Pauli.

»Ja, finde ich auch«, murmelt Luisa, ohne ihn anzugucken. Stattdessen starrt sie auf ihre Schuhspitzen, als hätte sie sie gerade erst entdeckt.

»Na, wenn deine Oma jetzt häufiger kommt, werden wir uns auch öfter mal sehen. Ich absolviere nämlich mein FSJ bei der evangelischen Kirche und bin unter anderem für die Betreuung der Senioren zuständig«, erklärt Pauli.

»Toll …«, murmelt Luisa, aber anhören tut es sich nicht so.

Das findet Pauli anscheinend auch. »Stehst du nicht so auf soziales Engagement?«

»Doch, klar, ich meine, total. Ich – ich finde das super. Deshalb habe ich auch meine Oma hierherbegleitet. Ich möchte mich auch …« Sie stockt, hebt kurz die Schultern und lässt sie dann wieder fallen.

Wuff. Luisa ist ziemlich neben der Spur, seitdem Pauli aufgetaucht ist. Das ist nicht zu übersehen … und zu überhören.

»Du möchtest dich hier bei uns engagieren?«, bringt Pauli den Satz für sie zu Ende. »Habe ich das richtig verstanden?«

Luisa nickt. »Ja. Ich würde gerne mitmachen. Also, vielleicht bei irgendwas helfen …«

Pauli nickt freudig. »Das finde ich wirklich super von dir, und ja, du kannst helfen.« Dann wirft er jedoch einen skeptischen Blick auf mich. »Ich muss nur kurz klären, ob das mit deinem Hund in Ordnung geht.«

»Ich kann ihn auch schnell zurück nach Hause bringen«, bietet Luisa an.

Schönen Dank auch, Luisa, und was ich davon halte, das interessiert hier wohl niemanden.

Pauli schüttelt den Kopf.

»Nee, lass mal, wir nehmen ihn einfach mit rein. In der Regel mögen die Senioren Tiere, und dein Dackel sieht jetzt auch nicht so aus, als würde er sich gleich in eine saftige Rentnerwade verbeißen wollen.« Pauli lacht, und Luisa murmelt: »Nein, Herkules macht so etwas nicht.«

Und woher weiß sie das? Vielleicht ist mir ja gerade heute danach zumute!

Dass mir dann aber gleich die erstbeste Seniorin mit ihren dicken Blockabsätzen direkt auf die Vorderpfote tritt, damit habe ich nicht gerechnet. Zu Luisas Entschuldigung muss ich hinzufügen, dass auch sie so etwas Tollpatschiges nicht vorhersehen konnte. Aber dazu später mehr.

Jetzt traben wir hinter Pauli her, der uns in einen großen Raum voller fröhlich schwatzender und lachender Senioren führt. An langen Tischreihen wird gespielt und, wenn ich das richtig sehe, in Malbüchern für Erwachsene herumgemalt.

Tücher entdecke ich keine. Dafür Hedwig. Sie sitzt fast am Ende der langen Tischreihe zwischen Herrn Michaelis und einem anderen Mann mit Stirnglatze und kariertem Hemd und unterhält sich angeregt.

»Deine Oma hat ja sofort Anschluss gefunden«, stellt Pauli fest.

Luisa nickt. Sagen tut sie nichts. Was sie anscheinend selber nervt, denn sie verzieht ihr Gesicht genau so. Im nächsten Moment höre ich sie leise fluchen: »Verdammt, Luisa, jetzt reiß dich mal zusammen und sei nicht so schüchtern wie ein Kindergartenkind.«

»Ich würde dann jetzt gleich nebenan mit der Gymnastik auf dem Stuhl anfangen. Magst du mir helfen, die Stühle drüben richtig hinzustellen?«

»Ja, klar doch«, krächzt Luisa.

Doch kaum, dass wir uns in Bewegung gesetzt haben, ruft Hedwig quer durch den Raum: »Luisa, komm doch bitte mal zu mir.«

Luisa bleibt stehen und schaut unentschlossen von Pauli zu Hedwig und wieder zurück.

»Luisa, nun lass doch deinen Freund mal kurz und höre, was ich dir sagen möchte«, ruft Hedwig nun noch einen Zacken lauter, woraufhin Luisa zusammenzuckt, als hätte ihr jemand eine Backpfeife verpasst.

»Soso, ich bin also dein Freund«, grinst Pauli.

»Ähm … meine Oma … ist … sie ist schon etwas senil.«

Pauli grinst noch breiter, und Luisa wird noch röter. Die Arme. Jetzt tut sie mir schon ein bisschen leid. Aber deshalb muss sie nicht so lossprinten und vor allem mich nicht an der Leine so hinter sich herzerren.

Wuff! Nein, so geht das echt nicht!

Im nächsten Moment kreuzt eine rüstige Grauhaarige unseren Weg. Luisa schlängelt sich in letzter Sekunde an ihr vorbei. Doch ich werde völlig übersehen. Bis sie mir mit voller Wucht auf die Vorderpfote tritt. Mit besagtem Blockabsatz.

JAUL! Das tat wirklich weh. Deshalb ist es nur zu verständlich, dass ich reagiere. Instinktiv. Schließlich bin ich ein Hund. Ein Dackel noch dazu.

»Aua!«, kreischt die Grauhaarige. »Der Hund, er hat mich in die Wade gebissen!«

Augenblicklich richten sich sämtliche Blicke auf mich.

Gebissen. Na ja, ich habe eher ein kleines bisschen zugezwackt. Nichts, weswegen man jetzt hier so ein Theater veranstalten sollte. Und außerdem, sie hat mir schließlich zuerst wehgetan. Ich fühle meine Pfote kaum noch. Womöglich ist sie gebrochen.

»Herkules, o nein, warum machst du denn so was Böses?«, schimpft mich jetzt auch noch Luisa aus.

Hallo. Weil du mich vielleicht gerade quer durch den Raum gezerrt hast.

»Verdammt, ich hab dich doch gefragt, ob dein Hund artig ist«, hält Pauli Luisa nun auch noch vor.

Das ist zu viel für Luisa. Sie schlägt die Hände vors Gesicht und rennt los. Natürlich mit mir an der Leine. Raus aus dem Raum, den Gang entlang, raus aus der Tür und dann über den Bürgersteig bis zu nächsten Ecke. Endlich bleibt sie stehen, keuchend, die Hände in die Seiten gestemmt.

»Danke, Herkules«, blafft sie mich mit Tränen in den Augen an. »Das hast du wirklich ganz prima hinbekommen.«

Danach zückt sie ihr Handy und ruft ihre Freundin Lena

an, um ihr heulend zu schildern, wie sie sich gerade vor Pauli zum größten Vollhorst aller Zeiten gemacht hat und ihm nun nie wieder – nienienie wieder – unter die Augen treten kann. Und das alles nur wegen des *blöden Kackdackels.*

Aua. Das tut weh. Sehr weh. Deutlich mehr als der Angriff mit dem Blockabsatz!

ACHT

Seitdem der blöde Kater aufgetaucht ist, hat mein Leben deutlich an Qualität verloren. Alle wollen nur noch mit Schröder spielen, ich werde komplett links liegen gelassen. Neuerdings sogar von Luisa, die mich seit dem Vorfall beim Seniorennachmittag mit Verachtung straft. Okay, das ist nicht Katers Schuld – aber trotzdem! Und jetzt steht ein neuer Tiefpunkt in meinem Dackelleben bevor: Caro hat den Kater mit in die Werkstatt genommen. In MEINE Werkstatt! Angeblich kann er nicht einen ganzen Vormittag allein zu Hause bleiben, ohne dauerhafte Schäden davonzutragen. Lächerlich! Wenn der nun auch noch *meine Werkstatt* erobert – dann gute Nacht, Mattes!

Ich versuche, meine Abneigung deutlich zu machen, indem ich den Kater schlicht ignoriere. Das ist gar nicht so leicht, denn tatsächlich will er sich anscheinend unbedingt mit mir unterhalten. Vor allem, seitdem er gemerkt hat, dass ich gleich eine Runde durch den Park drehen werde, klebt er an mir wie eine Klette. Daniel war nämlich so unvorsichtig, die Terrassentür mit einem »Na, bereit für einen Ausflug?« zu öffnen.

»Aber wieso kann ich denn nicht mitkommen?«

Schröders dünnes Stimmchen klingt flehend, ich beachte ihn nicht. Statt einer Antwort trabe ich zur offenen Terrassentür. Der Kater verfolgt mich.

»Ich werde dich auch nicht stören, ganz bestimmt nicht!

Ich will doch nur einmal raus und gucken, wo ich hier eigentlich gelandet bin. Bitte, bitte, bitte!«

Ich drehe mich um.

»Hör zu, du halbe Portion: Es grenzt schon an ein Weltwunder, dass Caro dich heute netterweise mit in die Werkstatt genommen hat. Also fordere dein Glück nicht heraus und bleib brav hier. Draußen im Park lauern Gefahren, denen ein Katzenbaby nicht gewachsen ist!«

»Hey! Ich bin kein Baby mehr!«, kommt es empört zurück, und wenn ich könnte, würde ich grinsen, denn nun baut der kleine Kater sich regelrecht vor mir auf und fuchtelt mit seiner Pfote vor meiner Nase herum.

»Klar bist du noch ein Baby«, brumme ich nur.

»MAUNZ! Sag das nie wieder zu mir, sonst …«

»Sonst was?«, belle ich vergnügt. »Verbuddelst du dann aus Rache meinen Kauknochen oder schüttest dein Katzenklo in mein Körbchen?«

Der Kleine guckt böse, sagt aber nichts mehr.

»Apropos Katzenklo: Wieso lasst ihr Katzen euch eigentlich von Menschen sagen, wo ihr hinpinkeln dürft? Kein Hund, der etwas auf sich hält, würde sich so bevormunden lassen.«

Katerchen reißt die Augen auf, sagt aber weiterhin nichts. Traut er sich wohl nicht. Umgekehrt hätte ich mich nie getraut, Herrn Beck die Katzenklofrage zu stellen. Der hätte mir bestimmt gleich ein paar verpasst. Hat also eindeutig auch Vorteile, hier mal der Ältere zu sein. Um noch mal klarzumachen, wer hier der Boss ist, verpasse ich Schröder einen Stups mit meiner Pfote, sodass er über die Seite kugelt und von mir wegrollt.

»Na, ihr beiden? Spielt ihr miteinander?« Daniel hat das Stück Holz, das er eben noch in Händen hielt, auf die Werkbank zurückgelegt und ist zu uns gekommen. »Das ist ja niedlich.« Er dreht sich um und geht zu Caro. »Guck mal, wie schön die beiden miteinander spielen, Caro! Vielleicht solltet ihr den Kater doch behalten.«

Heilige Fleischwurst, bist du blind, Daniel? Ich spiele nicht mit dem, ich bin gemein zu ihm!

Caro kommt dazu.

»Ja, sehr süß. Ich möchte trotzdem keinen Kater. Ich bin schon genervt, dass ich den Kleinen heute in die Werkstatt mitnehmen musste. Aber zu Hause kann er noch nicht allein bleiben, da holt er die Vorhänge runter – und in der Praxis geht es nur, wenn die zweite Helferin da ist. Sonst maunzt Schröder nämlich die ganze Zeit, wenn Marc ihn in die Transportbox sperrt, weil er mit Frau Warnke in einer Behandlung ist.«

»Och, ich finde es völlig okay, dass du ihn mitgebracht hast. Stört mich überhaupt nicht, kannst du ruhig öfter machen.«

Ich knurre laut und deutlich.

Daniel lacht.

»Wie, damit bist du doch nicht einverstanden? Oder langweilt dich unser Menschengeschwafel? Dann geht doch in den Garten, draußen ist so schönes Wetter! Ich glaube, wir haben hier auch noch irgendwo einen Ball, mit dem ihr spielen könnt.«

Er läuft zu der kleinen Küche, in der sich Caro und er immer Kaffee oder Tee kochen oder auch mal ein Brötchen schmieren. In dem Eckschrank dort steht eine Kiste mit allerlei Krimskrams, und tatsächlich kehrt Daniel kurz darauf mit einem Tennisball in der Hand zurück.

»Hier, ihr beiden! Ich wusste, dass wir noch etwas für euch in petto haben. Kommt!«

Er stößt die Terrassentür, die direkt auf den Rasen führt, ganz auf, holt aus und wirft den Ball so weit, dass er fast in den Beeten am anderen Ende des Gartens landet. Das ist natürlich für einen Dackel wie mich trotzdem keine Herausforderung.

Mit einem eleganten Sprung setze ich über die Türschwelle – und stoße dabei fast mit einer schwarzen Kugel zusammen, die in diesem Moment pfeilschnell an mir vorbeischießt. Einigermaßen verdattert schaue ich hinterher und erkenne, dass es sich dabei um Schröder handelt, der offenbar ebenfalls hinter dem Ball herjagt. Und dabei ungefähr doppelt so schnell ist wie ich! Verdammt!

Ich mache noch einen Versuch, ihn einzuholen, aber es ist vergebens. Keine zwei Sekunden später hat sich der kleine Kater den Ball geschnappt, und ich beobachte fassungslos, wie er ihn mit hocherhobenem Haupt zu Daniel zurückschleppt.

»Wow!«, ruft der voller Anerkennung, »da hast du den alten Herkules aber ganz schön ausgetrickst!«

Wuff! Wie meinen? Mich ausgetrickst? Und wer ist hier überhaupt alt? Ich bin ein Dackel in den besten Jahren! So eine Unverschämtheit! Am liebsten würde ich laut aufheulen, andererseits will ich mir aber auch nicht anmerken lassen, wie sehr mich Daniel damit trifft. Cool bleiben, lautet meine Devise. Also trabe ich möglichst huldvoll an Daniel vorbei und lege mich auf mein sonniges Lieblingsplätzchen vor Caros Werkbank.

Kurz darauf steht der blöde Kater vor mir.

»Hey, ich dachte, wir spielen eine Runde zusammen.«

Ich antworte nicht, tue stattdessen mit geschlossenen Augen so, als sei ich kurz vor dem Einschlafen.

»Herkules? Ich habe mir echt Mühe gegeben, die Sache

mit dem Ball so gut wie ein Hund hinzukriegen, damit du mit mir spielst. Bist du jetzt etwa sauer auf mich?«

Ich öffne die Augen wieder. »Warum sollte ich sauer auf dich sein?«

Schröder legt den Kopf schief. »Na, weil ich gewonnen habe.«

Pah! Ich gebe einen verächtlichen Laut von mir. »Lächerlich! Du hast nicht gewonnen. Ich habe dir den Vortritt gelassen, weil ich dich nicht frustrieren wollte. Natürlich hätte ich mir jederzeit den Ball schnappen können, aber wer bin ich denn, dass ich einem Baby das Spielzeug wegnehme? Nein, nein, das geht schon alles in Ordnung so.«

»Oh.« Mehr sagt Schröder dazu nicht, sondern lässt stattdessen die Schnurrhaare hängen. Ich schließe wieder meine Augen und mime den schlafenden Dackel.

Nach ungefähr fünf Minuten ist mir allerdings ganz schön langweilig. Eigentlich wollte ich doch in den Park. Ob der Kater immer noch neben mir rumlungert in der Hoffnung, mich zu begleiten? Es riecht so, als sei er ein Stück von mir abgerückt. Ich öffne vorsichtig ein Auge – nein, er hockt immer noch in Sichtweite und mustert mich eindringlich. Bei meinem Lieblingsfresschen! Warum kann der mich nicht einfach in Ruhe lassen? Ich schließe mein Auge wieder und versuche, wirklich einzuschlafen.

Weitere fünf Minuten später muss ich einsehen, dass ich im Prinzip zwar überall und in jeder Lebenslage sofort einschlafen kann – aber nicht, wenn mich jemand anstarrt und ich eigentlich lieber im Park als im Körbchen wäre. Ich rapple mich hoch.

»Na gut, dann komm schon mit«, knurre ich in Richtung Schröder und trotte zur geöffneten Terrassentür.

»Wow! Maunz! MIAU!!!« Der bekloppte Babykater kriegt sich überhaupt nicht mehr ein. Er vollführt Luftsprünge, versucht, Schmetterlinge mit seiner Pfote zu erwischen, und schlägt Purzelbäume durch das hohe Gras. Mit anderen Worten: Er dreht völlig durch. Ich versuche, mich zu erinnern, wie ich mich bei meinem ersten Ausflug in den Park benommen habe, aber es fällt mir nicht mehr ein.

»Herkules, das ist einfach MEGA! Danke, danke, danke, dass du mich mitgenommen hast! Du bist ein echter Freund!«

Huch? Was bin ich? Das geht ja schnell bei der Jugend von heute! Ich warte, bis Katerchen wieder mit allen vier Pfoten auf der Erde gelandet ist, dann knurre ich ihn einmal laut an.

»Pass auf, Schröder – nur weil ich dich jetzt einmal mitgschleppt habe, bin ich noch lange nicht dein Freund. Wir sind bestenfalls Nachbarn. Oder meinetwegen auch Mitbewohner. Mehr nicht, verstanden?«

Schröder lässt die Ohren hängen. Also, für seine Verhältnisse jedenfalls, was bedeutet, dass das obere Drittel seiner spitzen Öhrchen ein wenig nach vorn geklappt ist.

»Aber ich hätte doch so gern einen Freund! Bitte, kannst du es dir nicht noch mal überlegen?«

»Vergiss es, Schnullerbacke! Ich bin ein Hund, du ein Kater. Aus Hunden und Katzen werden normalerweise keine Freunde, verstanden?«

»Ich hab's gehört, verstanden hab ich's nicht.«

»Noch mal Wort für Wort: Hunde. Und. Katzen. Sind. Keine. Freunde!«

»Aber wir könnten doch die Ausnahme sein!«

Gott, ist der hartnäckig!

»Nein. Könnten wir nicht. Ich war schon mal die Ausnahme. Mit dem besten Kater der Welt. Nichts und niemand wird ihn jemals ersetzen können.« Wuff! Ich habe gesprochen!

Schröder reißt die Augen auf.

»Du warst schon mal mit einer Katze befreundet?«

»Ja«, antworte ich knapp. Dann drehe ich mich um und laufe weiter in den Park hinein, immer meiner Nase nach, die mir verspricht, dass ich gleich auf das ein oder andere Kaninchen treffen werde.

»Hey, nun warte doch mal!« Schröder hat sich an meine Fersen geheftet, offenbar kann er einfach nicht einsehen, dass ich allein sein will.

Ich renne einfach weiter.

»Herkules! Wenn du nicht mit mir redest, dann … dann mache ich jetzt etwas ganz Verrücktes! Maunz! Jawoll!«

Na und? Mach doch!, denke ich mir und nehme die Verfolgung eines Eichhörnchens auf. Eben noch habe ich seinen buschigen Schwanz direkt neben einem kleinen Strauch gesehen, wenn ich mich beeile, erwische ich es vielleicht noch. Ich hechle im gestreckten Galopp zum Strauch, komme aber natürlich zu spät. Eichhörnchen sind eigentlich kaum zu kriegen für mich. Macht aber nichts. Allein das Gefühl, durch den Park zu jagen, ist herrlich!

Der unverkennbare Geruch eines Kaninchens weht an mir vorbei, meine Nase beginnt zu kribbeln. Kaninchen! Deutlich leichtere Beute als Eichhörnchen! Glaube ich jedenfalls, denn in der Praxis habe ich leider noch nie eines gefangen. Mein allererster Versuch, einen Kaninchenbau aufzustöbern, endete damals in einem kompletten Desaster – ich wäre fast erstickt, und Herr Beck musste Hilfe holen. Ach, der gute Herr Beck! Mein Dackelherz wird schwer, und ich ärgere mich, wie der blöde Schröder überhaupt auf die

Idee kommen kann, an die Stelle von Herrn Beck zu treten. So ein Unsinn!

Ich will gerade genauer untersuchen, woher der Kaninchengeruch kommt, da bricht hinter mir ein ohrenbetäubendes Spektakel los. Ein Jaulen, Knurren, Kreischen – es klingt, als ob ein ganzer Zirkus eine Chorprobe abhält. Was, zur Hölle, ist das? Ich fahre herum und traue meinen Augen kaum: Katerchen Schröder hockt auf dem Rücken eines riesigen Dobermanns und hat sich dort offenbar festgekrallt, der Dobermann rennt mit gefletschten Zähnen wie irre im Kreis und versucht, ihn abzuschütteln. Eine ältere Dame, offenbar Dobermanns Frauchen, schlägt mit einem Schirm immer wieder nach Schröder. Sie hat noch einen großen Schäferhund dabei, der knurrt und bellt laut und schnappt nach dem Kater, der diesen Angriffen geschickt ausweicht. Was für ein Schauspiel!

Jetzt aber geht der Dobermann in die Knie, offenbar damit ihm sein Kumpel besser helfen kann, den lästigen Kater loszuwerden. Der Schäferhund stürzt sich prompt auf die beiden, noch lauteres Gefauche und Geschrei ist die Folge. Jetzt kreischt Schröder regelrecht – wahrscheinlich hat ihn der Schäferhund ordentlich gezwickt. Ich überlege kurz, dann stürze ich mich ins Getümmel. Der blöde Kater hat zwar Haue verdient, aber dass er hier gleich von zwei großen Hunden Dresche bezieht, ist dann doch etwas zu viel des Guten.

»Stopp, Kollegen«, belle ich und schmeiße mich zwischen Schäferhund und Dobermann, »das ist doch noch ein echtes Baby! An dem wollen zwei starke Kerle wie ihr sich doch wohl nicht vergreifen, oder?«

»Hau ab, du Würstchen«, herrscht mich der Schäferhund an. »Dieser freche Kater hat sich eindeutig mit den Falschen angelegt, und das werden wir ihm jetzt klarmachen. Also, misch dich nicht ein, wenn dir dein Fell lieb ist!«

Okay, Schröder ist nicht mein Freund – aber so lasse ich natürlich nicht mit mir reden. Ich bin zwar auf dem Papier nur ein Mischling, aber in meinen Adern fließt fünfhundert Jahre altes edelstes Jagdhundblut. Ich, Carl-Leopold von Eschersbach, lasse mir rein gar nichts vorschreiben. Erst recht nicht, wem ich zu Hilfe eile! Ich fackle also nicht lange, sondern beiße den Schäferhund einmal kräftig in die Hinterläufe. Der jault auf und will nach mir schnappen, wobei er von Schröder ablassen muss.

»Hau ab!«, rufe ich Schröder zu. »Lauf um dein Leben!«

Schröder springt vom Rücken des Dobermanns und rennt zurück in die Richtung, aus der wir gekommen sind. Der Dobermann schaut ihm völlig erstaunt hinterher, der Schäferhund ebenfalls – nur die alte Dame holt aus und verpasst mir einen Schlag mit ihrem Regenschirm. Autsch! Ich fliege bestimmt einen halben Meter zur Seite. Nun schmerzen mir zwar die Rippen, aber ich gewinne auch einen ordentlichen Abstand zu den beiden wütenden Kollegen und nutze diesen zur Flucht. Hackengas!

Als ich völlig abgehetzt wieder in unserem Garten ankomme, sitzt Schröder schon ganz friedlich auf der Terrasse und tut so, als könnte er kein Wässerchen trüben. Er schleckt sich die Vorderpfoten ab, dann begrüßt er mich freundlich.

»Oh, hallo, Herkules! Ich habe schon auf dich gewartet.«

GGRRR!!! WUFFF!!!

»Hallo?! Du tickst ja wohl nicht sauber! Was sollte denn die Nummer eben? Das hätte gewaltig in die Hose gehen können! Um ein Haar hätten die Hackfleisch aus dir gemacht, das ist dir ja wohl klar!«

Schröder schüttelt den Kopf. »Ne, hätten die nicht.«

»Spinner! Natürlich hätten die!«

»Auf keinen Fall. Hätten die gar nicht gekonnt. Und das wollte ich dir beweisen.«

»Hä?« Mehr fällt mir dazu nicht ein.

»Ist doch völlig klar: Die konnten mir gar nichts, weil ich nämlich einen total mutigen, selbstlosen Freund habe, der mich beschützt und zu mir hält. Das wollte ich dir beweisen, und das ist mir auch gelungen.«

Wenn Schröder könnte, würde er jetzt sehr breit grinsen. Teufel aber auch! Ich wurde von einem Katzenbaby reingelegt!

NEUN

Als Schröder und ich kurze Zeit später wieder in der Werkstatt auftauchen, erschnuppere ich sofort diesen Duft, der mir neulich schon aufgefallen ist. Er klebte an Daniel und Caro, als sie von den Leuten kamen, von denen sie sich so ein tolles Geschäft versprechen. Und richtig: Kaum trabe ich zu den Werkbänken rüber, sehe ich auch schon die Hosenbeine von diesem Typen mit dem seltsamen Namen.

Er sitzt auf dem bequemen Sessel neben dem kleinen Tischchen, auf das Caro immer Kaffee oder Tee für die Kunden stellt, und blättert in einem Stapel Papier herum. Daniel stellt sich neben ihn und fängt an zu erklären.

»Das sind die Exposés der Instrumente, die ich besonders interessant für Ihre Sammlung finde, Herr Papadopoulos. Ich habe sie schon mal vorsortiert: Drei befinden sich derzeit in London, vier in Paris und zwei in Mailand. In München gibt es auch noch eine Geige, die vielleicht infrage kommt, von der habe ich aber bisher noch keine Unterlagen. Wenn Sie einverstanden sind, kann ich schon nächste Woche nach München fliegen.«

Während Daniel immer weiterredet, zermartere ich mir mein armes Dackelhirn. Woher kenne ich diesen Mann? Beziehungsweise: Woher kenne ich diesen Geruch? Ich verbinde irgendetwas Negatives mit ihm, komme aber einfach nicht drauf, was es ist.

Wuff – hm, komisch, wirklich komisch. Ich muss unbedingt mehr über ihn herausfinden. Auch, ob er etwas Böses plant, denn meine Nase zuckt so verdächtig, dass es eigentlich nicht anders sein kann. Allerdings habe ich nicht den geringsten Plan, wie ich das anstellen soll, bis mir auf einmal Herrn Becks Worte in den Sinn kommen: Wenn man etwas über jemanden herausfinden will, dann observiert man ihn am besten! Am meisten erfährt man etwas über die Menschen, indem man sie genau beobachtet. Was sie erzählen, ist dagegen einfach nicht zuverlässig genug. Oft ist es sogar das Gegenteil von dem, was sie wirklich denken.

Genau! Das ist es! So mache ich das! Herr Beck ist wirklich ein kluger Kater gewesen … ein guter Freund …

Die Sache hat nur einen Haken: Wenn der Typ mir bekannt vorkommt, ist es umgekehrt vielleicht genauso. Sollte er also Finsteres im Schilde führen, dann sollte ich besser unerkannt bleiben und auf keinen Fall dabei von ihm erwischt werden, wie ich ihm nachschleiche.

Mein Blick fällt auf Schröder, der sich in diesem Moment gemütlich vor meine Pfoten packt. Nun gut. Wenn ich den Kleinen schon nicht loswerde, kann er sich wenigstens mal nützlich machen. Und zwar als mein Spion. Ich denke, dafür ist so ein Katzenjunge bestimmt bestens geeignet, weil nämlich total unauffällig.

»Pass auf, Grünschnabel, ich hab da einen Job für dich«, raune ich ihm zu.

»Was? Echt? Für mich? Ist das so? Oder-oder nimmst du mich nur auf den Arm?«, maunzt der hyperaktive Schröder aufgeregt los.

»Hey, geht's vielleicht noch lauter? Schnullerbacke, jetzt schalt mal 'nen Gang runter und verhalte dich nicht so auffällig«, blaffe ich ihn an.

»Okay. Ja. Sorry. Tut mir leid. Ich bin leise. Still. Ruuuhig«, verspricht er und macht dennoch genauso hektisch weiter mit seinem Maunzen und Herumgewusel.

»Schröder«, knurre ich. »So wird das nichts.«

Der Kater erstarrt zur Salzsäule. Selbst sein Mund bewegt sich kaum noch beim Sprechen. »Hab's wirklich kapiert. Was soll ich also tun?«

Ich betrachte ihn einen Moment nachdenklich und bin mir von Sekunde zu Sekunde sicherer, dass er es versauen wird. Doch eine andere Wahl habe ich schließlich nicht.

Also schenke ich ihm einen mahnenden Blick und wuffe-wuffe: »Traust du dir zu, den Kerl dahinten, also den, der sich mit Daniel unterhält, zu verfolgen?«

Noch bevor ich es verhindern kann, ist Schröder rüber zu Daniel und diesem Papadopoulos geschlendert und umrundet ihn auffällig unauffällig. Dabei mustert er ihn von allen Seiten, was zumindest Daniel sofort merkt. Mit verwundert hochgezogenen Augenbrauen blickt er auf Schröder. Sagen tut er zum Glück nichts, sodass der Kerl tatsächlich nicht schnallt, dass er von einem Zwergkater neugierig von allen Seiten abgecheckt wird.

Caro kommt aus dem Nebenraum und verscheucht Schröder sofort. »Husch, husch, kleiner Mann, ab zu Herkules mit dir.«

Sie wirft mir einen vorwurfsvollen Blick zu, als wäre ich für den Kater verantwortlich und hätte nicht aufgepasst.

Wuff! Geht's noch? Ich bin doch hier nicht der Babysitter!

»Kinderspiel!«, erklärt Schröder, als er schließlich wieder bei mir angekommen ist. »Der ist so groß, den kann man gar nicht übersehen. Aber sicherheitshalber habe ich mir seinen Geruch sehr gut eingeprägt.«

Einen Moment bin ich sprachlos. Dieser Schröder hat ohne Zweifel einen Knall.

»Mann, Schröder, ey!«, knurre ich ihn ärgerlich an. »Was sollte diese total hirnrissige Aktion? Jetzt hat er dich hier in der Werkstatt gesehen, und wenn du ihn verfolgst, dann weiß er doch sofort, was Sache ist.«

Schröder verzieht sein Katergesicht. »Aber … nö. So ist das nicht. Ich habe doch aufgepasst, dass er mich nicht sieht. Bin die ganze Zeit im astreinen Schleichgang um ihn herum.«

»Schleichgang? Du bist gestampft wie eine Horde Nashörner auf dem Weg zur Wasserstelle. Daniel hat auch ganz misstrauisch geguckt. Und Caro hat dich verscheucht, wie kannst du dann behaupten, niemand hätte dich gesehen?«

»Caro vielleicht, aber Daniel niemals.« Schröder will's immer noch nicht einsehen – und ich bereue, dass ich überhaupt jemals auf diese doofe Idee gekommen bin. »Ich glaube, du irrst dich, Herkules. Der Mann hat mich nicht gesehen. Ich bin mir sicher, er hat mich nicht einmal wahrgenommen. Er war total in diese Unterlagen vertieft, die Daniel ihm hingehalten hat.«

Knurrr. Der Lütte macht mich fertig. »Okay, aber beschwere dich später nicht bei mir, ich hätte dich nicht gewarnt«, sage ich. »Und wenn's brenzlig wird, dann kommst du sofort zurück. Kein unnötiges Risiko, hörst du«, ermahne ich ihn noch einmal eindringlich.

»Großes Ehrenwort!«, beeilt sich Schröder zu versichern.

»Okay, dann …« Weiter komme ich nicht. In diesem Moment erhebt sich Papadopoulos vom Stuhl, verabschiedet sich von Caro und Daniel und verlässt mit eiligen Schritten die Werkstatt.

»Okay, hefte dich an seine Fersen.«

Schröder vollführt einen kleinen Freudenhüpfer, und ich bin mir noch sicherer: Er wird's versauen. Dann schleicht er mit gesenktem Kopf hinter Papadopoulos her.

Ich schaue ihm eine ganze Weile lang nach. Selbst als ich ihn nicht mehr sehen kann.

Daniel und Caro sind so intensiv mit ihren Plänen beschäftigt, wer wann wohin reist und sich wo was anguckt, dass sie nicht bemerken, dass Schröder weg ist.

»Ich schätze, Daniel«, sagt Caro geknickt, »die meisten der Reisen musst du wohl übernehmen. Ich kriege das mit den Zwillingen nicht geregelt. Marc ist zurzeit auch voll eingespannt, und ewig meine Schwiegermutter fragen, das geht einfach nicht.«

Daniel legt ihr freundschaftlich die Hand auf die Schulter. »Ist doch kein Problem, Caro. Du hältst hier einfach die Stellung, und wenn es passt, dann fahren wir auch mal zu zweit.«

Unglücklich zuckt Caro mit den Schultern. »Ja, klar doch, alles kein Problem«, brummt sie.

Daniel erzählt noch irgendetwas von Nina und dass es ihm momentan ganz recht ist, wenn er viel unterwegs ist. Er hofft, dass sie ihn dann endlich auch mal vermisst und ihre gleichgültige Haltung ablegt oder so was Ähnliches. Ich kann's nicht beschwören, denn auch wenn ich wegen Schröders Job und diesem Papadopoulos ziemlich aufgeregt bin, werden mir die Lider immer schwerer und schwerer, bis sie schließlich ganz zuklappen. Sekunden später bin ich im Dackeltraumland.

Eine Weile gefällt es mir dort ausgesprochen gut. Die Sonne scheint, ich liege im weichen warmen Gras und sehe den Schmetterlingen beim Tanzen zu. Mein guter alter Freund Herr Beck hat es sich neben mir bequem gemacht. Wir plaudern ein bisschen über dies und das und genießen ansonsten einfach nur die himmlische Ruhe und die Sonnenstrahlen auf unserem Fell.

Allerdings ist es in der nächsten Sekunde abrupt damit vorbei. Die olle Rentnerin aus der Seniorengruppe kommt mit ihren Blockabsätzen wie aus dem Nichts angetrippelt. Ihr Gesicht ist sonderbar verzogen, aber das ist nicht das Einzige, was mir das Wohlfühlen schlagartig vergehen lässt. Der Absatz ihres Schuhs ist groß. Riesig groß. Und er bewegt sich direkt auf mein linkes Vorderpfötchen zu. Beck hat längst die Biege gemacht, die Schmetterlinge sind ebenfalls weggeflattert. Nur ich liege im Gras und kann mich nicht bewegen. Als wäre ich am Boden festgetackert – während der Absatz der Seniorin immer größer und größer und vor allem immer näher und näher kommt.

Im Hintergrund wird Luisa sichtbar. »Herkules, blamier mich bloß nicht wieder, du, du … Kackhund!«

Ich wuffe ihr aufgeregt zu, dass das alles andere als nett von ihr ist. Und auch noch, dass sie mir doch bitte mal helfen soll. Doch Luisa wirft nur das Haar über ihre schmalen Schultern zurück, macht: »Pöh!« und ist kurz darauf verschwunden.

Der Blockabsatz ist inzwischen nur noch winzige Millimeter von mir entfernt und so groß wie ein Haus. Ich fange an zu hecheln. Ich bin mir sicher, das ist mein Ende. Winselnd ziehe ich den Kopf ein und erwarte den Tritt …

»Herkules, hey, Herkules, aufwachen.«

Aufwachen? Wer spricht da?

»Ich bin wieder zurück und hab etwas herausgefunden.«

Ich blinzele mich ins Hier zurück und erkenne Schröder. Er sitzt vor mir und guckt bedröppelt aus der Wäsche.

»Wo … wo ist der Absatz?«, murmele ich.

»Absatz?«

ABSATZ? Wuff! Habe ich das wirklich gerade gefragt? Und endlich begreife ich es, es war ein Traum, ein völlig verrückter Traum.

»Ich habe nicht Absatz gesagt, sondern Anzugmann«, behaupte ich prompt.

»Hast du gar nicht«, gibt Schröder zurück. »Ich hab doch keine Bohnen in den Ohren.«

Ich winke ab. »Natürlich habe ich Anzugmann gesagt. Ich wollte wissen, ob du dem Anzugmann gewissenhaft gefolgt bist. Aber ist jetzt auch egal. Sag mir lieber, was du beobachtet hast.«

Der Kater schnauft und fängt an zu berichten.

»Ich habe gesehen, dass sich der Mann in einem Café hinten an der Ecke mit einer Frau getroffen hat.«

»Mit einer Frau?«

Schröder nickt. »Sie war ganz schön aufgeregt, hat hektisch auf ihn eingeredet, kaum dass er das Café betreten hatte. Und dabei hat sie immer wieder den Kopf geschüttelt, sodass ihre wilden schwarzen Locken nur so geflogen sind. Solche verrückten Haare bei einem Menschen habe ich echt noch nicht gesehen. Okay, okay, sehr weit bin ich noch nicht herumgekommen, aber die ist echt komisch. Und wie die angemalt ist, als wäre sie mit dem Gesicht in einen Farbeimer geplumpst.«

Wilde schwarze Locken, angemaltes Gesicht. Irgendwie kommt mir das bekannt vor. Meine Nase zuckt und juckt wie verrückt. Irgendetwas stimmt nicht, das wird mir immer klarer.

»Und diese Frau, hast du verstanden, was sie zu Papadopoulos gesagt hat?«, will ich von Schröder erfahren.

Schröders Kopf verschwindet fast zwischen seinen Schultern. »Leider nicht. Dafür waren sie zu weit weg, und ich konnte mich nicht unbemerkt an ihren Tisch schleichen.«

»Na toll«, knurre ich enttäuscht. »Dann war die ganze Aktion also umsonst. Jetzt bin ich genauso klug wie vorher.«

Wobei – nein, das stimmt nicht. Schwarze Locken, angemaltes Gesicht, das kann nur Aurora sein. Und endlich erinnere ich mich auch, woher ich diesen Duft kenne. Es ist eindeutig Auroras Geruch, den ich wahrgenommen habe. Aber was will die denn in Hamburg? Will die etwa wieder was von Daniel?

»Sind sie noch im Café?«

»Ja, sie haben sich nach draußen gesetzt und gerade etwas bestellt. Ich dachte, ich hole dich vielleicht besser.«

»Kluger Kater«, lobe ich ihn. Auch wenn man seinen Beobachtungsposten eigentlich nicht verlassen sollte, würde Herr Beck jetzt bestimmt sagen. Aber wenn es wirklich Aurora ist, dann muss ich mir das selbst angucken. Und zwar auf der Stelle.

»Und was machen wir jetzt?«

»Wir schleichen zum Café Violetta. Sofort!«

Noch schnell ein Blick zu Caro und Daniel rüber. Die beiden sind ganz und gar in ihre Unterlagen vertieft. Die bekommen nichts mit. Also sprinten wir los. Raus in den Garten, dann in den Park und von dort zu dem Ausgang, der dem Café am nächsten ist. Ein paar Hundert Meter die Straße entlang, dann stehen wir vor dem Café Violetta. Die Sonne scheint auf die Terrasse, die bei diesem guten Wetter schon gut besetzt ist. Dem Dackelgott sei Dank sind die Cafégäste alle mitten im Gespräch oder beschäftigen sich mit ihren Handys – niemand bemerkt, dass sich hier gerade ein sehr ungleiches Paar anschleicht. Es ist schon erstaunlich: Wenn Menschen auf ihre Handys glotzen, dann könnte neben ihnen eine Bombe einschlagen, die meisten würden nicht einmal zusammenzucken. Also huschen wir ungesehen zwischen den Tischen und Stühlen hindurch, während ich nach Papadopoulos und Aurora Ausschau halte.

Da! Dort sitzen sie! An dem Tisch, der direkt am Durchgang vom Gastraum zur Terrasse steht: Papadopoulos und eine Frau mit wilden schwarzen Locken. Und tatsächlich, es ist Aurora!

ZEHN

Mann, nun rück mir doch nicht so auf den Pelz«, raunze ich Schröder an, der sich im Halbdunkel regelrecht an mich kuschelt.

Kaum hatte ich Aurora erkannt, hatte ich auch schon den idealen Beobachtungsposten für Schröder und mich ausgemacht: den Servierwagen an der Wand zum Gastraum. Dort hocken wir nun auf dem untersten Tablett, für Aurora und Mister P. nicht zu sehen. Also perfekt. Bis auf das Gekuschel von Katerchen. Ich schiebe ihn ein bisschen zur Seite.

»Hey! Lass das! Ich kann sonst nichts erkennen!«, maunzt er. Gut, das ist nicht ganz von der Hand zu weisen. Tatsächlich ist unser Versteck so gut, dass wir selbst kaum etwas sehen können. Direkt vor unseren Nasen hängt eine Serviette herunter und verwandelt den unteren Teil des Wagens in eine Höhle. Dabei lässt sie nur einen schmalen Spalt vor meiner Schnauze frei, durch den ich Papadopoulos und Aurora beobachten kann. Schröder muss sich tatsächlich schon ziemlich an mich ranschmeißen, um überhaupt etwas mitzukriegen. Trotzdem schiebe ich ihn nun energisch von mir weg.

»Hör zu, Kleiner – du musst auch gar nichts erkennen. Der Detektiv von uns beiden bin ich. Du bist nur mein Assistent. Mein Aushilfsassistent!«

Schröder kratzt sich mit der Pfote hinter dem Ohr.

»Was genau ist denn ein Detektiv?«

»Das ist ... äh ...«, ich überlege kurz, wie ich dem Nach-
wuchskater dieses Wort erklären kann, »... also, jemand, der
ungeklärte Fälle löst und Verbrechen, das ist ein Detektiv.«
Schröder legt den Kopf schief.

»Aha, das habe ich gestern mit den Kindern zusammen
im Fernsehen gesehen. Aber bist du sicher, dass so jemand
Detektiv heißt? Heißt der nicht Polizist?«

Wie bitte? Keine Ahnung haben und dann noch an meinen Worten zweifeln? Sehr frech!

»Pass auf, du Dreikäsehoch! Du hältst jetzt mal die Klappe, sonst kann Carl-Leopold von Eschersbach nämlich nicht
verstehen, worüber sich unsere Beschattungssubjekte unterhalten.«

»Was für Subjekte? Und wer ist denn Carl-Leopold von
Eschersbach? Das ist ja ein megabeknackter Name! Wer
kommt denn auf die Idee und ...«

Zu weiteren Ausführungen kommt Schröder nicht – ich
knurre ihn mit einem Unterton an, der sehr deutlich macht,
dass er mit seinem jungen Leben spielt. Sofort verstummt
der Kater.

Papadopoulos und Aurora reden dafür umso mehr, und
zum Glück steht der Servierwagen nah genug an den beiden,
sodass ich sie mit gespitzten Dackelohren ausgezeichnet verstehen kann.

»Onkelchen, das ist der beste Plan überhaupt! Dass du das
alles auf dich nimmst! Vielen, vielen Dank! Ich könnte dich
knutschen! Ach was – ich knutsche dich!«

Aurora fällt Papadopoulos um den Hals, allerdings nicht,
ohne vorher noch einmal effektvoll ihre schwarze Mähne zu
schütteln. Papadopoulos sieht sehr glücklich aus, jedenfalls
strahlt er über das ganze Gesicht.

»Ach, wenn ich meinem Mädchen damit das gebrochene

Herz heilen kann, dann ist mir nichts zu schwer. Ich hoffe, es wird klappen.«

»Natürlich wird es das! Stell dir doch vor – Daniel und ich in Paris, der Stadt der Liebe! Nur wir beide und die Geigen! Romantik pur! Das muss einfach klappen! Dann wird er endlich erkennen, dass wir füreinander gemacht sind, und wieder zu mir zurückkommen.«

Aha! Ich kann mir so langsam zusammenreimen, was für ein finsterer Plan hier geschmiedet wird! Aurora will den armen Daniel wieder einfangen! Er hat schon mal ein Jahr an ihrer Seite verbracht, und das war offenbar die schlimmste Zeit in seinem Leben. Und das, obwohl sie eine gefeierte Star-Violinistin ist und sie Daniel auf Konzertreisen in die ganze Welt mitgenommen hat. Das hätte eigentlich prima passen müssen – die Geigerin und der Geigenbauer. Hat es aber nicht. Daniel redet nicht oft darüber, aber wenn er es tut, dann fallen solche Worte wie »exzentrische Zicke«, »völlig egoman« und »komplett durchgeknallt«. Ich habe das zwar im Einzelnen nicht ganz verstanden, aber schon an der Art, *wie* Daniel es erzählt hat, konnte ich erkennen, dass es keineswegs liebevoll gemeint war. Nach *Romantik pur* klang es jedenfalls nicht.

Onkelchen Papadopoulos wiegt den Kopf hin und her.

»Gut, ich hoffe, du hast recht. Vielleicht braucht ihr wirklich nur ein wenig Zeit zusammen. Dass ich auf diese Weise noch einmal zu einer Geigensammlung komme, ist natürlich schon lustig! Hoffentlich kann ich damit später noch etwas anfangen.«

Aurora streicht ihm sanft über den Kopf.

»Ach Onkelchen, das spielt doch bei deinen Millionen keine Rolle. Außerdem ist es viel schöner, Geigen zu sammeln, als sich die fünfte Segelyacht zu kaufen. Oder den zwanzigsten Oldtimer. Sieh es mal so: Du tust eine gute Tat und schaffst gleichzeitig noch eine stabile Wertanlage.«

Nun lachen beide, und ich überlege, was unter einer stabilen Wertanlage zu verstehen ist. Marc hat Luisa mal erklärt, was eine stabile Seitenlage ist. Da ging es irgendwie darum, dass man Menschen, denen es nicht so gut geht, einfach auf die Seite legen soll, bis es ihnen wieder besser geht. Vielleicht kann man auch die Liebe, wenn es ihr nicht so gut geht, einfach mal weglegen, und dann erholt sie sich? Also in diesem Fall die Liebe von Daniel zu Aurora? Eine interessante Idee. Ich habe in meinem Leben als Haustier schon so manche Liebe zwischen Menschen erlebt, der es nicht so gut geht. Vielleicht hätten die Menschen ihre Liebe tatsächlich alle mal ein bisschen weglegen sollen, und die hätte sich dann von allein erholt. Kann mir gut vorstellen, dass das funktioniert. Von Rumschreien und Türenschlagen wird die Liebe nach meiner Beobachtung jedenfalls überhaupt nicht besser.

Rums! Der Servierwagen, auf dem Schröder und ich hocken, fängt auf einmal an, sich zu bewegen. Durch den Serviettenspalt hindurch blicke ich jetzt nicht mehr auf Aurora und ihren Onkel, sondern auf ein Paar menschliche Beine in dunkler Hose. Ach, du liebe Fleischwurst – der Kellner! Sieht so aus, als würde der uns nun mitsamt dem ganzen Servierwagen wegrollen!

»Warum wackelt das denn auf einmal so?«, erkundigt sich Schröder bei mir.

»Schätze mal, unser Versteck bewegt sich gerade davon.«

»Maunz! Und wohin?«

»Woher soll ich das wissen? Vielleicht zu einem anderen Tisch? Auf alle Fälle müssen wir hier weg, denn so können wir die beiden nicht mehr sehen, und außerdem weiß ich jetzt schon, was ich wissen wollte. Los, spring runter! Ich komm sonst nicht an dir vorbei!«

Schröder schüttelt den Kopf.

»Nein!«

»Bitte?«

»Ich kann nicht. Ich trau mich nicht!«

»Das ist doch albern! Du hast dich vorhin mit einem Dobermann und einem Schäferhund angelegt, und jetzt traust du dich nicht, von einem Tablett zu hüpfen?« Ich glaube dem Kater kein Wort. Ich bin mir sicher, er will mir einfach nur auf den Keks gehen. Was ihm auch gelingt, und zwar mühelos.

»Na ja, das waren ja auch Hunde – das ist etwas völlig anderes. Hier sind mir einfach zu viele Menschen.«

Bei meinem Fressnapf, was redet der denn da? »Glaube mir, Schröder, ein Dobermann ist viel gefährlicher als die durchschnittliche Servierkraft in einem Café. Wer vor Ersterem keine Angst hat, braucht sich vor Letzterem nicht zu fürchten. Also, runter mit dir!«

Schröder bleibt einfach sitzen.

»Hey!« Ich stupse ihn an, er rührt sich keinen Millimeter, sondern schaut mich aus großen grünen Augen an.

»Du hast ja keine Ahnung, Herkules. Menschen sind zu Sachen fähig, die würde kein Tier jemals tun.« Mehr sagt er nicht, und bevor ich nachfragen kann, wie er das meint, rumpelt der Servierwagen noch einmal kräftig, und jemand zieht mit Schwung die Serviette herunter. Eine Sekunde später schauen wir in das Gesicht der sehr erstaunten Schwarzhose.

»Oh! Was macht ihr denn hier?« Er dreht sich um. »Chef, komm mal schnell! Hier sitzen ein Hund und ein Kater auf meinem Trolley!«

»Was?«, dröhnt es mit dunkler Stimme von etwas weiter weg. »Moment, ich komme.«

Ich schaue der Stimme hinterher und versuche zu erkennen, wo wir gerade sein könnten. Das dahinten sieht mir wie ein sehr großer Herd aus. Anscheinend die Küche des Cafés Violetta. Nicht unbedingt der richtige Ort für einen Dackel und einen Findelkater.

»Schröder!«, zische ich den Kater an. »Nun lass uns endlich abhauen!«

Als er sich immer noch nicht bewegt, reicht es mir. Ich schubse ihn zur Seite und springe vom Tablett. Soll er doch da hocken bleiben, wenn er sich nicht runtertraut. Ich jedenfalls mache jetzt die Biege.

Oder besser gesagt: versuche es. Denn als ich in die Richtung galoppiere, in der ich den Ausgang vermute, stellt sich mir der Mensch mit der dunklen Stimme entgegen und versperrt den Weg zur Tür. Er ist ein riesiger Kerl in weißer Kleidung und mit einer Art weißer Mütze auf dem Kopf – und er sieht nicht so aus, als würde er sich von einem Dackel austricksen lassen.

»Na, mein Freundchen?«, dröhnt er mir entgegen. »Wo kommst du denn her? Und was machst du in meiner Küche?«

Ich unternehme den Versuch, mich an ihm vorbeizuschlängeln, aber er bückt sich blitzschnell und packt mich im Nacken.

»Stopp, stopp, stopp – niemand mit vier Beinen rennt ungefragt durch meine Küche! Du bleibst hübsch hier, bis wir deinen Besitzer gefunden haben.«

Ich zapple und rudere wie wild mit meinen Beinen hin und her, aber es ist vergebens: Der Kerl hält mich so fest, als habe er mich in einen Schraubstock gespannt, ich kann mich einfach nicht befreien. Er trägt mich zum Servierwagen zurück, auf dem Schröder immer noch wie ausgestopft hockt, und wendet sich an den Mann, der uns hierhergerollt hat.

»Martin, frag doch bitte mal unsere Gäste, ob die beiden vermisst werden. Die können doch nicht plötzlich von allein und aus dem Nichts hier aufgetaucht sein. Irgendjemand muss die mitgebracht haben.«

Martin nickt. »Geht klar, Chef. Ich frag nach.«

»Wenn sich niemand meldet, hol einen von den alten Umzugskartons aus dem Lager. Dann müssen wir die beiden wohl ins Tierheim bringen. In der Küche können sie schließlich nicht bleiben.«

Tierheim? *Tierheim?* TIERHEIM?? O nein, das darf doch nicht wahr sein! Da war ich schon mal, als mein Züchter mich loswerden wollte, weil ich nicht ganz reinrassig bin. Und es war einfach nur FURCHTBAR! Auf keinen Fall will ich da noch mal hin.

Ich jaule laut auf. Das ist alles nur die Schuld von diesem blöden Kater! Wenn der nicht wie festgeklebt auf dem Wagen geblieben wäre, wären wir noch auf der Terrasse geflüchtet! Warum habe ich den nicht einfach da hocken lassen? Aber nein, ich muss natürlich den Kameraden in der Not geben und auch an seine Haut denken!

Schröder scheint allerdings von der jüngsten schlimmen Entwicklung völlig unbeeindruckt. Während ich noch einen letzten vergeblichen Zappelversuch unternehme, sitzt er teilnahmslos auf dem Wagen und starrt vor sich hin.

»Mann, unternimm du doch auch mal was!«, knurre ich ihm zu. »Kralle dich an seinem Bein fest, beiße ihn oder mach was auch immer mit ihm – aber tu was, damit wir nicht im Tierheim landen, verstanden?«

Keine Reaktion. Schröder starrt mich nur an. Es ist zum Schwanzhaareausreißen!

Kellner Martin kommt nun tatsächlich mit einem Karton wieder.

»Also, keiner der Gäste ist mit einem Hund und einer Katze gekommen. Oder nur mit einem Hund oder nur mit einer Katze. Ich hab alle gefragt.«

Er stellt den Karton vor dem Servierwagen ab und klappt die Deckel hoch.

»So, kleines Miezekätzchen, dann komm mal auf Onkel Martins Arm!«

»Schröder, tu endlich was!«, belle ich. »Lass dich nicht in den Karton setzen!«

»Nun halt endlich still, du wilder Dackel!«, herrscht mich der Chef an. Kaum hat Martin Schröder in den Karton gesetzt, werde auch ich in das Ding gesteckt, das ziemlich nach Keller müffelt – und noch dazu echt dunkel ist, nachdem Martin die beiden Deckel zugeklappt hat. Verfluchte Hundehütte! Wie konnte ich nur in so eine Lage geraten?

Es rumpelt noch einmal heftig, und der Karton beginnt zu schwanken. Offenbar haben die Menschen ihn hochgehoben und tragen ihn irgendwohin. Kurz darauf ein Geräusch wie das Zuschlagen einer Autotür, tatsächlich wird kurz darauf ein Motor angelassen. Na großartig! Nächster Halt Tierheim, würde ich sagen!

»Das hast du ja prima hinbekommen«, raunze ich Schröder an, als der tatsächlich die Frechheit besitzt, sich im dunklen Karton an mich zu kuscheln.

»Ich? Wieso ich?«, flüstert er.

»Hab ich doch eben schon gesagt – wenn du gleich weggesprungen wärst, wären wir noch auf der Terrasse abgehauen, dann hätten die uns nie im Leben bekommen!«

Der Kater schnaubt. »Stimmt doch gar nicht! Wenn du nicht gesagt hättest, dass ich diesen Papadingsbums verfolgen soll, dann wären wir niemals hier gelandet, sondern lägen jetzt noch friedlich und entspannt in Caros Werkstatt! Wahrscheinlich gäbe es auch längst etwas sehr Leckeres zu fressen!«

Okay, ich gebe zu: Ein bisschen ist da was dran. Ich würde dem doofen Schröder gern die komplette Schuld für dieses Desaster in die Pfötchen schieben, aber das geht bei Lichte betrachtet nicht so einfach. Ich seufze tief.

»Na gut. Sagen wir mal, es ist ein Unentschieden. Trotzdem war es ein Fehler von dir, nicht zu springen. Wieso warst du denn auf einmal so ängstlich?«

»Ach, das ist eine lange Geschichte«, druckst Schröder rum.

»Kein Problem, wie du weißt, habe ich gerade Zeit.«

Ich höre, wie Schröder Luft holt. »Also, das war so …«

ELF

Bei meiner Lieblingsleberwurst aus der Tube, dieser Zwerg macht mich total irre! Erst sagt er: »Also, das war so ...«, und dann kommt nichts mehr hinterher.

Er sitzt einfach nur in diesem unmöglichen Karton neben mir und glotzt vor sich hin. Zweimal habe ich ihm bereits auffordernd meine Nase in die Seite geknufft – ohne Erfolg! Kein einziger Katerton kommt aus seinem Maul.

Wuff! Das kann ich vielleicht leiden, Andeutungen machen, theatralisch Luft holen und dann schweigen.

Okay, dann muss ich wohl deutlicher werden.

»Jetzt sag schon, Schröder, wo bist du hergekommen? Wer hat dich in diesen Beutel gestopft und an unsere Tür gehängt? REDE GEFÄLLIGST!«

Trotz des Dämmerlichts im Karton erkenne ich, wie sich das eben noch so teilnahmslose Gesicht des Zwergkaters verdunkelt. Seine riesigen grünen Augen fangen an, verdächtig zu schimmern – o nein, bitte keine Katzenheulerei! Es ist schon schlimm genug, dass wir zusammen in diese dumme Situation geraten sind.

Tierheim. Ich fasse es nicht. Ich dachte nicht, dass ich jemals wieder dort landen würde. Und erst recht nicht zusammen mit einem Findelkater, der erst Andeutungen macht, dann schweigt und jetzt – verdammt, tatsächlich leise schluchzt.

»Weißt du, Herkules«, sagt er mit dünnem Stimmchen,

»es fällt mir ziemlich schwer, darüber zu sprechen … daran erinnert zu werden. Ich vermisse ihn nämlich noch immer ganz schrecklich.«

»Wen?«

»Meinen Bauernhof.«

»Bauernhof?« Ich verstehe nur noch Heringsfilet. Will der Lütte mir jetzt allen Ernstes weismachen, dass er von einem Bauernhof kommt?

»Ja, der Bauernhof, auf dem ich geboren bin. Sehr schöne Gegend und ein ganz tolles Spielgelände für mich und meine sechs Geschwister.«

Der Kater seufzt tief, und langsam fange ich an zu begreifen. Dennoch fordere ich ihn auf: »Rede weiter«, weil er den Eindruck macht, als wolle er in die nächste Schweigerunde verfallen.

»Wie bereits gesagt, es fällt mir nicht so leicht …«

»Pass auf, Zwerg, mir fällt es auch nicht *so leicht*, zurück ins Tierheim zu müssen. Trotzdem trage ich es mit Fassung. Und weißt du auch, warum?« Bevor er antworten kann, mache ich das schon. »Weil ich gechippt bin. Im Tierheim finden sie anhand dieses Chips heraus, wo ich wohne. Habe schon oft gesehen, wie Marc Welpen in seiner Praxis einen Chip einsetzt, damit die niemals verloren gehen können.«

»Hä?«

Okay, ich muss dem Kater dieses Wunderwerk der Technik offenbar genauer erläutern. »Der Chip ist wie ein Halsband mit dem Namen deines Herrchens oder Frauchens drauf. Oder besser noch: wie eine minikleine Hundemarke. Ein Piks, dann sitzt diese Marke unter der Haut am Hals. Und Tierärzte und auch das Tierheim haben so ein Gerät, das den Chip erkennen kann. Wenn du mit dem Teil an die Stelle vom Hals kommst, wo der Chip sitzt, zeigt es an, wem der Hund gehört. Das Gerät habe ich schon mal gesehen, als ich vor vielen Jahren im Tierheim war. Damit haben sie geguckt, wem Tiere gehörten, die dort abgegeben wurden. So wird es auch bei uns sein. Sie werden Caro verständigen, und die holt mich ruck, zuck ab.«

»Du-du warst schon mal im Tierheim?« Der Zwerg guckt mich mit erschrockenen Augen an. »Wann? Warum? Und ist es dort tatsächlich so gruselig, wie uns Tante Flora immer erzählt hat?«

Ich will schon antworten. Erzählen, wie schrecklich es damals war. Wie unwohl ich mich gefühlt habe. Dieser Geruch. Diese Zwinger. Der raue Betonboden. Und vor allem die vielen anderen Hunde, die sich jedes Mal in Positur geworfen haben, kaum dass ein eventuelles neues Frauchen oder Herrchen sich den Zwingern näherte. Der tägliche Kampf und die Hoffnung, dass endlich mal jemand dabei ist, der vor mir stehen bleibt und mich anlächelt. Das Schlimmste jedoch waren die Nächte. Wenn ich auf der dünnen Decke lag und mich wie der einsamste Dackel der Welt gefühlt habe. Wenn die Angst übergroß wurde, dass mich niemand jemals dort herausholen würde. Dass ich bis ans Ende meiner Dackeltage im Tierheim, in diesem Zwinger, auf meiner kratzigen Decke hocken und den Mond anheulen müsste.

Hach …

»Dann hast du ja auch schon so einiges erlebt, Herkules«, maunzt Schröder und entreißt mich damit meiner unschönen Erinnerung.

»Habe ich«, wuffe ich kurz. »Aber du wolltest gerade erzählen, Schröder«, erinnere ich ihn.

Schröder nickt und fährt endlich fort. »Na ja, auf jeden Fall war ich sehr glücklich auf meinem Bauernhof. Doch dann ist eines nach dem anderen meiner Geschwister von irgendwelchen Menschen besucht und mitgenommen worden. Ich bin bis zum Schluss geblieben und dachte schon, ich hätte Glück und würde für immer bei Mama und Tante Flora bleiben können. Doch dann ist eines Tages so ein schreckliches Ehepaar gekommen. Na ja, am Anfang wusste ich natürlich noch nicht, dass sie so schrecklich sind. Da waren sie noch ganz nett und wollten mich unbedingt mitnehmen. Kaum bei denen zu Hause, da waren sie nur noch am Schimpfen. Hier ein Katzenhaar von mir, das sie störte, dort ein bisschen Katzenstreu neben dem Klo, und dann bin ich ein einziges Mal aufs Sofa gesprungen. Die Frau hat ganz schrill geschrien, und der Mann hat einen Handfeger geholt und mir damit den Hintern versohlt. Ich habe dann vor lauter Schreck auf den weißen Teppich im Wohnzimmer gestrullert. Da sind die dann so richtig böse geworden. Die Frau meinte, dass sie sich das so nicht vorgestellt hätte, dass ich nur Dreck mache und irgendwie auch gar nicht so richtig zur Wohnungseinrichtung passe und dass sie mich sofort wieder loswerden will. Der Mann hat aber gesagt, er hat keine Lust, den weiten Weg bis zum Bauernhof noch einmal zu fahren. *Dann schmeiß ihn doch in irgendeinen See*, hat die Frau von ihm verlangt.«

Ich muss schwer schlucken. Der kleine Kater sollte ertränkt werden.

»Ich wusste nicht, ob er es wirklich tun würde, als er mich gepackt und in den Beutel gesteckt hat. Also hatte ich Todesangst! Herzrasen, Ohrensausen, alles, was dazugehört. Zum Glück hat er nicht Ernst gemacht, doch es waren trotzdem die schlimmsten Stunden in meinem Leben, bis mich Luisa aus dem Beutel geholt hat, und, na ja, den Rest kennst du ...«

Uff! Jetzt bin ich doch ein wenig geschockt. Der kleine

Schröder hat schon ganz schön was durchgemacht. Menschen können wirklich grausam sein.

»Tröste dich, Kleiner, alle Menschen sind nicht so doof. Caro und Marc zum Beispiel, bei denen kann man es wirklich aushalten. Okay, die Kids nerven manchmal gewaltig. Aber im Großen und Ganzen hab ich es dort echt gut erwischt.«

»Mir gefällt es dort auch richtig gut«, maunzt Schröder und hört sich gleich wieder viel zuversichtlicher an. »Nur … na ja, ich trage ja weder Halsband noch Marke. Meinst du, die wissen in diesem Tierheim trotzdem, dass ich zu dir gehöre?«

Zu mir? Wie bitte? Der Zwerg gehört doch nicht zu mir. Was bildet der sich denn ein?

Weil er mich aber so hoffnungsvoll anstarrt, nicke ich und murmele: »Schon möglich.«

Schröder atmet hörbar auf, zeitgleich stoppt der Wagen. Es dauert nicht lange, da öffnet sich die Klappe, und der Karton, in dem wir sitzen, wird leicht schwankend hochgehoben und setzt sich in Bewegung.

»Was passiert jetzt?«, maunzt Schröder unsicher.

»Wir sind beim Tierheim angekommen und werden dort abgegeben, schätze ich. Zumindest hat dieser Martin das so angekündigt.«

Tatsächlich dauert es nur noch einen kurzen Augenblick, bis die Kiste auf etwas abgestellt wird.

Eine Frauenstimme sagt: »Oh, was bringen Sie uns denn da?«

»Einen ziemlich renitenten Dackel und ein sehr liebes schwarzes Kätzchen«, antwortet Martin.

Renitent? Was soll das denn bedeuten?

»Dackel und Katze sind zusammen in diesem Karton?« Die Frauenstimme klingt erstaunt. »Wo haben Sie die denn aufgelesen?«

Martin berichtet ihr von dem Vorfall im Café und dass sein Chef ihn beauftragt hat, Dackel und Katze ins Tierheim zu bringen.

»Okay, das klingt ja ziemlich abenteuerlich«, meint die Frauenstimme. Im nächsten Moment wird der Deckel aufgeklappt, und endlich wird die Luft besser. Noch ein wenig länger in diesem muffigen Karton, und ich hätte Schnappatmung bekommen!

»Na, ihr beiden Süßen«, werden wir von einem freundlichen Frauengesicht begrüßt. »Was seid ihr denn für ein süßes Pärchen?«

Schröder und ich sind bestimmt kein Pärchen. Wenn schon, dann Leidensgenossen. Wider Willen, versteht sich.

Schröder maunzt herzzerreißend, während mir plötzlich etwas klar wird: Das ist doch meine Latzhosenfreundin von damals! Etwas älter, aber ich erkenne sie eindeutig wieder. Genau diese Frau hat mich damals in Empfang genommen, als mein herzloser Züchter mich ins Tierheim brachte.

Sie erkennt mich anscheinend nicht, aber nett ist sie trotzdem so wie früher. Sie streicht sanft über unsere Köpfe.

»Wie Streuner seht ihr ja nicht gerade aus, dazu seid ihr viel zu gepflegt. Und der Hund hat auch eine Steuermarke. Also werde ich jetzt schnell mal versuchen herauszufinden, wer euer Frauchen oder Herrchen ist, damit ihr schnell wieder nach Hause könnt«, kündigt sie an.

»Muss ich noch irgendetwas unterschreiben oder so?«, fragt Martin aus dem Café.

Die nette Latzhosenfrau schüttelt den Kopf. »Im Prinzip nicht. Falls Sie jedoch wissen möchten, was aus den beiden wird, ob wir die Besitzer ausfindig machen können und so, dann können Sie mir Ihre Telefonnummer hierlassen.«

Martin zuckt mit den Schultern. »Eigentlich möchte ich

das nicht wissen. Wenn sich nämlich kein Besitzer findet, dann bleiben die beiden ja wohl im Tierheim.«

Die Latzhosenfrau lächelt verstehend. »Soso, Sie befürchten wohl, dass Sie dann in die Verantwortung genommen werden, oder was?«

»Nö! Warum auch. Ich habe die beiden schließlich im Auftrag meines Chefs hierhergebracht. Und jetzt muss ich dann auch wieder los. Sonst bekomme ich nämlich genau mit dem Stress. Tschüss dann.«

Weg ist er. Mir tut es nicht leid. Auf weiteren Kontakt mit Martin und seinem Chef kann ich gut verzichten.

Die Latzhose lacht leise vor sich hin – bestimmt über diesen Martin, der es wirklich eilig hat abzuhauen. Dann hält sie mir das Gerät an die linke Halsseite, von dem ich Schröder erzählt habe. Er starrt es mit großen Augen an. Hat der mir eben etwa nicht geglaubt? Frechheit!

»Aha, da ist er ja, dein Chip. Dachte ich es mir doch.« Sie tippt irgendetwas in ihren Computer ein und sagt kurz darauf: »So, so, du gehörst also einer Caroline Wagner. Und nun zu dir, Kätzchen. Bist du auch gechipt?« Sie fährt mit dem Gerät an beiden Seiten von Schröders Hals entlang, aber offenbar tut sich nichts. »Okay, kein Chip. Na, wahrscheinlich gehörst du ja auch zu dieser Frau Wagner. Dann rufe ich am besten gleich mal dort an.«

Sehr gute Idee. Daran hat sich also nichts geändert. Damals, als ich als kleiner einsamer Dackelwelpe meine Zeit hier fristen musste, hatte sie auch schon immer so gute Ideen, erinnere ich mich.

»Schade, nur der Anrufbeantworter. Dann dauert es wohl doch noch ein bisschen, bis ihr beiden abgeholt werdet«, erklärt sie Schröder und mir kurz darauf.

»Was heißt das jetzt?«, will Schröder von mir erfahren.

»Dass mal wieder keiner ans Telefon geht. Aber sie hat auf den Anrufbeantworter gesprochen. Sobald den jemand abhört, holen die uns hier ab.«

»Anrufbeantworter? Was ist das?«

Ich setze gerade zu einer Erklärung an, da hebt die nette Latzhosenfrau erst mich, dann Schröder vom Tisch und trägt uns, jeweils unter einen Arm geklemmt, aus dem Büro.

»Ich muss euch leider, solange ihr hier seid, im Zwinger parken.«

Wuff! Was? Warum denn?

»Was ist ein Zwinger?«, maunzt Schröder.

»Nichts Schönes, glaub mir, Zwerg, absolut nichts Schönes«, knurre ich.

»Ja, ja, Dackelchen, es tut mir ja auch leid, dass ich euch in den Zwinger setzen muss. Aber ich habe keine Zeit, mich um euch zu kümmern, und allein im Büro könnt ihr auch nicht bleiben.«

Zuerst bin ich dran. Ohne lange zu fackeln, schiebt die Latzhosenfrau mich in einen der Zwinger, der zum Glück jedoch leer ist. Ein einsamer Trinknapf, eine alte Decke, in der Ecke ein Kauknochen aus Hartgummi. Okay, Luxus geht anders. Aber ich wusste ja, was auf mich zukommt. Hauptsache, ich bin hier drinnen allein und muss mich nicht mit irgendeinem gemeingefährlichen Dobermann oder Rotweiler auseinandersetzen.

»Herkules, wo bringt die mich hin? Ich will nicht von dir weg, Herkules …«, höre ich Schröder verzweifelt maunzen.

»Ist ja schon gut, Mietze«, versucht die Latzhosenfrau, ihn zu beruhigen. »Du musst nicht bei den Hunden bleiben. Ich bringe dich ins Katzenhaus. Dort hast du nette Gesellschaft.«

Schröder heult trotzdem weiter. Er heult und heult, ich

kann ihn durch sehr viele Wände hindurch hören, und ja, ich gebe es zu, so ein kleines bisschen tut er mir schon leid. Schließlich war er noch nie im Tierheim, und dazu hat er schlechte Erfahrungen mit Menschen gemacht.

Im Nachbarzwinger motzt ein Rehpinscher: »Sag mal, gehörst du zu dieser nervigen Katze? Heult die Mieze immer so? Das ist ja grausam, nicht zum Aushalten.«

Ich wuffe empört zurück: »Er hat auch allen Grund dazu. Also werd mal nicht frech, Pinscher. Verstanden!«

»Wir haben hier *alle* Grund zum Heulen. Tun wir es deshalb ununterbrochen?«

»Bist du ein Katzenbaby, das bisher nur Schreckliches durchgemacht hat, hä? Wollte dich einer ertränken, hä?«, knurre ich noch einen Zacken böser.

Was der Pinscher darauf bellt, weiß ich nicht. Ich höre ihm nämlich gar nicht mehr zu. Ich höre nur Schröders klägliches Maunzen, und obwohl ich ihn eigentlich nicht ausstehen kann, geht mir das sehr ans Herz. Es klingt verrückt, und eigentlich habe ich es für völlig unmöglich gehalten, aber der Zwerg fängt tatsächlich langsam an, mir etwas zu bedeuten. Sonst würde ich mir bestimmt nicht solche Sorgen um ihn machen, und mein Herz wäre nicht so schwer, weil er so schlimm weint.

»Dass Menschen zu so etwas fähig sind!«, murmle ich immer wieder vor mich hin.

»Wovon redest du?«, will der Pudel, der mit dem stänkernden Rehpinscher im selben Zwinger sitzt, von mir erfahren.

»Geht dich nichts an«, murre ich unfreundlich. Ich hoffe doch, dass ich hier bald abgeholt werde. Kein Grund also, hier neue Freundschaften zu schließen.

Wie lange wir hier im Tierheim ausharren müssen, kann ich nicht sagen. Mir kommt es auf jeden Fall wie eine Ewigkeit vor, als plötzlich Hedwig mit Henri im Schlepptau vor meinem Zwinger auftaucht.

»Herkules, was machst du denn für Sachen?«, schimpft sie erst mit mir, dann mit Henri, der mal wieder nur Blödsinn im Kopf hat. Er stößt mit voller Absicht einen Wasserbehälter um.

»Sag mal, Henri, reicht es nicht, dass du heute schon im Hort einen Platzverweis kassiert hast, weswegen du vorzeitig abgeholt werden musstest? Möchtest du jetzt auch noch im hohen Bogen aus dem Tierheim geworfen werden?«

Hedwigs Ermahnung bringt rein gar nichts: Henri hat heute offenbar einen ganz besonders schlechten Tag, was er mit einem erneuten Tritt gegen einen anderen Wasserbehälter klar zum Ausdruck bringt.

Hedwig motzt irgendetwas von Caros schlechter Erziehung und dass das typisch sei, bevor sie erst mich, dann den schwer erleichterten Schröder auslöst und uns im Stechschritt nach Hause bringt.

Dort übergibt sie Henri, Schröder und mich ohne großartige Erklärungen der wenig begeistert aussehenden Luisa.

»Du passt bitte auf, bis Carolin oder Marc nach Hause kommen.«

»Aber Oma, das geht nicht. Ich habe keine Zeit zum Aufpassen«, motzt Luisa. »Gleich kommt Lena vorbei. Wir haben etwas vor.«

»Und ich bin mit Herrn Michaelis zum Tanztee verabredet«, sagt Hedwig entschlossen. Dann knallt sie die Tür hinter sich zu und ist verschwunden.

ZWÖLF

»Onee! Wie lange musst du denn noch auf die aufpassen? Ist ja voll nervig!«, mault Lena. »Ich hatte echt die gute Idee, wie es doch noch was mit Pauli wird! Aber wenn wir jetzt hier stundenlang mit den Babys rumhängen müssen, dann können wir das total knicken.«

Luisa zuckt mit den Schultern. »Ja, ich weiß, dass das doof ist. Aber was soll ich denn machen? Ich habe Oma versprochen, auf die Kleinen aufzupassen.«

Die Tür zu Luisas Zimmer fliegt auf. Henri steht in der Tür. Wutentbrannt, möchte ich sagen.

»Ich bin NICHT klein!«, schreit er und schmeißt etwas in Richtung Luisa, was sich beim Aufprall an die Wand über mir als Wasserbombe entpuppt. KLATSCH! Ein kalter Schauer ergießt sich über mich. Jaul! Ich will unter Luisas Bett flüchten, wo Schröder in offenbar weiser Voraussicht schon Platz genommen hat. Luisa hindert mich allerdings daran, indem sie mir ein Handtuch überwirft, mit dem sie mich dann abtrocknet. Auch gut.

»Hey, Henri, chill mal«, schnoddert Lena Henri betont lässig an. »Ist doch alles cool hier. Und gut, dass du nicht klein bist. Dann kann ich dir ja einen Deal für große Jungs vorschlagen.«

Henri macht Augen so groß wie die Porzellanunterteller, die Oma Hedwig nur bei ganz besonderen Anlässen aus dem Schrank holt.

»Was 'n für 'n Deal? Was ist das überhaupt?«

Lena kichert – und klingt dabei für meinen Geschmack sehr überheblich.

»Du weißt nicht, was ein Deal ist? Na ja, habt wohl noch kein Englisch in der ersten Klasse ... Ein Deal ist ein Geschäft.«

Henri guckt sie sehr böse an.

»Wir haben wohl Englisch! Hatte ich schon in der Kita! Ich kannte nur das Wort nicht! Also – was für ein Geschäft?«

»Ganz einfach: DU passt auf die Zwillinge auf, während Luisa und ich kurz was erledigen. Und zwar ohne dass deine Eltern oder deine Oma davon was mitkriegen. Und dafür bekommst du zehn Euro. Ist das ein Angebot?«

»ZEHN Euro?« Henris Augen werden noch größer, falls das überhaupt noch möglich ist. Offenbar handelt es sich bei zehn Euro um eine unermessliche Summe. Lena streckt ihm die Hand hin, er schlägt ein.

»Deal!«, ruft sie, Henri nickt und murmelt ebenfalls »Deal!«

Dann wendet sich Lena an Luisa. »So, gib ihm die zehn Euro und dann los!«

»Äh, ich habe gar keine zehn Euro«, stottert Luisa. »Bin gerade völlig pleite. Beim Shoppen musste ich schon Greta anpumpen.«

Lena rollt mit den Augen, kramt in ihrer Jacke und zieht einen Geldschein heraus, den sie Henri in die Hand drückt.

»Hier, du kleine Kröte. Und denk dran: Kein Wort zu deinen Eltern. Oder deiner Oma. Wir sind jetzt ungefähr 'ne Stunde weg, stell den Lütten den Fernseher an oder gib ihnen das iPad deiner Mutter – egal, wie du es anstellst: Wenn wir wiederkommen, muss hier alles in Ordnung sein. Verstanden?«

Henri nickt und stopft sich den Geldschein schnell in die Hosentasche. »Ihr könnt euch auf mich verlassen. Ich schaff das schon!«

Ich würde an dieser Stelle gerne Zweifel anmelden, mit Sicherheit droht großes Unheil, wenn der ungezogene Henri auf seine noch ungezogeneren Geschwister aufpassen muss. Diese drei haben meiner Meinung nach durchaus die gleiche Zerstörungskraft wie ein mittlerer Tornado. Aber wen interessiert das schon? Also flüchte ich jetzt doch noch neben Schröder unter das Bett. Hier werde ich bleiben, bis der Sturm vorübergezogen ist und Marc und Caro wieder in der Wohnung sind. Oder in dem, was dann noch davon übrig ist.

»Halt, stopp, hiergeblieben!«

Lena langt unters Bett und zerrt mich an meinem Halsband wieder hervor.

Aua! Spinnt die? Ich knurre laut und vernehmlich.

»Hey, was machst du denn mit dem armen Herkules?«, schimpft Luisa mit ihrer Freundin.

Die aber lacht frech. »Keine Sorge, dem passiert schon nichts. Aber wir brauchen ihn unbedingt für meinen Plan. Also muss er mitkommen, anstatt hier faul neben dem süßen kleinen Kater rumzuliegen. Bisschen Bewegung ist auch gut für seine Figur.«

Wuff! So eine Unverschämtheit! Der Kater ist süß und klein, und ich bin zu dick? Was fällt dem Gör ein? Ich schnappe direkt vor ihrer Hand in die Luft, um sie ein bisschen zu erschrecken, was auch sehr gut funktioniert.

»Hilfe!«, ruft Lena. »Also, der Köter ist wirklich bissig! Hoffentlich klappt das mit meinem Plan trotzdem!«

Luisa schüttelt den Kopf. »Herkules ist überhaupt nicht bissig! Er mag es nur nicht, wenn man ihn beleidigt.«

Genau! Endlich sagt das mal jemand so deutlich!

»Hab ich doch gar nicht! Im Gegenteil – weil ich ihn für so ein schlaues Kerlchen halte, ist er der wichtigste Mann für meinen Plan. Beziehungsweise der wichtigste Dackel.«

Aha. Gut, das klingt natürlich schon etwas besser.

»Was ist denn das für ein Plan?«, erkundigt sich Luisa.

»Ganz einfach: Herkules hat doch im Altenheim eine Rentnerin angefallen …«

»Stopp mal – erstens: Das ist kein Altenheim, sondern eine Seniorenbegegnungsstätte. Zweitens: Herkules hat niemanden angefallen. Er hat sich erschreckt, weil ihm so 'ne alte Schrapnelle auf seine zarten Pfoten gestiegen ist. Notwehr, gewissermaßen.«

Ah! Das geht runter wie Öl! Endlich erkennt Luisa an, wie es wirklich war! Nix mehr mit *Kackdackel*!

»Ja, ja, ja«, winkt Lena ab, »wie auch immer. Der Plan geht jedenfalls so: Wir besorgen einen Blumenstrauß, basteln ein Entschuldigungskärtchen, und dann rufst du Pauli an und bittest ihn, mal kurz rauszukommen. Weil: Mit dem Dackel kannst du dich da drinnen ja nicht mehr blicken lassen. Also muss er rauskommen, dann schleppt Herkules den Blumenstrauß an, Pauli ist begeistert, und du hast die Gelegenheit, dich endlich mal in Ruhe mit ihm zu unterhalten, ohne dass die ganzen Rentner dabei zuhören.«

Pah! Was für eine abgeschmackte Geschichte! Nein, dafür gebe ich mich nicht her. Ganz abgesehen davon ist das auch völlig unter Luisas Niveau.

»Das ist eine Bombenidee, Lena!«, juchzt Luisa. »Also, falls ich mich dann wirklich traue, mit ihm zu sprechen.«

Okay, vielleicht ist es doch nicht unter ihrem Niveau. Aber unter meinem, und das reicht völlig. Ich strample mich von Lenas Schoß und krieche schnell unter das Bett zurück.

»Hey, Kumpel!«, begrüßt mich Schröder freudig. »Sag mal, was planen die Mädchen da? Klingt spannend, kann ich mitkommen?«

War ja klar. Dem Kater ist nichts dämlich genug, als dass er nicht unbedingt dabei sein wollte.

»Nein, du kannst nicht mitkommen. Weil die Geschichte so nämlich nicht stattfinden wird. Du glaubst doch wohl nicht ernsthaft, dass ich mich zum Affen mache und mit einem Blumenstrauß um den Hals wieder vor dem Seniorenheim aufkreuze? Niemals! Hörst du: NIEMALS! So wahr ich Carl-Leopold von Eschersbach heiße!«

»Oh, das ist aber eine niedliche Idee! Und was für hübsche Blumen!« Pauli kniet sich neben mich und bindet den kleinen Blumenstrauß ab, den Luisa an mein Halsband geknotet hat. Ich könnte vor Scham im Boden versinken. Das ist definitiv der Tiefpunkt meines bisherigen Dackeldaseins. Ich bin sehr froh, dass meinen Vorfahren dieser Anblick erspart bleibt – ein von Eschersbach als Rosenkavalier!

Pauli steht wieder auf und betrachtet die Blumen. »Da wird sich Frau Martens aber freuen! Weißt du, ich habe in dem ganzen Tohuwabohu erst gar nicht bemerkt, dass sie Herkules getreten hatte, und ihr tat es nachher auch sehr leid. Auf alle Fälle bin ich froh, dass wir das jetzt geklärt haben.« Er grinst. »Wäre ja total schade, wenn du deswegen nicht mehr bei mir vorbeischauen würdest.«

Ich kann genau sehen, wie sich Luisas Gesichtsfarbe ändert und sie schnell zu Boden schaut.

Auch Pauli bemerkt das offenbar, denn er beeilt sich hinterherzuschieben: »Äh, also, weil dann käme deine Oma ja wahrscheinlich auch nicht mehr, und dann wäre wiederum Herr Michaelis sehr traurig.«

Luisa schaut wieder hoch und lächelt. Puh! Gerade noch die Kurve gekriegt!

»Ja, das würde meine Oma auch sehr bedauern!«

»Der ganze Tanztee wäre hin«, grinst Pauli, und Luisa nickt. Und dann holt sie Luft, als ob sie für etwas Mut sammeln müsste.

»Aber wir könnten uns ja vielleicht auch mal ohne Seniorentanztee treffen«, haut sie auf einmal raus, und mir fallen fast die Dackelohren ab. Hat Luisa ihn tatsächlich nach einem Date gefragt? Und das, obwohl sie sich vorhin noch nicht sicher war, ob sie überhaupt mit Pauli sprechen könnte? Mutig, mutig! Das fällt ihr in diesem Moment wohl aber selbst auf, denn jetzt schlägt sie sich erschrocken eine Hand vor den Mund und beginnt dann zu stammeln. »Ähem, also, weil … weil ich nämlich … äh, deine Hilfe brauche für … äh …« Sie scheint verzweifelt zu überlegen, was die beste Erklärung für ihren Wunsch, Pauli zu treffen, sein könnte, und verstummt. Pauli guckt sie ratlos an.

»Meine Hilfe für was?«

Luisas Gesicht hat mittlerweile die Farbe einer Tomate angenommen. Als Hund bin ich kein Fachmann für Farben, aber ich weiß mittlerweile, dass Menschen mit dieser Gesichtstönung sich in der Regel sehr unwohl fühlen.

»Ich brauche deine Hilfe für … äh …«, stammelt sie weiter, »für … uhm … eine Programmierung!« Sie atmet erleichtert auf. Ja, genau, das isses! »Ich brauche deine Hilfe, um etwas zu programmieren. Du bist doch ein ziemliches Ass am Computer, oder?«

Pauli nickt langsam. »Jo, ich bin da nicht der Schlechteste. Aber was genau willst du denn programmieren?«

»Du hast WAS?« Lena, die während der Umsetzung ihres

unglaublich beknackten Blumenstrauß-Plans in einer Eisdiele gewartet hat, kugelt sich fast vor Lachen. »Du hast Pauli erzählt, dass du eine Onlinedating-Plattform für Senioren gründen willst? Und er soll dir helfen, sie zu programmieren?«

Luisa guckt sie sehr böse an. »Mir ist auf die Schnelle nichts anderes eingefallen. War mir schon peinlich genug, dass ich überhaupt gesagt habe, dass ich ihn gern mal so treffen würde. Und dann musste ich an Hedwig denken und Herrn Michaelis. Und an die Kontaktanzeige, von der Mama Papa erzählt hat.«

»Welche Kontaktanzeige?«, gluckst Lena, aber Luisa sagt nichts dazu. »Na ja, ist ja auch egal. Aber am coolsten finde ich, dass Pauli die Story gekauft hat und nun wirklich so 'n Teil mit dir basteln will. Habt ihr eigentlich schon einen Namen dafür?«

Kopfschütteln. »Natürlich nicht. Es war eine Ausrede, mehr nicht. Und jetzt nerv mich nicht weiter«, blafft Luisa ihre Freundin an, der das allerdings nicht das Geringste ausmacht, jedenfalls sieht sie so aus.

»Warte mal – dann habe ich eine Superidee für euch!«, ruft sie stattdessen fröhlich. Oh, bitte nicht! Nicht schon wieder eine Superidee dieser Lena! Sie macht eine kurze Pause, als gelte es, danach etwas von unerhörter Bedeutung zu verkünden.

»Sinder!«

Luisa starrt sie verständnislos an.

»SINDER!«, wiederholt Lena, nun noch ein wenig lauter, als hätte Luisa sie nur nicht verstanden, weil sie schwerhörig ist.

Immer noch ein verständnisloser Blick.

Lena rollt mit den Augen. »Na, ist doch klar, wie das Ding

heißen muss: Sinder. Wie Tinder mit S. Für Senioren. Oder für«, sie beginnt zu kichern, »*Sünde*!«

Sie kreischt regelrecht vor Begeisterung und reibt sich die Hände. »Sinder! Was für 'ne geile Idee! Ich sag dir, das wird laufen! Und ich will dabei sein! Wir werden alle reich werden, glaub es mir!«

Sinder? Bei meiner Lieblingsfleischwurst – ich verstehe kein Wort. Aber ich habe ein verdammt schlechtes Gefühl!

DREIZEHN

Jetzt lebe ich schon so lange mit diesen Zweibeinern namens Menschen zusammen, aber so wirklich verstehen tue ich sie immer noch nicht«, sage ich zu Schröder, der mich mit großen Augen anguckt.

Nachdem Luisa sich endlich mal erbarmt hat, mich zurück nach Hause zu bringen, liege ich zusammengerollt in meinem Körbchen und kann nur jedem raten, der auf die Idee kommt, mich dort heute noch einmal rausholen zu wollen: Nehmt euch in Acht! Ich stehe nämlich noch unter leichtem Schock wegen dieser unschönen Rosenkavalier-Nummer und kann deshalb für nichts garantieren. Schon möglich, dass ich bösartig knurre. Eventuell schnappe ich sogar zu. Wie gesagt, ich bin momentan nicht ich selbst.

»Und warum hat Luisa der Oma nun die Blumen geschenkt?«, will Schröder wissen. »Und was hat dieser Pauli damit zu tun? Und was bedeutet noch mal *Sinder*?«

Wuff! Das habe ich ihm doch gerade alles lang und breit erklärt. Aber was soll's, er ist noch jung, sein Gehirn noch nicht vollständig entwickelt.

»Um es auf den Punkt zu bringen, Schröder, es geht um Liebe. So wie sich bei den Menschen fast immer alles nur um die Liebe dreht.«

Schröder macht große Augen. »Liebe? Was genau ist das eigentlich? Also, ist das so wie zwischen uns? Sind wir verliebt?«

Verflixte Zeckenzange, der Lütte geht mir zwar nicht mehr ganz so gewaltig auf den Keks wie noch vor einigen Tagen, aber Liebe? Die Frage ist völlig daneben. Total absurd.

»Blödsinn!«, erkläre ich deshalb klipp und klar. Und weil er nun reichlich bedröppelt aus der Wäsche guckt, schiebe ich etwas freundlicher hinterher:»Wenn wir beide etwas sind, dann eventuell Freunde. Das hat mit Liebe absolut nichts zu tun.«

Schröder kratzt sich mit der Hinterpfote am Kopf. Supergeschickt stellt er sich dabei allerdings nicht an und kippt prompt auf die Seite.

Kaum dass er sich wieder berappelt hat, will er wissen:»Und was ist der Unterschied zwischen Freundschaft und Liebe?«

Der Zwerg ist ganz schön hartnäckig – und ich bin langsam etwas müde. Doch so wie ich Schröder inzwischen kennengelernt habe, nützt es wenig, ihm einfach das Hinterteil zuzudrehen und demonstrativ zu schnarchen. Das wird ihn wohl kaum davon abhalten, mich mit weiteren Fragen zu löchern.

Außerdem ist der Zwerg noch ziemlich unerfahren. Er hat bisher nichts von der Welt gesehen, und mit Menschen kennt er sich nicht wirklich aus. Er weiß nur, dass sie ziemlich herzlos sein können, so wie diese grausige Frau, die ihn am liebsten in irgendeinem Ententeich ertränkt hätte.

Vielleicht ist es ja meine Pflicht als wesentlich älterer und lebenserfahrener Dackel, dem Jungspund ein paar Weisheiten mit auf den Weg zu geben.

Bevor ich allerdings dazu komme, quetscht er sich doch tatsächlich zu mir ins Körbchen.

Mit seinen großen grünen Augen schaut er mich unschuldig an und säuselt:»Dann sind wir also nicht verliebt, sondern befreundet. Richtig?«

Ich nicke. Was bleibt mir sonst auch übrig.

Schröder ist aber längst noch nicht fertig mit seinen Fragen. »Ich hab's leider immer noch nicht verstanden: Was genau ist denn nun der Unterschied zwischen Freundschaft und Liebe?«

Ich rücke etwas von ihm ab, weil mir sein Atem einfach zu warm auf dem Fell ist.

»Also, befreundet kann man zeitgleich mit ganz vielen sein, verliebt aber nur in einen«, fasse ich es kurz, aber punktgenau zusammen.

Schröder verzieht das Katergesicht. »Aber warum hat Caro dann gestern Abend zu den Zwillingen gesagt, dass sie sie liebt? Das geht doch irgendwie alles nicht, denn es sind ja mehr als einer.«

Hölle. Der Zwerg macht mich verrückt. Wie kann man nur so viele Fragen stellen – und meine Antworten jedes Mal so missverstehen?

Ich muss das jetzt klären. Ihm erklären. Ansonsten nimmt das nie ein Ende, und ich bin jetzt wirklich m.ü.d.e.

»Pass auf, Schröder, und hör genau zu. Ich erkläre dir das jetzt nur noch ein einziges Mal«, kündige ich an und versuche, noch ein wenig mehr Abstand zwischen ihn und mich zu bringen.

Allerdings stellt sich das als sinnlos heraus, kaum rücke ich von ihm weg, rückt er hinterher.

»Nun sag schon, Herkules!«, fordert er mich ungeduldig auf. »In wen von den beiden ist Caro nun verliebt?«

»In Marc. Das ist nämlich ihr Mann. In den ist Caro so sehr verliebt, dass sie Kinder mit ihm bekommen hat. Und diese Kinder, in die ist sie auch verliebt. Aber eben anders als in Marc. Hast du es jetzt verstanden?«

Schröders Augen werden zu Gullideckeln. »Nicht so richtig … weil, das sind ja dann schon vier bis fünf. Aber du hast gesagt, man kann nur in einen verliebt sein.«

Ich seufze. Bestimmt zum achten Mal. »Ja, aber es gibt einen Unterschied zwischen Mutterliebe und der Liebe zu einem Mann oder einer Frau, eben zwischen zwei Menschen. Und da kann es zum Beispiel auch sein, dass sich das mit der Liebe irgendwann erledigt. Daniel ist früher in Caro verliebt gewesen. Jetzt ist er mit Caro befreundet und in Nina verliebt. Caro ist in Marc verliebt und er in sie, und beide sind wiederum in ihre Kinder verliebt. Hast du es jetzt endlich verstanden?«

»Hm … ehrlich gesagt, das Einzige, was ich verstanden habe, ist, dass das alles ziemlich kompliziert ist und ich deshalb lieber mit dir befreundet sein möchte statt in dich verliebt.«

Das will ich doch wohl schwer hoffen!

Ich nicke. »Dann hast du es jetzt tatsächlich kapiert, Schröder, denn ganz genauso ist das mit den Menschen und der Liebe: sehr, sehr kompliziert.«

Ich rechne mit noch mehr Fragen, doch Schröder bleibt stumm. Er kuschelt sich nur noch enger an mich, und dann – ich glaube, die Pansen sind angebrannt – beginnt er doch tatsächlich, leise zu schnarchen.

Hallo? Geht's noch? Das ist ein Hundekörbchen. Mein Körbchen. Und hier ist nur Platz für einen. Für mich!

Schröder stört es herzlich wenig, und ich bin einfach zu erschöpft, um die Energie aufzubringen, ihn aus meinem Körbchen zu drängen. Also verbringe ich wohl zum ersten Mal in meinem Leben die Nacht mit einem Kater. Unglaublich. Das hat selbst Herr Beck nicht geschafft!

»O mein Gott, Marc, jetzt schau dir das doch mal an, wie süß die zusammen sind.« Caros verzückte Stimme lässt mich aus dem Tiefschlaf hochschrecken. Ist es etwa schon wieder morgens? Ein Blick zum Fenster: Nein, noch alles dunkel.

Ich hebe den Kopf und blicke in Caros und Marcs grinsende Gesichter.

Soso, ich bin also süß. Schön, dass Caro das endlich mal wieder auffällt. Seitdem die Zwillinge da sind, heißt es immer nur: Oh, wie süß sie sind! Und seit der Kater da ist, ist der natürlich auch: sooo süüüß! An den Dackel denkt kaum noch jemand.

»Na, Herkules, du scheinst ja ganz vernarrt in den kleinen Schröder zu sein«, zwitschert Caro weiter.

Kompletter Unsinn. Ich bin bestimmt nicht in den Minikater vernarrt. Okay, ich mag ihn. Er ist ganz unterhaltsam und … verflixte Hundebürste – das hätte ich völlig vergessen: Der liegt ja neben mir. Und zwar so dicht und kuschelig, wie es zwischen Herrn Beck und mir niemals vorgekommen wäre.

»Sieht ganz so aus, als müssten wir ihn doch behalten«, sagt Marc und legt den Arm um Caro. »Was meinst du, noch ein Mitbewohner für unsere Chaosfamilie? Schaffen wir das?«

Caro zuckt mit den Schultern. »Im Grunde genommen ist es jetzt auch schon fast egal. Einer mehr, der Unordnung macht, der etwas zu fressen und Aufmerksamkeit braucht, darauf kommt es jetzt auch nicht mehr an.«

Marc tippt ihr sanft mit dem Zeigefinger an die Nasenspitze. »Weißt du eigentlich, mein Schatz, wie sehr ich dich liebe?!«

Er beugt sich vor und küsst Caro mitten auf den Mund. Genau in diesem Moment wird Schröder wach. Er streckt und reckt sich und starrt dabei die sich küssenden Caroline und Marc an.

»Das ist also Liebe«, maunzt er versonnen. »Schön.«
Ich beschließe, dass es jetzt dringend an der Zeit ist,
das Körbchen zu verlassen. Genug geküsst, Caro und Marc –
aber vor allem, genug gekuschelt, Zwergkater Schnullerbacke.
Kaum bin ich aus dem Körbchen gesprungen, stürmen
erst die Zwillinge, dann Henri und zum Schluss Luisa aus
ihren Zimmern.

»Endlich«, motzt Luisa sofort los. »Wisst ihr eigentlich,
dass ich heute zweimal auf *eure* Kinder aufpassen musste?«
Vorwurfsvoll baut sie sich vor Caro und Marc auf. »Ich habe
überhaupt kein eigenes Leben mehr. Ständig habe ich entweder Kleinkinder oder Hund und Katze im Schlepptau.«

Marc lacht. »Du armes, armes Kind«, säuselt er übertrieben mitleidig. »Aber wenn dir das zu viel wird, auf deine
Geschwister mal hin und wieder aufzupassen, dann können
wir ja deinen Kater an eine weniger überforderte Familie
vermitteln.«

Luisa wird erst weiß wie der Milchschaum auf Caros
Morgencappuccino, dann so dunkel wie ihre Lieblingsmar-
melade. »Ich gebe Schröder nicht wieder her, Papa. Das
kannst du vergessen.«

Marc klappt den Mund auf, doch Caro kommt ihm zuvor.
»Könnt ihr vielleicht beim Tischdecken weiterdiskutieren«,
fordert sie die beiden auf. »Ich hab Hunger, und die Zwillinge müssen heute pünktlich ins Bett. Morgen ist nämlich sehr
frühes Aufstehen angesagt. Die Kita macht einen Ausflug in
den Tierpark. Wer nicht rechtzeitig da ist, der bleibt zu
Hause.«

Während Marc rüber in die Küche geht und sofort damit
anfängt, das Geschirr aus den Schränken auf den Tisch zu
räumen, bleibt Luisa noch einen Moment mit verschränkten
Armen und vorgeschobener Schmollunterlippe neben dem

Körbchen stehen. Das ich ja längst verlassen habe, was Schröder anscheinend genießt. Er rollt sich von links nach rechts und schnurrt dabei zufrieden.

»Keine Angst, Schröder, du bleibst. Da kann Papa sich auf den Kopf stellen.« Sie macht ein paar Schritte in Richtung Küche, bleibt stehen und fügt hinzu, ohne sich zu Schröder und mir umzudrehen: »Außerdem kann mir bald sowieso keiner von denen mehr etwas vorschreiben oder verbieten. Wenn die Sache mit *Sinder* so läuft, wie Laura und ich es planen, und Pauli uns dabei unterstützt, dann sind wir demnächst stinkreich. Dann kaufe ich mir eine fette Villa, heirate Pauli, und die können mich alle mal.«

Kurz darauf sitzt tatsächlich die ganze Familie am gedeckten Tisch. Ich habe es mir in sicherer Entfernung gemütlich gemacht. Henri kleckert ununterbrochen mit seinem Kakao herum, sodass ein Großteil davon auf der Tischplatte und auf dem Fußboden schwimmt. Schröder ist selbstbewusst auf Luisas Schoß gesprungen, und obwohl Caro gemeckert hat, dass der Kater nicht an den Tisch gehört, hockt er noch immer dort.

Luisa scheint sich ihrer Sache mit dem plötzlichen Reichtum ziemlich sicher zu sein, denn auf Caros Schimpfen reagiert sie lediglich mit einem sanften Lächeln. Das wiederum irritiert Caro anscheinend so sehr, dass sie inzwischen nichts mehr wegen Schröder sagt.

Außerdem sind sie längst bei einem anderen Thema angekommen.

»Das mit dem Auftrag von diesem Papadopoulos ist wirklich eine tolle Chance für euch«, sagt Marc und streichelt Caros Hand, als sie nach einer Brotscheibe greift.

Caro nickt. Doch glücklich sieht sie nicht gerade aus. »Ja, auf jeden Fall ist es das. Ich finde es nur so schade, dass

Daniel und Herr Papadopoulos die meisten Reisen allein machen werden. Ich kann hier ja nicht weg.«

Wie jetzt, Daniel geht mit diesem Papadopoulos auf eine längere Reise? Und der hat dann rein zufällig die nervige Aurora dabei? Klar doch, so lautet ihr Plan. Schließlich hat sie es laut und deutlich im Café so mit ihrem Onkel besprochen.

Ich jaule und winsele, ich muss Caro unbedingt verklickern, dass Daniel auf gar keinen Fall mit diesem Papadopoulos verreisen darf, denn hinter der ganzen Aktion steckt niemand anders als die durchgeknallte Aurora.

Doch Caro beachtet mich nicht einmal. Sie ist voll und ganz damit beschäftigt, sich darüber zu beschweren, dass sie daheimbleiben muss, während Daniel die bestimmt spannendste berufliche Zeit seines Lebens verbringen darf.

»Tja, mein Schatz, das ist der Preis, den wir für unsere Kinder bezahlen müssen«, sagt Marc und grinst.

Caro nickt. »Überleg mal, Marc, wie viel mehr Zeit wir hätten, wenn wir kinderlos wären«, sinniert sie und erwidert Marcs Grinsen. »Kein Kakaogeschmiere, kein Sich-ständig-über-die-kleinen-Geschwister-Beschweren. Kein …«

»Boah, wie seid ihr denn drauf«, fällt Luisa ihr empört ins Wort. »Wünscht ihr euch echt, wir wären nicht da? Krass, total krass.« Sie schnappt sich Schröder und marschiert aus der Küche.

»Wo willst du denn hin, *Engelchen*«, ruft Marc ihr hinterher.

»Ins Bett. Und das mit dem Engelchen kannst du vergessen.«

Knall! Und die Tür ist ins Schloss gekracht.

»Ich gehe auch«, erklärt Henri und folgt seiner Schwester.

»Henri, hey, Schatz, wir haben doch nur Spaß gemacht«, versucht Caro nun aber doch einzulenken. »Wir wollten Luisa nur ein bisschen aufziehen.«

»Mir doch egal«, brummt Henri und trabt davon.

Kurz darauf hat Caro die Zwillinge ins Bett gebracht. Caro und Marc haben es sich auf dem Sofa gemütlich gemacht und trinken Rotwein.

»Wie Luisa sich aufgeregt hat«, schmunzelt Marc.

»Na ja, sie hat einfach nicht gemerkt, dass wir sie nur ärgern wollen«, meint Caro und kuschelt sich an Marcs Schulter.

Einen Moment sind die beiden ganz still. Ich überlege, wie ich Caro klarmachen kann, was ich über diesen Papadopoulos herausgefunden habe.

»Bereust du es?«, fragt Marc plötzlich.

»Was?«

»Dass du mit mir diese Großfamilie gegründet hast?«

Caro rückt noch näher an Marc und sagt mit weicher Stimme: »Nein. Ich würde es immer wieder so machen. Und du?«

Statt ihr zu antworten, zieht er Caro in seine Arme, und dann küssen sie sich. Mir schwant Schlimmes. Die wollen doch nicht ... die haben doch nicht vor ... bitte, bitte nicht noch mehr Nachwuchs!

Marc zieht Caro das T-Shirt über den Kopf, und ich möchte mir am liebsten die Augen zuhalten.

»Weißt du eigentlich, dass ich immer noch genauso verrückt nach dir bin wie bei unserem ersten Mal?«, sagt Marc mit rauer Stimme, während er Caros Hose öffnet.

Okay, ich ziehe mich zurück. Wie es weitergeht, das will ich gar nicht wissen – wobei, ich weiß es natürlich. Aber Zeuge möchte ich davon nicht noch mal werden.

Die Wohnzimmertür fliegt auf, gerade als auch Marc sein T-Shirt ausgezogen hat. Henri kommt hereingestürmt.

»Warum seid ihr denn nackt?«, will er mit hochgezogenen Augenbrauen erfahren, bevor er trocken verkündet: »Ich wollt auch nur Bescheid sagen, dass die Zwillinge sich gerade gegenseitig die Haare abgeschnitten haben.«

VIERZEHN

Jedenfalls sieht Theo jetzt aus wie ein Irokese und Milla, als wäre sie mit dem Pferdeschwanz in die Brotschneidemaschine gekommen«, beschließt Caro ihre Schilderung des gestrigen Abends. Wir sind bei Nina eingeladen – na gut, Caro ist bei Nina eingeladen, aber ich durfte sie begleiten, weil die Einladung wegen des schönen Wetters kurzerhand in ein Gartenlokal verlegt wurde. Genau der richtige Platz für einen Dackel: Ich kann unter dem Tisch liegen und den besten Gerüchen hinterherschnuppern, und niemand zieht und zerrt an meiner Leine.

»Und jetzt? Lässt du sie so in den Kindergarten oder gehst du zum Friseur mit ihnen?«, erkundigt sich Nina.

Caro lacht und schüttelt den Kopf. »Ne, mit zwei Dreijährigen zum Friseur ist nun echt die Höchststrafe. Nein, die mussten heute Morgen mit ihrer schicken neuen Frisur in die Kita, und nachher kommt Hedwig, um die schlimmsten Ecken zu begradigen. Unseren Kids die Haare zu schneiden ist eindeutig ein Job, den sie schon seit Luisas erster Ponyfrisur sehr zuverlässig und gern erledigt. Sagt jedenfalls Marc, und ich kann nichts Gegenteiliges berichten.«

»Okay, also Superoma wird es schon richten«, sagt Nina und klingt dabei ein bisschen gehässig. »Ich finde, deine Schwiegermutter ist immer ganz schön präsent bei euch.«

Ich überlege, was Nina damit meint. Etwas Nettes? Ein Präsent ist schließlich ein Geschenk. Das weiß ich, weil

Marc an Weihnachten von den Besitzern seiner Patienten oft etwas bekommt, was sich Präsentkorb nennt und im Wesentlichen aus lauter Leckereien besteht. Für mich waren da schon Hundeleckerlis und Kauknochen mit dabei – kurz: Ein Präsent ist etwas Tolles! Kurz überlege ich, ob der kleine Kater zu Weihnachten wohl immer noch da ist und ich dann eventuelle Geschenke mit ihm teilen müsste. Das wäre ziemlich doof. Warum nun aber Nina Hedwig mit einem Präsent vergleicht und dabei klingt, als sei das doof, verstehe ich nicht ganz. Macht nichts. Die Menschen, auch wenn man sie noch so lange kennt, erzählen oft Sachen, die überhaupt keinen Sinn ergeben. Das ist übrigens etwas, das ich dem kleinen Schröder noch erklären muss, weil es sehr wichtig für den Umgang mit Menschen ist. Besser also, er lernt es, bevor er wieder bei uns auszieht. Am besten vor Weihnachten!

»Ja, manchmal nervt mich das auch«, gibt Caro zu. Sie findet also auch, dass Hedwig ein doofes Geschenk ist? Ich versteh's nicht! »Aber oft ist sie natürlich auch eine große Hilfe. Weißt du, ich denke mittlerweile, dass sie sich so oft einmischt, weil sie sich im Grunde ihres Herzens einsam fühlt.«

Nina lacht laut.

»Auweia! Studierst du jetzt Küchenpsychologie? Im Nebenfach Schwiegermutterverstehen? Ne, ne, meine Liebe, ich sag dir, wie es ist: Deine Hedwig steckt ihre Nase sehr gern in die Angelegenheiten anderer Leute, weil ihr langweilig ist. Genau das ist es – nicht Einsamkeit, sondern Langeweile.«

»Mann, Mann, Mann, du bist aber immer streng mit deinen Mitmenschen. Sei doch mal ein bisschen lieber!«

»Quatsch. Sei du mal ein bisschen härter!«

Och nö! Caro ist genau richtig, so wie sie ist. Ich komme unter dem Tisch hervor und mache schwanzwedelnderweise vor ihr Männchen. Mein Frauchen krault mich hinter den Ohren.

»Ich glaube, Herkules ist ganz und gar nicht deiner Meinung, Nina. Wahrscheinlich mögen es Männer im Allgemeinen und Dackel im Besonderen ganz gern mal lieb. Apropos: Wie läuft es eigentlich gerade bei dir und Daniel?«

Nina verdreht die Augen.

»Wie kommste denn jetzt gerade darauf?«

»Och, weil ich mir in dem Zusammenhang dachte, du könntest ruhig mal ein bisschen lieber zu deinem Freund sein.«

»Grmpf.« Mehr sagt Nina nicht. Ist aber auch anders gar nicht möglich, weil sie die Lippen so zusammenkneift.

»Du, das ist mein voller Ernst: Ich glaube, Daniel wäre glücklich über ein bisschen mehr Zuwendung deinerseits.«

»Und ich wäre glücklich, wenn du dich nicht in meine Angelegenheiten einmischen würdest«, schnappt Nina.

»Moment mal!«, hält Caro dagegen. »Wenn meine beiden besten Freunde, die noch dazu ein Paar sind, irgendwie unglücklich wirken, dann ist das auch meine Angelegenheit. Und dass zwischen euch gerade echt schlechte Stimmung ist, war beim Kochen neulich einfach nicht zu übersehen. Also, reiß mir nicht gleich den Kopf ab, wenn ich danach frage.«

Wuff! Jawollja! Mal ein bisschen nett, Frau Dr. Bogner! Ich lege mich vor Ninas Füße und schaue sie durchdringend an, damit sie gleich weiß, dass ich genau Caros Meinung bin. Sie seufzt und stützt den Kopf auf die Hände.

»Ich habe es dir doch vor ein paar Tagen schon erzählt, und daran hat sich nichts geändert: Daniel ist momentan eine echte Klette. Ständig will er über unsere Zukunft sprechen. Über Kinder und so. Häuschen im Grünen, na ja, was eben alle so wollen. Fast alle. Ich nämlich nicht, und deswegen nervt das kolossal.«

»Na ja, ihr seid schon seit Ewigkeiten ein Paar, da ist es doch völlig normal, dass man über so etwas spricht. Und falls ihr noch Kinder wollt, wäre es langsam mal an der Zeit.«

»Jetzt klingst du original wie Daniel. Zahlt er dir etwas dafür?«

»Spinnst du? Natürlich nicht. Aber ich finde, dass man nicht einfach ignorieren kann, wenn der Partner gern Kinder hätte. Daniel hat es doch ganz klar gesagt. Und ich weiß, dass er ein toller Vater wäre, und fände es traurig, wenn er nicht die Chance auf eigene Kinder hätte. Auf Kinder mit dir. Denn er liebt dich.«

Nina seufzt. »Tja, dann bin ich wahrscheinlich nicht die Richtige für ihn. Ich kann mir ein Leben mit Kindern nicht vorstellen. Und ehrlich gesagt wird mir schon bei dem Gedanken an einen gemeinsamen Kühlschrank unwohl.«

Sie rutscht etwas tiefer in ihren Stuhl und verschränkt die Hände hinter dem Kopf.

»Ich habe eine E-Mail von Sören bekommen. Er kommt demnächst für einen Galeriebesuch nach Hamburg.«

Mehr sagt Nina nicht. Muss sie aber auch nicht, denn in meinem Dackelhirn fängt es auch so schon an zu rattern: Sören! Das war doch der Typ, der kein Deutsch konnte, dafür aber bei seinem letzten Besuch Rosen und Champagner dabeihatte und sich dann nackt im Kleiderschrank versteckte, als Ninas damaliger Freund Alex überraschend früh nach Hause kam! Leider hatte er nicht nur Rosen und Champagner, sondern auch eine ausgeprägte Katzenallergie, weshalb er dann fast tot umgefallen wäre, weil doch Herr Beck und ich ebenfalls im Kleiderschrank hockten. Was dieser Sören nicht wissen konnte, als er in den Schrank sprang. Nur gut, dass Alex im wahren Leben nicht nur Ninas Freund, sondern auch Notarzt war. So konnte er Sören retten, als der keuchend aus dem Schrank fiel. Nach diesem edlen Rettungseinsatz haben wir von Alex allerdings nicht mehr viel gesehen. Ich glaube, er war von Sörens Besuch bei Nina nicht so angetan.

Da frage ich mich als schlauer Dackel, der die Menschen im Allgemeinen und seine eigenen im Besonderen mittlerweile ein bisschen kennt, natürlich, ob Daniel sich so freuen würde, wenn dieser Sören nun wieder in Hamburg auftaucht. Zumal die Stimmung zwischen ihm und Nina momentan nicht gerade die beste zu sein scheint. Mein Frauchen scheint erfreulicherweise das Gleiche zu denken.

»Moment mal – Sören? Das war doch der Bildhauer, mit dem du damals …«

Weiter kommt sie nicht, denn Nina nickt sofort heftig mit dem Kopf und redet drauflos.

»Ja, ja, ich weiß schon, was du jetzt sagen willst – ich soll meine Finger von dem Typen lassen und dass er mir schon mal Unglück gebracht hat und dass Daniel das nicht verdient hat … und so weiter und so fort. Aber das brauchst du mir alles gar nicht zu erzählen, weil ich es selbst weiß. Darum geht es auch gar nicht. Ich will mich überhaupt nicht mit Sören treffen. Ich war nur selbst erstaunt, wie nahe mir das geht, von ihm zu hören. Als ich seine Mail in meinem Posteingang gesehen habe, ist mir heiß und kalt geworden, und ich habe eine Gänsehaut bekommen. Irgendwie rührte sie an mein Herz.«

Ich bin ratlos, Caro kichert.

»Entschuldige mal – sie *rührte* an dein Herz? Wenn ich so
was sagen würde, würdest du mir Gesäusel vorwerfen. Und
womit? Mit Recht! Darf ich dich daran erinnern, dass der
Typ noch 'ne Frau und zwei kleine Kinder hatte und damals
für klare Verhältnisse nicht so zu haben war? Seine Frau
wusste doch bis zum Schluss nichts von dir. Und Rosen und
Champagner – klar, ein Wochenende ist das super. Dagegen
sind fünf Jahre Alltag natürlich langweilig. Aber mal ehrlich: Der Typ ist doch nichts fürs wahre Leben. Daniel aber
schon. Auf den kannste ein Haus bauen!«

Nina zögert. »Und wenn ich gar kein Haus bauen will?
Auch kein sinnbildliches?«, antwortet sie dann.

Caro hebt die Hände. »Du, ich will dir nichts schönreden,
was nichts für dich ist. Aber ich erinnere mich noch gut an
Zeiten, in denen du dich einsam und ungeliebt gefühlt hast.
Kann es sein, dass du die vergessen hast, weil du jetzt schon
lange einen tollen Partner an deiner Seite hast? Vielleicht
weißt du Daniel einfach nicht mehr zu schätzen, weil du dir
bei ihm so sicher sein kannst.«

Nina zuckt mit den Schultern. »Vielleicht. Aber vielleicht
auch nicht.«

Ich lege mich wieder unter den Tisch. Hier kann ich sowieso nichts ausrichten. Menschenfrauen ist einfach nicht zu helfen. Eine Sache über das menschliche Paarungsverhalten habe
ich nämlich in den letzten Jahren gelernt: Wenn Frauen einen
Mann erst mal zu nett finden, ist da nichts mehr zu machen.
Wahrscheinlich wird es also damit enden, dass die doofe Nina
wieder in die Arme von dem bekloppten Bildhauer sinkt.
Was mir für Daniel leidtäte, denn er ist wirklich ein feiner
Kerl. Hat selbst die durchgeknallte Aurora erkannt, jetzt,
nachdem er weg ist! Jetzt will sie ihn unbedingt zurück, und
ihr armer Onkel muss deswegen lauter teure Geigen kaufen.

Moment mal! Vielleicht ist das sogar die Lösung des Problems! Vielleicht ist es richtig gut, wenn sich Aurora Daniel eine Zeit lang ausleiht und Nina Angst haben muss, dass sie ihn nicht wieder zurückbekommt. Während ich mir eben noch Sorgen wegen des Plans gemacht habe, den Aurora mit ihrem Onkel ausgeheckt hat, erkenne ich jetzt, dass es eigentlich genau das ist, was unsere Nina mal braucht. Einen ordentlichen Ruck an der Leine. Oder wie Hedwig immer sagt: einen Schuss vor den Bug! Ich sollte Daniel also nicht vor Auroras Plan warnen, sondern eher dafür sorgen, dass der funktioniert. Genau, das ist es! Ich muss Aurora dabei helfen, Daniel zu entführen!

Nina atmet tief durch, das kann ich sogar unter dem Tisch hören.

»Themenwechsel, meine Liebe! Wie kommst du eigentlich darauf, dass euer Hausdrachen einsam ist? Pure Empathie? Oder gibt's auch handfeste Indizien?«

Caro lacht. »Ich würde sogar so weit gehen zu sagen, es gibt eine lückenlose Beweisführung!«

»Ach ne! Erzähl!«

Also erzählt ihr Caro tatsächlich die ganze Geschichte mit der Zeitung und dem Gentleman mit Klasse und Background, der eine fröhliche Sie sucht. Sie kichert zwischendurch immer, was ich nicht besonders nett finde, wo doch Einsamkeit ein so trauriges Gefühl ist. Und während ich mir das so überlege, stelle ich fest, dass ich wieder an Herrn Beck denken muss. Aua! Falls es Hedwig auch nur ansatzweise so geht wie mir, ist sie sehr zu bemitleiden, nicht zu belächeln!

»Neulich war Hedwig sogar schon beim Tanztee des Seniorentreffs neben der Kirche!«, höre ich Caro erzählen. »Also, unsere Hedwig – kannst du dir das vorstellen? Noch vor einem halben Jahr hätte sie das doch mit Abscheu und Empörung von sich gewiesen, und nun ist sie ganz begeistert!«

Wenn ich sprechen könnte, würde ich darauf hinweisen, dass Hedwig den Tanztee immer noch mit Abscheu und Empörung von sich weist und von Luisa dort regelrecht hingeschleift wurde. Gut, nun hat sie da diesen Jäger kennengelernt – aber das war doch eher Zufall und ist kein Beweis für verzweifelte Einsamkeit.

Hat Caro natürlich alles nicht mitbekommen, genauso wenig wie die Tatsache, dass ein anderes Mitglied der Familie Wagner gerade alles daransetzt, nicht mehr allein zu sein. Und deswegen so ein komisches *Sinder*-Dingsbums basteln will. So wie ich meine Menschen kenne, wird Caro das auch erst merken, wenn die ganze Geschichte im totalen Chaos endet. Meine Dackelnase kribbelt bei dieser Vorstellung stark, sehr stark! Der beste Beweis dafür, dass es genau so kommen wird!

»Tanztee? Deine Schwiegermutter?« Nina ist überrascht. »Okay, dann ist sie wirklich auf der Suche. Aber gut, die meisten Menschen mögen nicht gern allein sein.«

Caro nickt. »Tja, offensichtlich nicht. Wobei – ich stelle es mir hin und wieder schon schön vor, mal allein zu sein. Ich bin eigentlich immer umgeben von einer ganzen Meute. Das ist schön, aber auch anstrengend. Manchmal beneide ich dich. Und auch Daniel. Viele Sachen kann ich gar nicht machen wegen der Kinder. Dieser Wahnsinnsauftrag von dem griechischen Reeder zum Beispiel – ich muss zugeben, dass ich auch total gern nach Paris oder Mailand fliegen würde, um dort für ein paar Millionen alte Instrumente einzukaufen.« Sie seufzt. »Aber okay, irgendwann sind die Kinder größer, dann werde ich das ganz einfach alles nachholen.«

Ich verstehe mein Frauchen. Ich kann auch viele Sachen wegen der Kinder nicht machen. Zum Beispiel den ganzen Tag in Ruhe auf meinem Lieblingssofa im Wohnzimmer rumliegen. So gut wie unmöglich. Spätestens nach fünf Minuten kugeln die Zwillinge über mich herüber, oder Henri beschließt, seine Geschwister in eine Kissenschlacht zu verwickeln. Gut, ich müsste jetzt nicht unbedingt nach Paris fliegen, zumal ich keinerlei Vorstellung davon habe, wo das sein könnte. Die Wohnung würde mir als Refugium der Ruhe schon reichen. Aber prinzipiell weiß ich genau, was Caro meint. Umso ärgerlicher, dass mir nun meist auch noch der Kater auf Schritt und Tritt folgt.

»Wenn man dich so reden hört, könnte man meinen, du seist alleinerziehend«, sagt Nina und klingt dabei fast, als würde sie mit Caro schimpfen. »Die Kinder haben doch auch einen Vater. Und wenn du auf eine wichtige Dienstreise gehst, dann muss eben mal der Supervater ran!«

Supervater? Wen genau meint sie denn damit? Wir haben bei uns zu Hause einen Superdackel, aber jemand anders, der dieses Prädikat verdient, wohnt meiner Meinung nach bei uns nicht.

»Wie soll er das denn bitte mit der Praxis machen? Seine Sprechzeiten sind doch viel länger, als die Kita geöffnet hat.«

Ach so, sie meint Marc! Das ist doch ein bisschen viel der Ehre. Klar, er ist ein guter Typ, aber einen Supervater stelle ich mir ein bisschen anders vor. Ohne Caro und auch ohne Hedwigs Unterstützung ist Marc höchstens Normalmaß. Meine Meinung.

»Na und? Dieses Problem wird doch so ein gestandener Mann wie Marc in den Griff bekommen. Und sei es mit der lieben Hedwig.«

Wuff! Sag ich doch! Interessant, dass Nina und ich mal einer Meinung sind. Sie redet weiter auf Caro ein.

»Dann kann die halt mal nicht zum Tanztee. Oder er stellt eine junge, aufstrebende Nachwuchskraft ein. Wenn Marc morgen plötzlich unter den Bus käme, müsstet ihr euch schließlich auch etwas überlegen. Und so eine Dienstreise fällt ja nicht vom Himmel, die kann man in Ruhe planen. Ne, ich finde, wenn dir das wichtig ist, solltest du es machen. Zu warten, bis eure jüngsten Kinder groß sind und ausziehen wollen, ist eindeutig keine Alternative. Das dauert noch ewig!«

O Gott! Ewig! Das sind auch für mich keine schönen Aussichten! Niemand hat also mehr Verständnis für Caro als ich. Trotzdem: Sie kann diese Reise nicht antreten. Daniel muss fahren. Und zwar mit Aurora. Damit die blöde Nina endlich mal weiß, was sie an ihrem Freund hat. Und schon wieder kribbelt meine Dackelnase!

FÜNFZEHN

Marc, ich muss mit dir reden!«
Kaum ist mein Herrchen nach Praxisschluss zur Tür reingekommen, zieht ihn Caro auch schon zur Seite.
»Uah, was habe ich ausgefressen?«, fragt Marc nach und klingt dabei schuldbewusst. Warum eigentlich? Noch hat er doch gar nichts Böses gemacht!
»Gar nichts, mein Lieber! Wie kommst du drauf?«
»Weil du so nach Gardinenpredigt klingst!«
Wonach? Kapier ich nicht. Wir haben doch gar keine Gardinen in der Wohnung. Das weiß ich deshalb so genau, weil sich Hedwig einmal darüber beschwert hat, kaum dass Caro mit mir bei Marc eingezogen war. Caro hatte nämlich diese durchsichtigen Vorhänge mit den komischen Mustern vor den Wohnzimmerfenstern sofort abgehängt – gewissermaßen als erste Amtshandlung. Sie fand sie altmodisch und überflüssig, noch dazu nicht besonders hübsch. Es stellte sich dann heraus, dass Hedwig diese Dinger, die eben Gardinen genannt werden, extra für Marc ausgesucht hatte, als wiederum seine Exfrau Sabine heimlich aus der Wohnung ausgezogen war und dabei so ziemlich alles mitgenommen hatte, was nicht niet- und nagelfest war. Unter anderem auch die Vorhänge. Wie komme ich da jetzt drauf? Ach ja, die Gardinenpredigt. Also, was auch immer es ist: Wenn es um Gardinen geht, droht Ärger. So offenbar auch in diesem Moment. Caro zieht ihre Nase kraus.

»Quatsch. Ich will dir doch keine Gardinenpredigt halten. Ich will nur mit dir darüber sprechen, wie wir uns hier die Familienarbeit aufteilen.«

»Was für Arbeit?«

»Siehst du! Du weißt nicht mal, was das ist.« Ich muss Marc recht geben. Carolin klingt nun wirklich sehr vorwurfsvoll. »Ich rede von der Arbeit, die ich hier völlig allein erledige, obwohl sie uns beide betrifft.«

Marc guckt immer noch verständnislos, Caro redet also weiter.

»Es scheint hier selbstverständlich zu sein, dass immer ich für alles zuständig bin, was mit den Kindern zusammenhängt. Die Kita schließt um 16 Uhr, die Schulbetreuung auch. Also kann ich höchstens bis halb vier arbeiten, danach bin ich damit beschäftigt, Kinder einzusammeln. Allerhöchstens, denn wenn ich noch einkaufen und was im Haushalt schaffen will, dann muss ich um 14 Uhr los.«

»Also, wie du das jetzt sagst – *zuständig*! Das klingt ja, als würdest du beim Grundbuchamt arbeiten. Ich dachte immer, du bist gern mit unseren Kindern zusammen!«

Haha! Das kann Marc aber wirklich nur denken, weil er nicht ständig seine Blagen um sich hat. Ich hingegen könnte ihm aus meinem reichhaltigen Erfahrungsschatz als Haustier der Familie Wagner erzählen, dass das nicht immer das reinste Vergnügen ist. Also, ich könnte es erzählen, wenn ich sprechen könnte. So bleibt mir nur, kurz zu bellen und zu hoffen, dass Marc versteht, was ich meine.

Marc bückt sich und streichelt mir über den Kopf. »Siehst du! Herkules wundert sich auch über dich!«

Nein! Tu ich gar nicht!

Caro schüttelt den Kopf. »So ein Quatsch! Ich glaube eher, er weiß genau, was ich meine. Im Gegensatz zu dir kriegt er ja mit, was für ein Stress und Gehetze das hier immer ist.«

Ich mache Männchen und wuffe noch einmal. Hoffentlich ein eindeutiges Zeichen der Zustimmung.

Marc lacht. »Okay, du scheinst recht zu haben. Trotzdem verstehe ich immer noch nicht ganz, worauf du hinauswillst.«

»Ganz einfach: Natürlich sind die Kinder das Wichtigste in meinem Leben, aber es gibt Situationen, da würde ich im Beruf gerne mehr Gas geben, und ich kann es nicht, weil mir dafür deine Unterstützung fehlt.«

»Aha. Du redest von dem großen Millionärsauftrag und den anstehenden Dienstreisen, die Daniel machen wird. Und du würdest auch gern mitfahren.«

Caro nickt. »Ja, das würde ich sehr gern. Zumindest würde ich mir das gern mit ihm aufteilen, einer von uns muss ja in der Werkstatt bleiben. Und dass es momentan so ausschaut, als sei ich diejenige, die immer Stallwache machen muss, deprimiert mich.«

»Spatzl!« Marc zieht seine Mundwinkel nach unten. »Ich will nicht, dass du deprimiert bist. Aber dieses Thema ist so wichtig – wir sollten es nicht zwischen Tür und Angel besprechen. Vielleicht heute nach dem Abendessen bei einem Glas Wein?«

Caro schüttelt energisch den Kopf. »Nein, Marc, das brennt mir schon die ganze Zeit unter den Nägeln. Ich will jetzt darüber reden!«

Marc seufzt, dann nickt er und öffnet die Tür zum Wohnzimmer. »Okay, aber wir können uns zumindest dabei hinsetzen, oder?«

Kurz darauf sitzen Marc und Caro auf dem Sofa, ich lege mich vor ihre Füße. Ich will schließlich mitkriegen, wie diese Diskussion ausgeht. Denn eines ist klar: Wenn Caro anstelle von Daniel mit Papadopoulos fährt, dann wird Nina nicht so schnell erkennen, was sie an Daniel hat. Und dann trennen die beiden sich vielleicht, und Nina lernt jemanden kennen, der keine Hunde mag. Und ich kann dann nicht mehr so einfach zwischen Werkstatt und Wohnung hin- und herlaufen. Im schlimmsten Fall zieht dann sogar Daniel aus, weil er nicht mit Nina unter einem Dach wohnen will. Oder kommt überhaupt nicht mehr in die Werkstatt, weil er so traurig ist! So war es schon mal, als Daniel unglücklich in Caro verliebt war – schrecklich! Ich habe ihn sehr vermisst! Das darf diesmal nicht passieren! Wenn Caro nach Paris fliegt, brauche ich einen Plan B.

»Also«, nimmt Marc das Thema wieder auf, »du findest, ich engagiere mich nicht genug in der Kinderbetreuung.«

Caro nickt. »Ich sag ja nicht, dass du es absichtlich nicht machst, aber du hast einfach nie Zeit, und dann bleibt alles an mir hängen.«

»Okay, aber meine Praxis kann ich eben nicht halbtags betreiben. Immerhin leben wir davon, und zwar zu sechst. Da muss ich schon ein bisschen ranrauschen.«

»Pah!«, mosert Caro. »Und du meinst, das ist bei mir anders? In Wirklichkeit kann man eine Werkstatt auch nicht mal eben nebenbei machen. Aber das tu ich, und eigentlich ist das total falsch!«

Marc hebt beschwichtigend die Hände. »Das habe ich gar nicht so gesagt. Aber Tatsache ist, dass ich nun mal den Großteil unseres Familieneinkommens sichere. Wenn du eine bessere Idee hast, wie wir hier die Butter aufs Brot bekommen, nur zu! Aber so lange muss ich wohl oder übel noch ein bisschen als Tierarzt schuften.«

Er grinst – und das ist offenbar keine gute Idee, denn jetzt schnappt Caro regelrecht nach Luft.

»Ob ich eine bessere Idee habe? Du tickst ja wohl nicht richtig! Ich brauche gar keine Idee, denn ich habe schon einen tollen Beruf. Aber du scheinst ja der Meinung zu sein, dass es sich dabei nur um ein Hobby handelt!«

Bei den letzten Worten ist ihre Stimme schon ziemlich laut, ich würde sagen, sie ist kurz davor, Marc anzuschreien. Der zuckt zusammen.

»Spatzl! Das würde ich doch niemals von deiner Arbeit denken! Ich bewundere dich dafür sogar!«

»Ja, ja, so wie man jemanden dafür bewundert, was für tolle Makramee-Blumenampeln er im Volkshochschulkurs geknüpft hat!«

»Volkshochschule? So ein Quatsch! Alles, was ich sagen wollte, war, dass …«

»… dass mein Job nicht so wichtig ist wie deiner! Genau das wolltest du sagen! Chauvinistenschwein!« Beim letzten Wort haut Caro mit der flachen Hand auf die Platte des kleinen Couchtisches, dass es nur so rumst. Ich springe erschrocken auf und belle.

»Mann, jetzt komm mal wieder runter!«, fährt Marc seine Frau an. »Ich bin doch kein Chauvi! Und erst recht kein Schwein! Wenn dir dieser Trip mit dem Reeder so wichtig ist, dann finden wir einen Weg, dass du fahren kannst. Ich werde mit meiner Mutter sprechen, die hilft bestimmt gern.«

Heftiges Kopfschütteln.

»Ich finde, du kannst dich auch mal selbst kümmern. Und Hedwig ist zwar eine Hilfe – aber sie kann auch ganz schön nerven.«

Schulterzucken bei Marc. »Na und? Kriegst du doch gar nicht mit. Denn während ich dann hier mit meiner lieben Mutter die Stellung halte, nimmst du doch schon den ersten

Aperitif in irgendeiner schicken Bar an den Champs-Élysées zu dir.«

Jetzt grinst Marc wieder, offenbar hat ihn das Chauvinistenschwein nicht nachhaltig erschüttert.

»Du nimmst mich immer noch nicht ernst.«

»Doch. Tu ich. Und deine Botschaft ist angekommen. Ich werde einen Dienstplan stricken, der so gut ist, dass du ganz beruhigt ein paar Tage losfahren kannst.« Er legt den Arm um Caro, zieht sie zu sich heran und küsst sie auf ihr Haar. »Und wenn du wieder da bist, kümmere ich mich darum, dass ich in Zukunft auch regelmäßig die Kinder abhole. Und einkaufe. Und Wäsche wasche. Versprochen!«

Jetzt dreht Caro ihr Gesicht zu Marc und küsst ihn. Ich hüpfe an den beiden hoch, weil ich mich so freue, dass sich meine Menschen wieder vertragen haben. Dann fällt mir allerdings sofort wieder ein, dass es für mich viel besser ist, wenn Daniel fährt. Mist! Dabei gönne ich Caro ihre Reise doch von Herzen! Was mache ich jetzt bloß?

Bevor ich noch weiter darüber nachdenken kann, ertönt ein gellender Schrei aus der Küche und reißt mich aus meinen Gedanken.

»Feuer! Hilfe! Mama, Papa, Feuer!«

Es ist Henri, der so rumschreit, und er klingt regelrecht panisch. Jetzt ertönt auch noch ein ohrenbetäubender Sirenenton, ebenfalls aus der Küche. Sofort springen Marc und Caro von der Couch auf und rasen in Richtung Küche, ich hinterher.

Tatsächlich – in der Küche brennt es lichterloh, der ganze Herd scheint in Flammen zu stehen.

»Was ist denn hier los?«, ruft Caro und zieht Henri vom Herd weg. Der heult nun wie ein Baby.

»Ich wollte euch doch nur helfen!«

»Um Gottes willen!«, brüllt Marc Henri an. »Was hast du da schon wieder angerichtet?!«

Anstatt diese sehr naheliegende Frage zu beantworten, heult Henri noch lauter und übertönt damit sogar das Sirenengedöns, das aus der Decke über dem Herd zu stammen scheint. Meine Güte, ist das laut! Da kriege ich ja Herzrasen!

Marc ist mittlerweile aus der Küche gerannt und kehrt zwei Sekunden später mit einer sehr großen, offenbar sehr schweren Flasche zurück, an der ein Schlauch befestigt ist. Er richtet den Schlauch auf das Feuer, und mit einem zischenden Geräusch saust eine riesige Menge Schaum in die Flammen. Wuff! Das sieht ja interessant aus! Sofort ist das Feuer gelöscht und der Herd unter einer weißen Schaumwolke verschwunden. Marc ist ein Held!

Er wischt sich den Schweiß von der Stirn und wendet sich an seinen Sohn.

»Du wolltest uns helfen? Indem du die Bude abfackelst? Kein so guter Plan von dir, Junior!«

Er blickt sich in der Küche um, die tatsächlich etwas chaotisch aussieht. Das verkohlte Handtuch ragt unter der Schaumwolke hervor, eine Schüssel daneben hat einen Sprung bekommen – ob das auch am Feuer lag? Jedenfalls läuft eine undefinierbare gelbe Masse aus dem Sprung heraus, am Herd herunter und verteilt sich auf dem Boden. Marc schüttelt den Kopf.

»Grundgütiger! Was für eine Riesenschweinerei! Kann man dich denn keine fünf Minuten allein lassen, ohne dass du so einen Bockmist anstellst?«, schimpft er, immer noch ziemlich laut.

Henri laufen die Tränen über die Wange, und er schluchzt.

»Ich wollte kochen. So wie ihr das auch immer macht. Und zwar Pfannkuchen, weil die so gut schmecken. Ich habe

Mehl und Eier in die Schüssel getan und Zucker auch und hab das umgerührt. Dabei habe ich ein bisschen gekleckert. Habe ich aber gleich weggewischt mit dem Küchenhandtuch. Und dann habe ich die Pfanne auf den Herd gestellt und das Gas aufgedreht und den Knopf gedrückt, damit ich eine Flamme bekomme. Auch genau so, wie ihr das immer macht. Aber irgendwie habe ich nicht gesehen, dass das Handtuch noch so nah am Herd lag. Das hat dann angefangen zu brennen. Und dann hat auch die Rolle Zewa ganz schnell gebrannt. Und dann das Holzbrett, auf dem die Schüssel mit dem Teig stand. Das ging alles ganz schnell. Und dann habe ich geschrien, weil ich Angst hatte.«

Caro nimmt ihn in den Arm.

»Mensch, Henri, Feuer ist sehr gefährlich! Du weißt doch, dass du nicht an den Herd gehen darfst! Auch nicht, um zu helfen.«

Er nickt.

»Ja, aber ich hab gehört, dass ihr euch wegen uns streitet. Weil wir immer so viel Arbeit machen. Da dachte ich, dass es super wäre, wenn ich für alle Pfannkuchen mache. Und ihr euch dann um nichts kümmern müsst! Weil – dann vertragt ihr euch bestimmt wieder.«

Jetzt umarmt Marc sowohl Caro als auch Henri. »Mensch, wir haben uns doch nicht wegen euch gestritten! Erstens macht ihr uns gar nicht viel Arbeit, sondern viel Freude. Meistens jedenfalls. Und zweitens haben Mama und Papa nur ein bisschen lauter diskutiert. Kein Grund zur Sorge! Aber toll, dass du helfen wolltest. Auch wenn dabei allen ein bisschen warm geworden ist.«

Jetzt kommen auch Luisa und die Zwillinge in die Küche gelaufen. Milla trägt Schröder auf dem Arm.

»Hey, was'n hier los?«, will Luisa wissen. »Ich versuche

gerade, mit den Zwillis einen Märchenfilm auf dem Laptop zu gucken, aber das ist bei dem Lärm unmöglich. Und warum stinkt das hier so verbrannt?«

Die Zwillinge nicken und rufen laut »Iiieh!« und »Bäh!«.

»Henri hatte einen kleinen Haushaltsunfall. Der Lärm war der Feueralarm«, erklärt Caro.

Luisa starrt auf die Schaumwolke, die noch immer auf dem Herd liegt und nur sehr langsam von dort zu Boden tropft. »Aha. Sieht so aus, als gäbe es heute kein Abendbrot, richtig?«

Marc schüttelt den Kopf. »Völlig falsch. Die Pfannkuchen sind zurzeit zwar leider aus. Aber zur Feier des Tages bestellen wir was beim Chinesen. Also, Kids – was wollt ihr essen? Nasigoreng, irgendjemand?«

»Welche Feier?«, fragt Luisa verständnislos.

»Na, zur Feier, dass wir so eine coole Familie sind«, erklärt Marc fröhlich, »in der jeder jedem hilft.«

»Au ja!«, jubelt Theo. »Nasi! Nasi!« *Goreng* kann er offenbar noch nicht richtig aussprechen. Seine Schwester versucht es erst gar nicht, aber auch sie sieht begeistert aus.

Caro lächelt. »Spitzenidee von dir, Marc!« Dann streicht sie Henri über die Haare. »So, und was willst du essen, du kleiner Chefkoch?«

Henri überlegt kurz. Dann geht ein Strahlen über sein Gesicht. »Knusperente!«

Hervorragend! Eine gute Wahl! Hoffentlich bekomme ich davon etwas ab.

SECHZEHN

Die Kinder räumen den Tisch ab, und Henri schanzt mir heimlich Teile seiner Knusperente zu, bevor er seinen Teller in den Geschirrspüler stellt. Guter Junge! Schröder beobachtet das neidisch, aber es gibt wirklich keinen Grund, ihm einen Happen übrig zu lassen. Schließlich hat Henri das Stück Ente in meinen Napf gelegt, nicht in Schröders! Also schlinge ich alles hastig runter – nicht dass Henri und ich noch auffliegen!

Aber die Wahrscheinlichkeit ist eher gering, alle anderen sind damit beschäftigt, die Küche aufzuräumen. Selbst Luisa, die an dieser Stelle sonst gern die Biege macht, wischt hingebungsvoll den Esstisch ab. Das kann eigentlich nur bedeuten, dass sie irgendetwas bei Caro und Marc rausschlagen will.

»Papaaa?« Kaum hat sie den Lappen aus der Hand gelegt, schon schlägt sie den Eltern-Weichkoch-Ton an. Wusste ich es doch!

»Was ist denn, mein Mauselchen?« Und ihren Vater wickelt sie damit natürlich in null Komma nichts um den Finger. Der kann seiner ältesten Tochter erstaunlich wenig abschlagen.

»Du, ich muss noch mal los. Ist das okay?«

Statt seiner antwortet Caro, die erstaunt auf ihre Uhr guckt. »Um diese Uhrzeit? Es ist fast acht, morgen ist Schule. Wo willst du denn noch hin?«

»Äh, ich muss noch ein Referat mit Lena vorbereiten. Für morgen.«

»Bitte? Das fällt euch aber früh ein!«, schimpft Caro.

»Ja, tut mir leid! Ich dachte, wir seien erst nächste Woche dran, aber da habe ich mich irgendwie vertan. Gott sei Dank ist es Lena noch aufgefallen. Also, kann ich bitte los? Ich glaube, wir kassieren da sonst 'ne Sechs!«

Caro seufzt, Marc lächelt. Tolle Rollenverteilung!

»Das will ich natürlich nicht! Aber spätestens um zehn bist du wieder zu Hause, okay?«

»Danke, Papa!«

Sie ist schon fast aus der Tür, da ruft ihr Carolin hinterher: »Dann nimm aber bitte Herkules mit! Der muss heute sowieso noch mal raus und kann dann hinwärts und auf dem Rückweg Gassi gehen.«

Ausgezeichnet! Ich flitze in den Flur und mache vor der Wohnungstür Männchen. Dank des flammenden Infernos wäre meine abendliche Gassirunde tatsächlich beinahe ausgefallen.

»Och nö!«, protestiert Luisa. »Ich will den Hund nicht mitnehmen!«

»Aber wieso denn nicht?«, wundert sich Caro. »Das war doch jetzt 'ne gute Idee.«

Ja genau! Warum nicht? Das ist doch perfekt! Und anstatt nur langweilig für die Schule zu lernen, kann Luisa noch mit dem tollsten Dackel der Welt spazieren gehen. Ich würde sagen: Besser geht's nicht!

»Weil … weil … äh, nachher dauert es doch länger, und dann langweilt sich Herkules und macht Unsinn«, rechtfertigt Luisa ihren total abwegigen Versuch, mich loszuwerden.

»Quatsch, du nimmst den Hund bitte mit!« Jetzt klingt

Caro richtig streng, Widerrede zwecklos. Das sieht auch Luisa ein und schnappt sich die Leine, allerdings nicht, ohne vor sich hin zu motzen. Na super, so macht ein Spaziergang richtig Spaß!

Der Weg zu Lena ist einigermaßen kurz, und ich dachte, ich würde ihn ganz gut kennen. Anscheinend aber doch nicht. Wir sind nämlich jetzt schon eine ganze Zeit unterwegs, und mittlerweile kenne ich mich überhaupt nicht mehr aus. Ich würde fast sagen, dass ich hier noch nie war, aber das kann ja nicht sein, denn Luisa ist zwei- bis dreimal jede Woche bei Lena, und ich bin wirklich oft dabei. Ich halte meine Nase in die Luft und schnuppere noch einmal gründlich – nein, auch der Geruch kommt mir überhaupt nicht bekannt vor. O Mist! Hoffentlich geht es mir nicht so wie dem armen Herrn Beck! Dessen Geruchssinn war im Alter praktisch kaum noch vorhanden. Ob mir nun das gleiche Schicksal droht? Bin ich tatsächlich schon so alt? Gute Frage – wie alt bin ich eigentlich? Ein Welpe bin ich schon lange nicht mehr, und seit ich mit Caro zusammenlebe, sind schon so einige Sommer vergangen.

Ich überlege. Vielleicht ist das jetzt unser siebtes oder achtes Jahr. Eigentlich kann man es immer ganz gut an Weihnachten festmachen. Das ist nur einmal im Jahr. Dem Himmel sei Dank! Aus Hundesicht eine ganz und gar fürchterliche Angelegenheit – selten sehe ich meine Menschen so gestresst. Aber das ist ein anderes Thema. Wobei – noch schlimmer ist Silvester. Das erste Mal wäre ich vor Angst fast gestorben: Geknalle und Feuer überall, ich war fest davon überzeugt, dass das Ende gekommen sei. Mit den Jahren habe ich mich etwas daran gewöhnt, aber schlimm finde ich es immer noch. Wie oft habe ich das wohl schon durchmachen müssen? Ich versuche, im Geiste zu zählen ... ich glaube, ich bin jetzt ungefähr acht Jahre alt. Ob das für einen Dackel schon sehr alt ist? Hoffentlich nicht!

»Hey, Luisa, da bist du ja endlich!« Ich zucke zusammen. Die Stimme kenne ich doch! »Ich dachte schon, du kommst nicht mehr.«

Vor uns steht Pauli. Nicht Lena. Daraus ziehe ich blitzschnell zwei Schlüsse: Erstens hat Luisa gelogen. Wir sind gar nicht zu Lena gelaufen. Wuff und Hurra! Denn das bedeutet zweitens, dass ich meinen Geruchssinn doch nicht verliere! Kein Wunder, dass ich hier nichts erkannt oder erschnüffelt habe – ich bin sehr erleichtert! Vor lauter Begeisterung, dass ich doch noch nicht zum alten Eisen zähle, springe ich an Pauli hoch und wedele mit dem Schwanz.

»Oh, hoppla, und du hast noch jemanden mitgebracht. Den gefährlichen Kampfdackel! Hallo, Herkules!«

Luisa schaut verlegen zu Boden. »Ähm, ja, Herkules musste noch mal raus, und meine Eltern wollten unbedingt, dass ich ihn mitnehme.«

Pauli krault mich hinter den Ohren und lächelt. »Kein Problem. Ich glaube, ich habe im *Bensons* schon Hunde gesehen. Ich bin mir sicher, niemand wird sich an dem Kerlchen stören.«

Was mag denn das *Bensons* sein? Noch bevor ich mich darüber ärgere, dass ich Pauli diese Frage nicht einfach stellen kann, beantwortet er diese ungefragt.

»Das *Bensons* ist einfach eine sehr lässige Kneipe. Leben und leben lassen. Mit Hund, Katze oder Kanarienvogel – völlig egal, Hauptsache, die Stimmung ist gut!«

Aha. Eine Kneipe, in der auch Kanarienvögel gern gesehen sind. Interessant! Aber solange ich mich da einfach friedlich unter einen Tisch legen kann, soll es mir recht sein.

Mich werden die Vögel schon nicht stören, meistens sind die meines Wissens sowieso in Käfigen untergebracht.

»Hier entlang!«

Pauli zeigt auf den nächsten Hauseingang, vor dem einige Jungs und Mädchen herumlungern und rauchen. Igitt! Werde nie verstehen, warum manche Menschen sich freiwillig diesen Qualm reinziehen. Das stinkt doch schon beim Vorbeitraben entsetzlich, wie viel schlimmer muss es sein, das direkt einzuatmen? Ungesund soll es auch noch sein – behauptet jedenfalls Hedwig, und die muss es ja wissen, weil unsere Oma immer alles weiß.

Pauli drängt sich vorbei an den Mädchen und Jungs, Luisa bleibt erst zögernd stehen, aber dann nimmt Pauli ihre Hand und zieht sie hinter sich her. Wenn ich ganz genau hinhöre, meine ich, ihr Herz zu hören, so laut schlägt das jetzt! Wuff! Luisa ist total verliebt in diesen Typen, das steht fest!

Wir kämpfen uns durch die Rauchschwaden und eine dicke Holztür, dann sind wir drinnen. Das *Bensons* besteht aus einem mittelgroßen, mitteldunklen und mittellauten Raum mit größeren und kleineren Tischen. An den meisten sitzen Jungs und Mädchen und lachen, trinken und reden zusammen. Pauli steuert den einzigen kleinen Tisch an, an dem noch niemand sitzt.

»So, dann würde ich sagen: Unser Arbeitstreffen kann starten!«, ruft er fröhlich, als die beiden Platz genommen haben.

Moment mal! Arbeitstreffen? Ich war nun schon bei einigen Rendezvous von Zweibeinern dabei, aber Arbeitstreffen hat das noch keiner genannt. Allerdings war ich schon oft Zeuge, wenn Paare gesagt haben, dass sie an ihrer Beziehung arbeiten müssen. Das war dann allerdings tendenziell eher am Ende einer solchen, nicht, wie hier, ganz am Anfang, wenn sie noch sehr verliebt waren. Wie seltsam! Will also Pauli den ganzen Teil mit der Verliebtheit weglassen und gleich mit der Beziehungsarbeit anfangen? Ich bin als Dackel wahrlich nicht vom Fach, aber trotzdem möchte ich ihm davon abraten. Nach allem, was ich über das menschliche Paarungsverhalten weiß, ist nämlich gerade der Verliebtheitsteil mit das Schönste an dem ganzen Beziehungskram. Aber meine Meinung interessiert in diesem Zusammenhang sicher wieder niemanden, also lege ich mich einfach zu Luisas Füßen und warte ab, was passiert.

Es rumpelt, Pauli scheint etwas auf die Tischplatte gestellt zu haben. Neugierig rapple ich mich noch mal hoch. Aha. Der scheint es aber ernst mit der Beziehungsarbeit zu meinen – er hat tatsächlich so ein Computerdings mitgebracht, einen Laptop oder wie das heißt. Dann kramt er noch mal in der Tasche, die er eben noch mit einem Riemen über der Schulter getragen hat, und zieht einen Stapel Blätter hervor.

»Das hier sind alle Daten, die ich über unsere Senioren gefunden habe.«

Hä? Senioren? Daten? Wie gesagt – ich bin hier nur der Dackel, aber besonders romantisch klingt das nicht.

»Oh, dürfen wir die denn einfach so benutzen?«, fragt Luisa. »Ich meine, da bräuchten wir doch bestimmt das Okay von den ganzen Leuten.«

Pauli lacht. »Ach, wir basteln doch nur die Beta. Um zu gucken, ob die Idee überhaupt funktioniert. Wenn wir erst mal eine Demoversion haben, können wir auch im real life fragen, ob jemand bei deiner Senioren-Dating-Plattform mitmachen möchte. Aber noch können wir ja gar nichts vorzeigen.«

Beta? Ich verstehe nur Blutwurst. Wobei – offenbar geht

es wieder um dieses Ding, das Lena *Sinder* getauft hat. Und dann ist natürlich auch klar, dass Pauli gar nicht so romantisch gestimmt ist, wie ich es erwartet hätte. Er glaubt dann wahrscheinlich immer noch, dass er Luisa helfen soll, irgendetwas zu programmieren. Vielleicht sollte sie langsam einfach mal mit der Wahrheit rausrücken – und die ist mit Sicherheit, dass sie lieber seine Hand als einen Stapel Papier mit Telefonnummern vom Seniorennachmittag halten würde. Ich weiß, dass es so ist, ich kann ihr Herz immer noch ganz deutlich hören!

»O super!«, flötet Luisa. »Dann ist ja alles bestens, und wir können loslegen!«

Pauli nickt und klappt den Laptop auf.

»Also, ich habe hier schon mal ein Excel-Sheet entworfen. Da müssen wir jetzt die einzelnen Datensätze einpflegen, die sich aus den Anmeldebogen vom Tanztee ergeben – also Geschlecht, Alter, Hobbys und, ganz wichtig: Handynummer und E-Mail-Adresse! Ich denke mal, unsere ›Kunden‹ würden sich keine App runterladen, ich glaube, viele haben auch gar kein Smartphone. Ich habe mir deswegen überlegt, dass es am sinnvollsten ist, mit einem System zu arbeiten, das E-Mails und SMS verschickt.«

Bei meiner Lieblingsfleischwurst – wovon redet der bloß? Luisa scheint ihn allerdings zu verstehen, sie hängt geradezu an seinen Lippen.

»Was machen wir denn mit den Leuten, die weder ein Handy noch eine E-Mail-Adresse haben?«, will sie von ihm wissen.

»Daran habe ich auch schon gedacht. Aber auch dafür gibt es eine Lösung: Ich habe einen Anbieter gefunden, mit dem man über eine Datenbank kostenlos SMS verschicken kann und der auch Sprachnachrichten verschickt. Wer also kein Handy hat, kann eine Nachricht an sein Festnetztelefon bekommen. Genial, oder?«

»Ja total!«, stimmt ihm Luisa begeistert zu. »Und wie genau funktioniert das mit der Datenbank?«

»Ganz einfach. Sobald wir alle Daten eingepflegt haben, können wir dem Programm sagen, dass es ›matchen‹ soll. Es soll also Datensätze zusammenbringen, von denen wir vorher definieren, dass sie gut zusammenpassen. Im Grunde genommen ist es für den Computer eine reine Rechenaufgabe, nichts Weltbewegendes.«

»Hä?« Gott sei Dank! Endlich versteht Luisa auch nichts mehr.

Pauli grinst. »Noch mal von vorn: Wir sagen dem Programm zum Beispiel, dass Menschen gut zusammenpassen, die ungefähr das gleiche Alter haben. Ich definiere also eine Formel, die ausrechnet, wie groß der Altersabstand zwischen zwei Kandidaten ist, und die dann zum Beispiel ab einem Wert von fünf Jahren oder drunter Paare bildet. Dann kann ich auch noch den Hobbys Kennzahlen geben, Lesen ist zum Beispiel eins und Kochen zwei, dann kann das Programm nach identischen Kennzahlen suchen und auch hier Paare bilden. Und am Ende haben wir dann lauter Vorschläge von Paaren, die gut zusammenpassen könnten.«

»Ach so. Und wie geht es dann weiter?«

»Dann legen wir noch fest, welche Nachrichten wie verschickt werden sollen, und bingo! – warten einfach ab, was dann passiert.«

»Du meinst, der Computer verschickt automatisch Nachrichten?«

»Genau. Wenn wir das wollen, kann das Computerprogramm über den Provider SMS, E-Mails oder Sprachnachrichten an unsere Paare verschicken. Also, wenn das Programm zum Beispiel Frau Müller und Herrn Meier als Match ausgemacht hat, dann verschickt es an beide eine Nachricht. So was wie ›Hallo, wollen wir uns morgen um zwölf Uhr an der Bank beim Weiher im Park neben der Kirche treffen?‹.«

Luisa schüttelt sich.

»Das klingt ja ein bisschen gruselig. Wenn ich so eine anonyme Nachricht bekommen würde, hätte ich Angst, dass ein Verrückter hinter mir her ist. Ich glaube, das wird nicht funktionieren!«

Wuff! Das will ich doch mal hoffen, dass so was bei Menschen nicht funktioniert! Wer würde sich denn freiwillig mit jemandem treffen, von dem er nicht mal weiß, wie er riecht? Okay, Menschen haben jetzt keinen tollen Geruchssinn, aber sagen wir, im übertragenen Sinne. Pauli guckt nachdenklich.

»Hm, bei diesen ganzen Internet-Partnervermittlungen weiß man doch in Wirklichkeit auch nicht, mit wem man sich trifft. Sollte das der Kettensägenmörder sein, merkt man das auch erst, wenn es zu spät ist. Ich meine, da wird schon keiner ›Bin der Kettensägenmörder‹ in sein Profil eintragen.«

Luisa kichert. »Nein, natürlich nicht. Aber ein bisschen persönlicher müssten wir es schon machen, wenn wir die Leute dazu bringen wollen, sich auch in echt zu treffen.«

Ich finde, dafür, dass diese ganze Senioren-Kennenlern-Geschichte nur ausgedacht war, um sich mit Pauli zu treffen, macht sich Luisa jetzt aber ganz schön viele Gedanken. Viel besser wäre es doch, einfach Paulis Hand zu nehmen. Und einfacher als der ganze Quatsch, von dem Pauli redet. Aber das macht sie nicht, stattdessen greift sie nach dem Stapel Papier und liest sich die Informationen zu den einzelnen Senioren durch, und ich ahne schon, dass diese Geschichte uns noch richtig Ärger einbringen wird. Meine Dackelnase kribbelt schon wieder wie verrückt!

»Personalisieren ist gar kein Problem! Ich programmiere die Formel so, dass sich das System immer den Namen für die Anrede zieht und auch zwischen Damen und Herren unterscheidet. Kein Thema für mich!«

Pah! Angeber! Plustere dich hier bloß nicht so auf! Aber Luisa strahlt ihn an, und ich vermute mal, so viel zur Schau gestellte männliche Kompetenz beeindruckt sie irgendwie. Na ja. Ist bei Hündinnen ja nicht anders. Ich bilde mir ein, dass ich im Park schon ein paar bewundernde Blicke auf mich ziehe, wenn ich besonders schwungvoll an einen Baum pinkle.

Pauli tippt auf dem Laptop herum und dreht ihn dann mit dem Bildschirm zu Luisa. Die liest laut vor:

»Liebe Frau Wagner, wollen wir uns morgen um zwölf Uhr an der Bank beim Weiher im Park neben der Kirche treffen? Ich würde mich freuen! Ein stiller Verehrer«

Luisa klatscht in die Hände.

»Pauli, du bist genial! Das wird funktionieren! Wenn meine Oma das als SMS bekommt, wird sie bestimmt hingehen. Und vielleicht trifft sie dann in ihrem Alter noch mal auf den Mann ihrer Träume. Muss ja nicht dieser Herr Michaelis sein. Vielleicht findet unser Programm noch jemand viel Besseren! Ich würde sagen: Die Chancen auf ein Happy End steigen!«

O nein! Ich würde sagen, die Chancen auf eine Vollkatastrophe steigen! Das wird niemals mit unserer Hedwig funktionieren. Aber wie ich schon erwähnte: Ich bin hier nur der Dackel. Ihr macht doch sowieso alle, was ihr wollt.

SIEBZEHN

Mann, Herkules, was'n los mit dir?«
Schröder steht neben meinem Körbchen. Ich blinzle ihn verschlafen an. Ist es etwa schon morgens? Nein. Draußen ist es noch stockduster!

»Wieso fragst du?«, will ich also wissen.

»Du heulst und knurrst schon die ganze Nacht, ich kann gar nicht schlafen«, erklärt der Kater mit vorwurfsvollem Ton in der Stimme. Ich schüttle mich und setze mich auf.

»Huahrrr, ich hatte einen schlimmen Albtraum«, erkläre ich ihm. Tatsächlich bin ich ganz froh, dass der Kleine mich geweckt hat, mein Traum war wirklich scheußlich! Schröder mustert mich interessiert.

»Wovon hast du denn geträumt?«

Ich überlege kurz. »Also, es war so: Ich war mit Caro im Park spazieren. Und dann kam auf einmal diese grässliche Aurora und hat versucht, mich einzufangen. Daniel war auch dabei, aber anstatt mir zu helfen, hat er sich ganz mies auf Auroras Seite geschlagen! Dann haben die beiden mich in eine Hundebox gesperrt und sind mit mir losgefahren. Aber nicht ins Tierheim, sondern zum Flughafen. Du weißt schon, das ist gewissermaßen der Bahnhof für diese riesigen lauten Dinger, die fliegen können.«

Schröder macht große Augen. »Was ist denn ein Bahnhof?«

»Herrje, warst du noch nie am Bahnhof? Das ist so eine

Art Sammelpunkt für Menschen, die verreisen wollen. Die können dann, statt allein im Auto, mit vielen anderen zusammen in so einem ganz langen, ganz großen Metalldings namens Zug fahren. Da müssen sie nicht das Lenkrad halten, sondern können auch schlafen oder herumgehen, während sie reisen. Also eigentlich ganz praktisch. Tut aber hier nichts zur Sache, denn in meinem Traum bin ich ja nicht Zug gefahren, sondern Flugzeug geflogen. Also, fast. Denn als wir am Flughafen ankamen, war da auf einmal Hedwig. Die sollte mit Daniel und Aurora nach Paris fliegen. Das wollte sie aber nicht, weil sie mit Herrn Michaelis verabredet war. Sie hat dann Daniel die Hundebox aus der Hand gerissen und ist mit mir abgehauen, und zwar zu der Bank, die vor der Kirche steht. Keine Ahnung, wie wir da so schnell hingekommen sind, hat aber geklappt. Nur leider saß da nicht Herr Michaelis, sondern dieser Papadopoulos und spielte ganz furchtbar Geige. Da ist Hedwig richtig wütend geworden und hat mich angeschrien, dass das alles meine Schuld ist und sie mich jetzt endgültig ins Tierheim bringt und ich nie wieder nach Hause darf ... Aber bevor sie mich dorthin fahren konnte, hast du mich glücklicherweise geweckt!«

»Prrrr!« Schröder schüttelt sich. »Wieso träumst du denn so seltsame Sachen?«

»Ach, ich glaube, weil ich mir Sorgen um meine Familie mache. Wenn Caro wirklich mit diesem Papadopoulos losfliegt, dann wird Nina nicht merken, wie wichtig ihr Daniel in Wirklichkeit ist. Und dann kommt sie bestimmt wieder auf dumme Ideen und trifft sich wieder mit dem blöden Bildhauer.«

»Mit wem oder was?«

»Mit dem Bildhauer. Das ist so ein Typ, der auf Stein

rumhaut. Ein Künstler. Hat ihr bisher nur Ärger einge-
bracht.«

»Aha. Das klingt ja interessant. Den würde ich gern mal
sehen.«

»Bloß nicht! Der verträgt nämlich keine Katzen! Wenn
du näher als auf einen Meter an den rankommst, fällt der
gleich in Ohnmacht!«

Katerchen reißt die Augen auf. »So was gibt es bei Menschen?«

Ich nicke. »Ja, manchmal sind die erstaunlich empfind-
lich!«

Schröder schnurrt, ganz so, als würde ihm die Vorstellung
gefallen, dass er ausgewachsene Menschen zu Fall bringen
kann. Bei seinen schlechten Erfahrungen mit den Zweibeinern aber vielleicht kein Wunder.

»Jedenfalls wäre es sehr bedauerlich, wenn wir Daniel auf
diese Art und Weise loswerden würden«, erkläre ich weiter,
»denn erstens ist er einfach verdammt nett, und zweitens
hätte Nina dann mit Sicherheit Liebeskummer. Und glaube
mir – Liebeskummer bei Menschen möchtest du nicht erle-
ben. Dann hätte Caro Nina bestimmt die ganze Zeit am
Hals, und sie würden auf unserem Sofa liegen und furchtbar viel Rotwein trinken, und dann würde Nina bestimmt
die eine oder andere Nacht da drauf schlafen, was wiederum zur Folge hätte, dass ich nicht mehr so häufig darauf
liegen könnte. Du siehst – ich stehe vor einem Berg voller
Probleme! Und deswegen hatte ich diesen furchtbaren Albtraum.«

Ich seufze schwer.

»Maunz!« Schröder klingt ernsthaft beunruhigt. »Das ist
ja schrecklich!«

»Na ja, zum Glück nur ein Traum. Jetzt ist alles wieder

gut«, gebe ich mich ganz cool. »Und irgendetwas wird mir schon einfallen, um das alles wieder geradezubiegen.«

»Nein, das meine ich doch nicht! Ich meine, dass es schrecklich ist, wie viele Gedanken du dir um deine Menschen machst. Also, wenn das normal ist, dass man sich als Haustier ständig Sorgen um seine Menschen machen muss, dann ist das nichts für mich. Ich glaube, dann versuche ich lieber, mich als Wildkatze durchzuschlagen. Ich werde durch die Wälder streifen und in Freiheit leben – ist das nicht herrlich? Vielleicht wäre das auch etwas für dich – so ein Leben als Wilddackel. Denk mal drüber nach.«

»Wilddackel? Tut mir leid, ich habe noch nie einen größeren Schwachsinn gehört, mein Lieber!«

»Wieso?«

»Ganz einfach: Es mag deiner Aufmerksamkeit entgangen sein, aber Dackel laufen nicht einfach frei durch die Gegend. Uns verbindet eine jahrhundertealte gemeinsame Geschichte mit den Menschen. Wir waren immer ihre treuen Begleiter. Bei der Jagd, im Haus, einfach überall. Und das habe ich im Blut, auch wenn ich nicht ganz reinrassig bin. Ich will nicht durch die Wälder streifen – ich will bei meinen Menschen leben, morgens etwas Leckeres in meinem Napf finden und mich abends in mein Körbchen packen.«

Schröder starrt mich an. »Aber was ist denn mit der Freiheit? Vermisst du die nicht?«

Ich schüttle den Kopf. »Nein. Ich glaube, Freiheit ist nichts für mich. Ich brauche das Gefühl dazuzugehören. Zu meinen Menschen. Und wenn ich das in Freiheit nicht haben kann, dann will ich lieber nicht frei sein.«

Jetzt ist es Schröder, der den Kopf schüttelt. »Wie könnt ihr Hunde das nur aushalten? Ich verstehe das nicht. Sicher, Marc und Caro sind nette Menschen. Aber eben Menschen.

Ich habe nichts dagegen, dass sie mich füttern und streicheln. Aber deswegen will ich mir noch lange nichts von ihnen sagen lassen. Ich brauche eher das Gefühl, jederzeit machen zu können, was ICH will, verstehst du?«

Während der kleine Kater redet, muss ich unwillkürlich an Herrn Beck denken. Genau das Gleiche hätte er wahrscheinlich auch gesagt. Schon komisch, diese Katzen. Warum ist es ihnen so wichtig, unabhängig zu sein? Das kann einen doch ganz schön einsam machen. Es ist doch toll, zu jemandem zu gehören! Klar, manchmal sind Wagners auch nervig, aber wir hatten schon so viele schöne Momente miteinander. Und aufregende auch! Etwa als Henri aus Versehen auf einem Friedhof zur Welt kam – ich war dabei! Oder als ich Luisa gefolgt bin, als sie von zu Hause abgehauen ist. Oder als …

»Herkules? Hörst du mir überhaupt noch zu?«, beschwert sich Katerchen.

»Äh, ja klar. Ich habe nur kurz nachgedacht.«

»Und wie findest du meinen Plan?«

»Welchen Plan?«

Empörtes Gemaunze. »Du hast mir eben doch nicht zugehört!«

»Ich war kurz abgelenkt. Was für ein Plan also?«

»Na, wenn dir so daran liegt, dass alle deine Menschen glücklich sind und bleiben, und du denkst, dass es zu diesem Zweck wichtig wäre, dass Caro nicht mit diesem Papadingsbums losfährt, dann habe ich eine Spitzenidee: Kurz bevor Caro loswill, hauen wir ab. Sind verschwunden. Vom Erdboden verschluckt. Unauffindbar.«

»Aha.« Mir ist noch nicht so ganz klar, worauf der Kater hinauswill.

»Wenn wir weg sind, wird sich Caro doch bestimmt große Sorgen machen, richtig? Weil nicht nur der Dackel am

Menschen hängt, sondern auch der Mensch am Dackel, ebenfalls richtig?«

»Jo, das könnte man so sagen.«

»Also, wie groß ist dann die Wahrscheinlichkeit, dass Caro tatsächlich in so ein Flugzeug oder wie das heißt, steigt, wenn sie nicht weiß, was aus uns geworden ist? Meinst du nicht, sie würde dann doch Daniel fahren lassen, um nach dir zu suchen?«

Ich überlege. Würde Caro wegen mir zu Hause bleiben? Bin ich wichtig genug? Wenn eines der Kinder plötzlich verschwunden wäre – keine Frage! Dann würde Caro nicht nur dableiben, sondern auch vom anderen Ende der Welt sofort nach Hause fahren. Aber bei mir, ihrem Dackel? Ganz sicher bin ich mir nicht. Denn wahrscheinlich würde sie ja denken, dass ich nur gerade im Park herumstromere, während man zum Beispiel bei den ungezogenen Zwillingen sofort vermuten würde, dass sie etwas schrecklich Dummes ausgefressen oder sich sonst wie in Schwierigkeiten gebracht hätten. Gut – eine Entführung könnte man wohl ausschließen, wer ist schon so verrückt und tut sich Milla und Theo freiwillig an? Aber dass die beiden eine ernsthafte Gefahr für ihre Umwelt darstellen, davon könnte Caro sicher ausgehen, und deswegen würde sie bestimmt zu Hause bleiben und nicht mit Herrn Papadopoulos losfliegen.

»Ich weiß nicht, ob sie tatsächlich nicht fliegen würde, wenn ich plötzlich nicht da bin. Wahrscheinlich macht sie sich erst mal gar keine Sorgen und denkt, dass ich irgendwann schon wieder auftauche. Dackel werden doch sehr selten entführt.«

Schröder legt den Kopf schief. Dann springt er plötzlich auf wie von der Tarantel gestochen.

»Entführung! Das ist es! Wir müssen so tun, als hätte

dich jemand geklaut. Verstehst du? Dann wird sich Caro sofort Sorgen machen und garantiert nicht von hier wegwollen, bis sie dich wiederhat.«

Heilige Fleischwurst! Auf was für Ideen der Babykater kommt!

»Wie sollen wir denn so tun, als hätte mich jemand geklaut? Das ist doch total schwachsinnig!«, schimpfe ich.

Schröders Schwanzspitze schlägt hin und her. »Wieso? Du hast doch selbst gesagt, dass es total wichtig ist, dass Caro nicht fährt. Und einen besseren Plan hast du auch nicht. Ich glaube, dass ein Hund und eine Katze so etwas als Team schon hinkriegen. Also, Menschen hinters Licht zu führen. Die sind zwar viel größer, aber bestimmt nicht viel schlauer als wir!«

Wenn ich grinsen könnte, jetzt würde ich es tun. Der Kater ist zwar größenwahnsinnig, aber irgendwie gefällt mir das. Und in gewisser Weise hat er auch recht – wenn ich daran denke, was Herr Beck und ich schon alles angestellt haben, um unbemerkt von den Menschen Dinge in unserem Sinne zu regeln ... allein die Partnersuche für Carolin war schon ein starkes Stück. Aber nur zu ihrem Besten! Und genau genommen wäre das nun fast die gleiche Situation: Wir würden gewissermaßen Nina vor sich selbst retten.

»Vielleicht hast du recht, Schröder«, lenke ich also ein. »Dann brauchen wir nur noch einen Plan, wie wir es am schlausten anstellen. Wir können schlecht einen Erpresserbrief an Caro schreiben, damit sie denkt, dass ich entführt wurde. Also, wie machen wir es?«

Wieder schlägt Schröders Schwanzspitze hin und her. »Ich weiß es noch nicht so genau. Aber ich bin mir sicher: Wenn ich jetzt bis morgen früh in Ruhe schlafen kann, wird mir schon etwas einfallen.«

Den Wink habe ich verstanden. Ich lege mich wieder in mein Körbchen zurück.

»Okay, ich denke, ich werde jetzt sehr viel besser träumen. Schlaf gut. Wir sprechen morgen weiter!«

ACHTZEHN

Fassen wir mal zusammen: Ich will erstens verhindern, dass Nina sich von Daniel trennt. Außerdem muss ich zweitens ein Auge auf Luisa und ihre windige Verkupplungsplattform werfen. Ich ahne nämlich schon, dass sie diesem Pauli damit nicht näherkommen, sich dafür aber sehr viel Ärger mit Hedwig einhandeln wird. War sonst noch was? Ach ja: Nebenbei wollte ich eigentlich dafür sorgen, dass mir der Kater nicht weiter bei meiner Familie den Rang abläuft, aber das klappt nur so mittel, und nun mache ich mit ihm bei Punkt 1 auf meiner To-do-Liste auch noch gemeinsame Sache. Richtig vorangekommen bin ich bisher bei keinem der Punkte. Ich muss selbstkritisch sagen, eine echte Erfolgsbilanz sieht anders aus.

Als sich Caro am nächsten Morgen den Schlüssel vom Brett neben der Wohnungstür schnappt, um in die Werkstatt zu verschwinden, hefte ich mich deshalb sofort an ihre Fersen. Vielleicht kann ich so herausfinden, wie das mit der Dienstreise weitergehen soll. Wenn wir wissen, wann genau die geplant ist, kann Schröder bis dahin hoffentlich mit seinem Masterplan aufwarten.

»Willst du mit, Herkules?«, fragt Caro, als ich beinahe schon penetrant an ihrem Hosenbein klebe. Ich kläffe, sie lacht und öffnet die Tür. »Na, dann komm!«

Während wir in Richtung Werkstatt laufen, beginnt Caro ein kleines Gespräch mit mir.

160

»So, mein Lieber, vielleicht bin ich demnächst ein paar Tage weg. Ich werde es heute mit Daniel besprechen. Meinst du, ihr haltet das eine Zeit lang ohne mich aus? Passt du gut auf Marc und die Kids auf?«

Wuff! Was soll ich dazu »sagen«? Natürlich würde ich gut auf die Bande aufpassen, aber das muss Caro ja nicht wissen! Also setze ich mich auf meinen Po und sperre mich gegen die Leine, ein wenig Widerstand kann bei dieser Frage ja nicht schaden.

Caro bleibt stehen. »Hm, was hast du denn?«

Ich jaule.

»Das soll doch nicht etwa heißen, dass du nicht mit Marc und den Kindern allein bleiben willst!«

Ich jaule lauter.

»Herkules! Das ist nicht dein Ernst, oder? Wie kommt es bloß, dass alle denken, dass nur ich den Laden schmeißen kann? Habe ich euch alle zu sehr verwöhnt? Marc ist ein gestandener Mann, ein Tierarzt noch dazu – du wirst wohl ein paar Tage ohne mich überleben, mein Süßer! Und Hedwig ist ja auch noch da. Du wirst sehen: Wenn ich wiederkomme, hast du mindestens drei Kilo mehr auf den Rippen, weil sie dich so verwöhnt hat!«

Dann sagt sie nichts mehr, sondern zieht energisch an der Leine und läuft weiter. Okay, der Drops ist gelutscht. Freiwillig wird Caro nicht in Hamburg bleiben. Ich hoffe sehr, Freund Schröder fällt wirklich eine gute Finte ein! Natürlich habe ich auch schon darauf herumgedacht, aber so recht weiß ich noch nicht, wie wir eine Entführung vortäuschen können, und außerdem bin ich auch schon gespannt, mit welcher Idee unsere Haustiernachwuchskraft um die Ecke kommt.

In der Werkstatt angekommen leint sie mich los und geht

sofort zu Daniels Werkbank, an der dieser auch schon steht und eine Geige in seinen Händen hin- und herdreht.

»Guten Morgen, ihr beiden!«, begrüßt er uns fröhlich. Dann stutzt er kurz. »Alles in Ordnung?«

»Klar, warum?«, fragt Caro.

»Du kommst hier irgendwie so energisch reingeweht. Da habe ich gleich ein bisschen Angst vor dir!« Er lacht, und auch Caro fängt an zu kichern.

»Wenn ich ehrlich bin, hast du wirklich Grund zur Sorge«, sagt sie dann. »Ich will dir nämlich etwas Schönes wegnehmen.«

Daniel runzelt die Stirn.

»Ach ja? Was denn? Doch hoffentlich nicht diese wunderschöne Geige, Cremoneser Schule?«

»Nein, die kannste gern fertig machen. Geigen, die restauriert werden müssen, habe ich selbst genug. Mir geht es um den Auftrag Papadopoulos. Ich weiß, wir haben besprochen, dass du die ganzen Touren mit ihm machst. Aber den Gedanken, dass ich hier die ganze Zeit in der Werkstatt hocke und Backoffice mache, finde ich eigentlich blöd. Ich würde auch gern eine Tour übernehmen.«

»Echt? Na, warum hast du das nicht gleich gesagt? Ich habe doch gar nichts dagegen, dass du auch fährst. Ich dachte nur, du kannst nicht wegen der Kinder.«

»Stimmt, das hatte ich auch gesagt. Aber jetzt habe ich mir überlegt, dass Marc eigentlich ruhig ein paar Tage auf die Kids aufpassen kann, ohne dass gleich die Welt oder zumindest die Praxis untergeht. Hoffe ich jedenfalls.«

»Jo, das schätze ich auch. Und notfalls kann er zumindest die Zwillinge mit irgendetwas aus seinem Giftschrank betäuben.«

Er grinst, Caro verzieht das Gesicht.

»Hör mal! So schlimm, wie alle sagen, sind Milla und Theo gar nicht!«

Stimmt. Sie sind schlimmer. Meiner Meinung nach.

»Hey«, Daniel hebt entschuldigend die Hände, »das war doch nur ein Scherz! Natürlich sind deine Kinder ganz entzückend.«

»Ach prima! Dann kann ich Marc ja sagen, dass du dich auch als Babysitter angeboten hast, falls er einen braucht und Hedwig gerade keine Zeit hat.«

»Öh, ähem, also … wenn du nicht da bist, bin ich hier ja auch ganz schön im Stress«, stottert Daniel, und Caro bricht in schallendes Gelächter aus.

»Lass gut sein, mein Lieber! Ich glaube, Marc kriegt das alles auch ohne deine Hilfe geregelt. Wichtiger ist jetzt, dass wir die letzten Details für die Reise planen und mit Papadopoulos besprechen, damit er das Hotel buchen kann.«

Daniel nickt. »Ja, er hat gesagt, dass ich die Eckdaten seiner Sekretärin rübermailen soll und sie sich dann darum kümmert. Eigentlich soll es nächste Woche schon nach Paris gehen, aber der Händler, den wir besuchen wollen, konnte mir den genauen Tag noch nicht sagen, an dem er für uns Zeit hat.«

»Dann habe ich ja Glück, dass die Tickets noch nicht gebucht sind«, ruft Caro vergnügt.

Daniel sagt dazu nichts, sondern geht zu dem gemeinsamen Schreibtisch, auf dem auch das Telefon und ein kleiner Computer stehen. Er wühlt in einem Haufen Papier und zieht schließlich einen Zettel hervor. »So, hier isser: Monsieur Leclerc. Rue de l'Opéra. Ich rufe ihn gleich mal an.«

Er greift zum Telefon und beginnt kurz darauf, in einer Sprache zu sprechen, die ich nicht verstehe. Gehört habe ich sie allerdings schon mal – Nina hat sich mit dem blöden

Typen mit der Katzenallergie so unterhalten. Ich lausche interessiert, kann aber nicht ausmachen, worum es geht. Kurze Zeit später ist anscheinend alles geklärt, Daniel legt auf und kommt wieder zu Nina an die Werkbank.

»Also, nächste Woche geht klar, genauer gesagt gleich Montag. Er hat sechs Instrumente, die er dir gern zeigen möchte. Er erwähnte allerdings etwas von einer Violinistin, die Papadopoulos noch angekündigt habe. Eine Nichte von ihm. Hm, komisch, von der war bisher nicht die Rede. Aber wenn seine Nichte Geige spielt, erklärt das vielleicht auch, warum er so viel Kohle raushauen will.«

»Aha. Und die kommt da auch hin?«, erkundigt sich Caro. Daniel nickt.

»Ja, scheint so. Aber egal. Die Nichte geht schließlich nicht von unserem sehr fürstlichen Honorar ab. Vielleicht können wir sogar noch einen Zuschlag für Kinderbetreuung raushandeln. Ich habe schon überlegt, was ich mit dem ganzen Geld anfange – ich glaube, als Erstes lade ich mal meine Süße zu einem schicken Wellness-Wochenende ein!«

»Oh, das ist bestimmt eine hervorragende Idee! Das wird euch beiden guttun!«

»Das denke ich auch. Die Stimmung zwischen Nina und mir war ja zuletzt nicht so doll, ich denke, ein Liebeswochenende ist genau das Richtige für uns. Falls du also ein kuscheliges Hotel kennst – immer raus mit der Sprache!«

Liebeswochenende klingt gut! Und zwar mit Daniel, nicht mit dem blöden Bildhauer!

»Lass mich überlegen … Empfehlung für ein Liebeswochenende? Wie alt ist Henri noch mal? Hm, ich glaube, ich hatte das letzte Mal vor sieben Jahren ein romantisches Liebeswochenende mit Marc und kann mich beim besten Willen nicht mehr an das Hotel erinnern.«

Daniel lacht. »Sicher? Und was ist mit Milla und Theo? Die sind doch erst drei. Also, ich hätte gedacht, dass es nach Henri noch mindestens ein weiteres romantisches Wochenende gab. Aber vielleicht sind meine Kenntnisse in der Humanbiologie auch nicht auf dem neusten Stand.« Er grinst, Caro schüttelt den Kopf.

»So meine ich das doch nicht, Doofmann! Ich wollte damit nur sagen, dass sich unsere romantischen Wochenenden auf ein echtes Minimum beschränken, seit wir so kleine Kinder haben, und dass ich die Letzte bin, die da gute Tipps geben kann. Das letzte Hotel, in dem ich war, hatte vor allem einen super Miniclub und ein Bällebad, an ein Candle-Light-Dinner kann ich mich hingegen nicht erinnern.«

»Na, vielleicht hast du Glück, und die Sekretärin von Papadopoulos sucht ein schönes Hotel für dich raus. Ich maile ihr nachher die Reisedaten, sie findet bestimmt etwas Nettes.«

»Mailst du mir die auch? Dann buche ich mir einen Flug. Oder regelt das auch die Sekretärin?«

»Nein, mach ruhig. Aus irgendeinem Grund wollte sich Papadopoulos unbedingt selbst um das Hotel kümmern. Von Flugtickets hat er nichts gesagt, die stellen wir ihm dann mit den restlichen Spesen in Rechnung.«

Jaul! Ich ahne schon, warum! Wahrscheinlich soll die Sekretärin ein besonders schönes Hotel aussuc! en, damit Aurora bei Daniel leichtes Spiel hat. Ob es wirklich gut ist, wenn Daniel dahin fährt? Für einen Moment schwanke ich – aber dann schüttle ich die Zweifel ab. Nein, es ist schon richtig: Konkurrenz belebt das Geschäft, und Nina hatte bei dem herzensguten Daniel in letzter Zeit einfach zu leichtes Spiel!

»Okay, also sage ich Marc, dass er ab Montag übernehmen muss.« Caro strahlt. Sieht so aus, als ob sie sich wirklich sehr, sehr freut.

Für einen klitzekleinen Moment fühle ich mich schlecht, schließlich werden Schröder und ich alles daransetzen, es Caro zu versauen. Montag ist dafür übrigens der perfekte Tag, denn während ich bei allen anderen Tagen schon mal durcheinanderkomme, erkenne ich einen Montag bei meinen Menschen sofort: Die Laune sinkt von »ziemlich gut gelaunt« am Vortag auf »grottenschlecht schon frühmorgens«. Der Tag davor – meiner Kenntnis nach der Sonntag – ist meist ganz entspannt, mit einem Frühstück im Bett oder mit allen zusammen am Küchentisch, jedenfalls immer mit frischen Brötchen, die mir zwar nicht schmecken, aber herrlich duften. Dann überlegen Caro und Marc, was sie mit den Kindern unternehmen könnten. Wenn sie für das Überlegen sehr lange brauchen, bleiben sie manchmal auch einfach zu Hause und spielen mit den Kindern Spiele, bei denen man sich herrlich streiten kann. Oder Marc fängt an, die Wohnung umzuräumen, und regt sich dann auf, dass alle in der Familie Wagner so unordentlich sind. Wenn sehr schlechtes Wetter ist, kuscheln sich manchmal alle Wagners auch einfach vor den Fernseher und gucken zusammen einen Film. Das finde ich eigentlich am schönsten, weil dann alle inklusive Dackel wie in einem großen Körbchen liegen. Für mich ist das der Inbegriff von Liebe und Frieden, ganz egal ob man ein Zwei- oder Vierbeiner ist! Und es ist der Inbegriff von Sonntag – wenn nicht mal die Menschen einen richtigen Plan haben, dem sie hinterherhetzen müssen. Wie gesagt, das ist der Tag vor Montag. Umso härter ist das Erwachen am Montag, wenn wieder alle Menschenregeln gelten und unbarmherzig befolgt werden müssen. Und an diesem Montag wird das Erwachen besonders schlimm sein, denn dann werden Schröder und ich doch hoffentlich eine Show abziehen, die dazu führt, dass Caro eben nicht nach Paris fliegt. Jawoll! So machen wir es! Hoffentlich hat der Kater schon einen guten Plan, wenn ich nachher nach Hause komme ...

»Und du meinst, *das* funktioniert?« Nein, leider hat der Kater keinen guten Plan. Genau genommen würde ich nicht mal sagen, dass das überhaupt ein Plan ist. Für mich klingt es eher nach einem wirren Sammelsurium von Ideen, die er mir unterbreitet, während ich es mir in meinem Körbchen bequem mache.

Katerchen sieht das naturgemäß anders. Gut gelaunt springt er auf und ab und wiederholt noch mal, wie er sich das vorgestellt hat.

»Es muss so richtig verwüstet aussehen – dann glauben die das schon!«

»Ich weiß nicht – woran sollen die denn den Unterschied merken?«

»Welchen Unterschied?«

»Na, den Unterschied zwischen von den Kindern verwüstet und von Räubern verwüstet! Hedwig sagt, dass es hier häufig so aussieht, als ob jemand eine Bombe ins Wohnzimmer geschmissen hätte. Und das stimmt ja in Wirklichkeit auch nicht, sondern meistens wollten die Kleinen irgendwas zusammen spielen und hatten dann keine Lust mehr aufzuräumen. Also, noch mal von vorn: Wie genau denkst du dir das?«

»Ich dachte, wenn wir hier alles umschmeißen und die Sachen aus den Schränken reißen und uns dann selbst im Garten verstecken, dann werden Marc und Caro denken, dass in die Wohnung eingebrochen wurde und jemand uns geklaut hat. Und dann kann Caro nicht wegfahren, weil sie uns ja suchen muss.«

»Hm. Und wieso sollte jemand einen Dackel und einen Kater klauen und den Fernseher und den Computer dalassen? Und das Silberbesteck, das Hedwig so gern putzt?«

Schröder starrt mich mit großen Augen an. »Was is'n das für 'ne Frage? Dieser ganze Kram – das sind doch nur Sachen! Warum sollte man die stehlen? Uns beide kann man doch nicht ersetzen, den Fernseher schon. Ich habe zwar noch nicht so viel gesehen von der Menschenwelt, aber den Unterschied zwischen Sachen und Lebewesen, den habe ich schon kapiert.«

Ich schüttle traurig den Kopf. »Ne, mein Lieber! So ist es leider nicht. Für viele Menschen sind Sachen wertvoller als Tiere, deswegen würden Diebe unseren schönen neuen Fernseher klauen und nicht einen Mischlingsdackel und ein Findelkätzchen. Da musst du dir noch etwas anderes einfallen lassen.«

Schröder lässt die Ohren hängen.

Jetzt fühle ich mich schlecht. Ich hätte es diplomatischer verpacken müssen. Immerhin versucht er gerade, mir zu helfen.

»Aber deine Grundidee ist ja nicht schlecht«, füge ich deshalb hinzu. »Es müsste nur gleich klar sein, dass der Überfall uns Tieren galt. Lass mal überlegen …«

Ich denke genau darüber nach. Woran würde man merken, dass ich entführt wurde? Was macht der normale Entführer denn so? Ich versuche, mich zu erinnern, ob ich bei unseren gemeinsamen Filmabenden schon mal eine Entführung gesehen habe, und tatsächlich – ein oder zwei waren schon dabei. Und wenn ich mich recht entsinne, gab es nach der Entführung eine Lösegeldforderung. Die Erkenntnis nützt nur leider gar nichts, denn keiner von uns beiden kann einen solchen Erpresserbrief schreiben. Ich denke weiter nach – und dann kommt er tatsächlich, der Geistesblitz!

»Schröder, jetzt hab ich's!«

»Was denn?«

»Frag nicht, folge mir einfach bei nächster Gelegenheit in den Garten!«

Das wäre doch gelacht, wenn Carl-Leopold von Eschersbach die Sache nicht geschaukelt bekommt!

NEUNZEHN

Der da! Der ist gut!«, ruft Schröder und schnürt von hinten auf eine Parkbank zu, auf der offensichtlich ein Herr Platz genommen hat. Ich trabe hinterher, bemüht, keinerlei Aufmerksamkeit zu erregen. Wenn unsere Aktion erfolgreich sein soll, müssen wir unerkannt bleiben!

Wir haben vom Garten vor der Praxis heimlich zum Park rübergemacht, von Marc völlig unbemerkt und von niemand anders vermisst, da Caro in der Werkstatt ist, die Kinder in Kita und Schule sind und die Sprechstundenhilfe gerade einen sehr widerspenstigen Goldhamster zu bändigen versucht. Beste Bedingungen also! Nun sind wir auf der Suche nach Menschen, die etwas bei sich haben, was zum einen eindeutig einem Menschen gehört und irgendwie auffällig ist und was zum anderen ein Dackel und ein Kater leicht transportieren können. Mein – ich möchte sagen: genialer! – Plan ist nämlich, einen solchen Gegenstand zu stehlen und ihn dann in der verwüsteten Wohnung zu platzieren, sodass es aussieht, als sei jemand Fremdes in der Wohnung gewesen. Wenn wir dann verschwunden sind, müsste Marc und Caro klar sein, dass uns jemand geklaut und dabei den Gegenstand verloren hat.

Der Mann, an den wir uns anschleichen, sieht bei näherer Betrachtung doch eher aus wie eine Frau. Ich schnuppere kurz – richtig, es ist ein Mädchen, das eine Basecap mit einem sehr auffälligen Muster trägt. Prima, genau das, was wir suchen, da hat Schröder ganz recht – Caro und Marc werden sofort wissen, dass sie diese Mütze noch nie zuvor gesehen haben.

Das Mädchen spielt in Gedanken versunken mit ihrem Handy und merkt nicht, dass der Kater schon neben sie auf die Bank gesprungen ist. Ein Tatzenhieb – schon fliegt die Kappe auf die Wiese zu ihren Füßen. Dort schnappe ich sie mir und renne los.

»Hey, was soll das?«, höre ich das Mädchen rufen. Ich wetze weiter und werfe dabei einen kurzen Blick über meine Schulter. Das Mädchen ist von der Bank aufgesprungen, aber sie ist natürlich längst nicht so schnell wie ich, Herkules, der Renndackel! Ich lege noch einen Gang zu, spurte in Richtung Parkausgang – und schlage sehr hart auf dem Stamm eines Baumes auf, der sich mir plötzlich in den Weg gestellt hat. Aua! Was soll das? Seit wann tauchen Bäume völlig überraschend auf? Die sind doch normalerweise fest verwurzelt!

»Hiergeblieben, mein Gutster!«, spricht der Baum zu mir mit sehr strenger Stimme. Okay, hier läuft definitiv etwas falsch. Ich hebe den Kopf und blicke an dem Baum hoch. Wenig überraschend handelt es sich nicht um einen Baum im engeren Sinne, sondern um einen sehr hünenhaften Mann, den man ohne Weiteres mit einer Eiche verwechseln könnte. Jedenfalls, wenn man gerade eine etwas eingeschränkte Sicht hat, weil man ein Basecap im Maul spazieren trägt. Mist!

»Was machst du mit der Mütze meiner Tochter?«, donnert der Hüne. Schuldbewusst lasse ich die Kappe zu Boden fallen und versuche, möglichst unschuldig zu gucken. Was zugegebenermaßen ziemlich schwer ist, wenn man gerade in flagranti erwischt wurde.

»Mann, Paps, hast du das gesehen?« Das Mädchen kommt

angelaufen, sie ist ganz außer Atem. »Die schwarze Katze hat mir meine Basecap vom Kopf gehauen, und der blöde Köter hat sie sich geschnappt!«

Blöder Köter? Ich muss doch sehr bitten! Der Hüne lacht ein dröhnendes Lachen.

»Ja, ich hab's gesehen. Sah aus wie 'ne Zirkusnummer.« Er bückt sich zu mir herunter und hebt die Kappe auf. »Na, Kleiner, seid ihr vom Zirkus?«

Schröder kommt zu mir herübergeschlichen. »Sollten wir nicht besser abhauen? Nicht dass wir gleich wieder im Tierheim landen. Irgendwann kommt Caro dann vielleicht auf die Idee, uns tagsüber einzusperren. Und dann ist Essig mit unserem Plan.«

Recht hat er. Und deswegen gucke ich mich kurz um. Nicht dass der Hüne noch ein paar Brüder mitgebracht hat und wir gar nicht ohne Weiteres wegkommen. Aber nein, er steht allein auf weiter Flur. Also, sinnbildlich gesprochen, denn natürlich sind im Park noch ein paar andere Leute und, ja, auch ein paar echte Bäume. Aber weder die Leute noch die Bäume sehen so aus, als würden sie gleich gemeinsam mit dem Hünen Jagd auf uns machen.

»Schröder, auf *drei* hauen wir ab, okay?«

Der Kater nickt, ich zähle bis drei – und dann geben wir beide Hackengas. Der Hüne und das Mädchen sind so perplex, dass sie einfach dort stehen bleiben, wo ich die Mütze abgelegt habe. Keine zehn Sekunden später sind Schröder und ich schon im Unterholz der nächsten Baumgruppe verschwunden. Puh, das war noch kein großer Erfolg!

Ich schnaufe kurz durch. »Die Idee mit der Mütze und wie du an sie rangekommen bist, war gut. Aber wir müssen uns noch mehr Gedanken über unseren Fluchtweg machen.«

Schröder schaut mich zweifelnd an. »Wenn du den Typen

nicht umgerannt hättest, wären wir mit der Mütze längst über alle Berge!«

Täusche ich mich oder höre ich da einen Hauch von Kritik? Von einem Katzenbaby, das froh sein kann, wenn ich ihm überhaupt den Weg in den Park zeige? Wo es nämlich ohne mich niemals heil ankommen würde? Das ist wirklich allerhand! Das ist eine echte Unverschämtheit!

»Das soll wohl ein Witz sein – jetzt bin ich schuld, dass dein bekloppter Plan nicht funktioniert?«, belle ich ihn an. »Jetzt geht's aber los! Ohne meine Idee mit dem auffälligen Gegenstand wäre das gar kein Plan, sondern ein Plänchen. Und zwar ein schlechtes!«

»Hey, nun reg dich doch nicht so auf! Wieso darfst immer nur du recht haben?«

»Ganz einfach: weil ich älter bin.«

»Na und? Altwerden ist noch keine Leistung. Alt wird man von ganz allein!« Katerchen ist empört. Ein bisschen erinnert er mich jetzt an … an wen noch mal? Richtig. Er erinnert mich ein bisschen an einen gewissen Dackelmischlingswelpen, der sich sehr darüber ärgerte, von einem wesentlich älteren Kater gemaßregelt zu werden. Ich seufze.

»Du hast recht. Tut mir leid, war nicht so gemeint. Deine Idee mit der Mütze war super, und ich hab's verbockt. Aber vielleicht finden wir noch etwas Ähnliches, dann passe ich besser auf.«

Schröder gibt ein schnurrendes Geräusch von sich, das ich als Zustimmung werte.

»Wollen wir jetzt weitersuchen?«, schlage ich vor.

Der Kater nickt. »Am besten vielleicht in einer anderen Ecke des Parks. Nicht dass wir dem Mützenmädchen gleich wieder begegnen.«

»Wo stehen denn noch Bänke?«, will Schröder dann wissen. »Das war eben schon ganz schön praktisch. Ich glaube nicht, dass ich so ohne Weiteres vom Boden bis zur Mütze hätte hochspringen können.«

Ich überlege. Bänke. Die meisten stehen tatsächlich an der Wiese, bei der wir eben waren. Aber es gibt noch einen anderen Teil des Parks, dort ist ein Teich, und ich meine, dass dort auch Bänke sind. Vielleicht haben wir Glück, und jemand mit Mütze macht dort eine Pause. Oder gar ein kleines Nickerchen? Das wäre natürlich am einfachsten.

»Mir nach!«, belle ich Schröder zu und sause los. Ich laufe am hinteren Ende der Baumgruppe entlang – sicher ist sicher, den Hünen und seine Tochter will ich nicht so schnell wiedertreffen. Als wir zwischen den Bäumen hervor auf die Wiese kommen, brauche ich einen kurzen Moment, dann weiß ich wieder genau, wie wir in den Teil des Parks mit dem Teich gelangen. Die Sonne scheint einladend auf die große Wiese vor uns, und langsam kommen mehr Menschen in den Park. Leider tragen nur sehr wenige von ihnen Hüte oder Mützen. Andere Sachen, die sie dabeihaben, sind meist Taschen oder Rucksäcke, aber ich bin mir nicht sicher, ob wir die so einfach weggeschnappt bekommen wie eine Mütze. Hedwig zum Beispiel trennt sich nie von ihrer Handtasche. Ich glaube, wer versucht, ihr diese wegzunehmen, spielt mit seinem Leben.

»Wenn die Menschen hier so rumlaufen, kann ich ihnen nichts wegnehmen«, maunzt Schröder. »Ich hoffe, wir haben mehr Glück bei den Bänken, sonst sehe ich langsam schwarz für unseren Plan.«

»Nicht so pessimistisch!«, muntere ich ihn auf. »Bei dem schönen Wetter sitzen bestimmt viele Zweibeiner am Teich, du wirst schon sehen! Und dann passe ich auch besser auf, dass ich sofort mit unserer Beute verschwinde.«

Als wir an dem Sandweg ankommen, der direkt zum Teich

führt, sehe ich schon den ersten Menschen mit Hut. Und er kommt mir von hinten seltsam bekannt vor. Ist das nicht …? Hm. Ich bin mir nicht sicher. Aber das könnte doch … Ich laufe etwas schneller und überhole den Mann, der vor uns hergegangen ist. Ein kurzer Blick über die Schulter, dann bin ich mir ganz sicher: Es ist Herr Michaelis aus dem Seniorentreff, und er trägt wieder den Jägerhut, den er neulich schon auf dem Kopf hatte. Ich bleibe stehen, damit mich nun Herr Michaelis seinerseits überholen kann. Zielstrebig läuft er auf den großen Teich zu, genauer gesagt auf die Bänke direkt am Ufer. Ich halte Abstand zu den Bänken, um aus sicherer Entfernung beobachten zu können, was Michaelis dort macht.

Er setzt sich, schaut auf die Uhr und wartet anscheinend auf irgendjemanden. Nach ein paar Augenblicken weiß ich auch, auf wen: Denn nun kommt von der anderen Seite des Parks eine mir nur allzu bekannte Person heranspaziert. Hedwig. Ohne Hut, dafür aber mit bester Laune, ich kann ihr Lächeln sogar aus der Entfernung sehen. Bilde ich mir jedenfalls ein.

Nun ist Hedwig an der Bank angelangt. Mich sieht sie zum Glück gar nicht, sie hat nur Augen für Herrn Michaelis. Der wiederum springt auf, nimmt den Hut ab, und sie begrüßen sich – ich kann es kaum glauben! – mit einem Küsschen links und rechts! Sensationell! Das habe ich bei Hedwig noch nie erlebt! Klar, Caro und Nina begrüßen sich so. Und auch Daniel und Caro und Nina und Marc. Aber Hedwig hält zu anderen Zweibeinern normalerweise einen sehr eleganten Abstand und reicht höchstens mal huldvoll die Hand. Irgendwie hat es also dieser Herr Michaelis geschafft, die durchsichtige Mauer, die unsere Hedwig eigentlich umgibt, zu überwinden. Sehr interessant!

Jetzt setzen sich die beiden, und aus den Augenwinkeln

sehe ich, wie Schröder anfängt, sich von hinten an die Bank heranzuschleichen.

»Psst! Nicht!«, raune ich ihm zu.

»Hä? Was'n los?«, will er wissen. »Dieser Hut ist doch perfekt! So einen haben wir garantiert nicht zu Hause, Wagners werden gleich wissen, dass ein mieser Einbrecher, Räuber und Erpresser da war und ihre geliebten Haustiere entführt hat.«

»Theoretisch hast du recht – aber wie du siehst, gehört der Hut zu einem Bekannten von Oma Hedwig. Sie sitzt übrigens direkt neben ihm. Wenn wir den Hut klauen, passiert rein gar nichts, außer einer ordentlichen Riesenstandpauke von Hedwig für uns beide.«

»O Mist!« Schröder lässt die Ohren hängen. »Daran habe ich gar nicht gedacht. Ich bin wohl doch nicht so schlau, wie ich dachte.«

»Na ja, war wahrscheinlich dein Jagdtrieb dran schuld. Da wird man schon mal ein bisschen betriebsblind«, tröste ich den Kater. »Das kann auch dem besten Jagdhund passieren. Weißt du, du nimmst die Witterung auf, du siehst das Wild – und dann willst du einfach los. Um jeden Preis! Eigentlich ein toller Instinkt, ganz wichtig für jeden erfolgreichen Jäger. Aber manchmal übersieht man eben eine Kleinigkeit. Ist bei mir auch schon vorgekommen.«

»Oh, warst du schon mal richtig zur Jagd?«, erkundigt sich Schröder neugierig.

Wuff – lügen oder die Wahrheit sagen? Ich bin hin- und hergerissen. Einerseits könnte ich jetzt mit einer richtig coolen Geschichte auftrumpfen. Andererseits ist das Verbreiten von Lügengeschichten sehr verwerflich. Jedenfalls wenn es nach Marc und Caro geht. Die Versuchung ist allerdings riesengroß!

Was mich letztendlich davon abhält, ist nicht meine gute

Erziehung oder edle Gesinnung, sondern die Tatsache, dass sich auf einmal ein weiterer Herr an der Parkbank einfindet und offenbar der Ansicht ist, ebenfalls mit Hedwig verabredet zu sein. Herr Michaelis und Hedwig gucken erstaunt, dann beginnt der fremde Mann zu gestikulieren und zieht plötzlich eine langstielige Rose aus der Zeitung, die er eben noch zusammengeschlagen unter dem Arm getragen hat. Huch, was ist das? Wieso bringt der Blumen in den Park? Hier gibt's doch genug davon! Sehr seltsam. Ich schleiche mich näher heran, um verstehen zu können, worüber die drei reden. Dabei bleibe ich im Schatten der Rückenlehne der Bank – nicht dass ich hier gleich noch entdeckt werde!

»Natürlich bin ich mit Frau Wagner verabredet. Genau hier! Meine Verehrung, Frau Wagner!« Er überreicht ihr die Rose mit einer formvollendeten Verbeugung.

Herr Michaelis springt von der Bank auf und schnaubt empört. »Was für ein Unsinn! Ich bin mit der Dame verabredet! Und nun möchte ich Sie bitten, uns nicht weiter zu behelligen. Einen schönen Tag noch!«

»Ha, genauso ist es! Einen schönen Tag! Und den werde ich auch haben, weil ich ihn nämlich gleich mit der von mir sehr verehrten Frau Wagner verbringen werde. Sie hat mich zu diesem reizenden Tête-à-tête eingeladen, weshalb ich nun wiederum Sie dringend ersuche, diese Bank zu verlassen!«

Hedwig bekommt kreisrunde Augen, Herr Michaelis Schnappatmung.

»Hedwig! Haben Sie sich mit Herrn Paulsen verabredet?«

»Aber nein! Wie käme ich denn dazu? Sie … Sie haben mich doch …«

Jetzt ist es Paulsen, der nach Luft schnappt.

»Wie bitte? Natürlich haben Sie mich zum Rendezvous

gebeten, meine liebe Hedwig! Ich würde mich doch nicht einfach aufdrängen. Hier – das haben Sie mir geschrieben. Erinnern Sie sich etwa nicht?«

Er zieht ein Handy aus der Hosentasche und hält es Hedwig vor die Nase. Die holt ihre Lesebrille aus der Handtasche, schiebt sie sich auf die Nase und liest laut vor:

»Lieber Herr Paulsen, wollen wir uns morgen um zwölf Uhr an der Bank beim Weiher im Park neben der Kirche treffen? Ich würde mich freuen! Eine stille Verehrerin«

»Ich wusste gleich, dass Sie es sind, Hedwig! Schon als ich Sie das erste Mal im Seniorentreff sah, wusste ich, dass da ein Feuer in Ihnen lodert. Und ich wusste, dass dieses Feuer mir galt!«

»Wie bitte?« Hedwig sieht aus, als sei sie der Ohnmacht nahe. Herr Michaelis ringt nach Worten. Mir hingegen kommt dieser Text seltsam bekannt vor, und ich versuche, mich zu erinnern, wo ich ihn schon mal gehört habe.

»Hedwig!«, ruft Michaelis, als er seine Muttersprache wiedergefunden hat. »Genau das Gleiche haben Sie doch auch mir geschrieben! Ich … ich verstehe nicht … Sie wollten sich doch mit mir treffen!«

Eine halbe Sekunde, dann ist die Hedwig'sche Fassung wiederhergestellt.

»Ich habe keine SMS geschrieben. Weder Ihnen noch Herrn Paulsen. Ich habe vielmehr …«

Was sie hat, erfahren wir nicht mehr, denn in diesem Moment gesellt sich ein dritter Herr zu der illustren Runde.

»Guten Tag, die Herren! Was für ein lustiger Zufall! Mit Hedwig hatte ich ja gerechnet, aber dass ich auch Sie hier antreffe … wie auch immer – Sie entschuldigen bitte, wenn ich Ihnen die Dame nun entführe. Wir sind verabredet. Ganz modern, per SMS.«

O nein! Langsam schwant mir sehr, sehr Böses. Der Text – ich weiß wieder, woher ich ihn kenne: Das ist der Versuchsballon von Pauli und Luisa! In abgewandelter Form zwar, aber mit Sicherheit von den beiden verschickt. Oder von diesem bescheuerten Computerprogramm, das Pauli basteln wollte! Auweia!

»Hedwig! Haben Sie Herrn Briatore etwa auch eine SMS geschrieben?« Herr Michaelis klingt, als sei er urplötzlich an einer schlimmen Erkältung erkrankt – ganz heiser! Er ballt die Hände zu Fäusten, und sein Gesicht hat eine ungesund dunkle Farbe angenommen.

»Natürlich nicht. Ich habe niemandem eine SMS geschrieben. Ganz im Gegenteil: Sie haben mir eine SMS geschrieben. Dachte ich jedenfalls.«

Nun kramt auch sie ihr Handy hervor und hält es Michaelis, Paulsen und Briatore vor die Nase. Die reichen es untereinander herum, dann lesen sie, gewissermaßen im Chor, auch diese Nachricht vor.

»Liebe Frau Wagner, wollen wir uns morgen um zwölf Uhr an der Bank beim Weiher im Park neben der Kirche treffen? Ich würde mich freuen! Ein stiller Verehrer«

»Ich verstehe nicht ganz«, stottert Herr Michaelis nun. »Ich dachte … ich dachte …«

»Was dachten Sie?«, fährt Hedwig ihn scharf an. »Dass ich es nötig habe, Sie um eine Verabredung zu bitten? Sie meinen allen Ernstes, ich bin so stillos, dass ich nicht abwarten kann, bis Sie mich fragen, ob wir uns mal allein treffen wollen?«

Falls das überhaupt noch möglich ist, verfärbt sich Michaelis' Gesicht noch dunkler. »Nein, nein! Äh, ich dachte doch nur, also … äh …«

»Friedjof, ich bin entsetzt! Von Ihnen allen!« Sie wirft auch Paulsen und Briatore einen vernichtenden Blick zu, dreht sich dann wieder zu Michaelis. »Von Ihnen allen, aber von Ihnen, Friedjof, am meisten!«

Dann klemmt sie sich ihre Handtasche fest unter den Arm, dreht sich schwungvoll um – und rauscht davon in Richtung Parkausgang.

ZWANZIG

Was wollten denn diese drei Männer von Oma Hedwig? Und wieso sind sie alle weggerannt?« Schröder ist völlig verwirrt.

Mittlerweile sind die Bänke am Teich wieder einsam und verlassen. Selbst die Sonne hat sich verzogen, denkbar schlechte Voraussetzungen, um unseren Plan noch umzusetzen. Wir hocken immer noch hinter den Bänken, und ich versuche, Schröder ein wenig auf die Höhe der Zeit zu bringen.

»Tja, so wie ich es begreife, dachten die Männer allesamt, dass sie mit Hedwig verabredet sind. Und Hedwig dachte, dass sie mit Herrn Michaelis verabredet ist. Den kennt sie vom Tanztee im Seniorentreff.«

»Aha. Und warum war sie dann so böse zu ihm? Wenn sie dachte, dass sie mit ihm verabredet ist, und er dachte, dass er mit ihr verabredet ist, ist doch zumindest bei den beiden alles in Butter.«

»Leider nein. Denn dadurch, dass auch noch Paulsen und Briatore aufgekreuzt sind, hat Hedwig ja mitbekommen, dass es gar nicht Michaelis war, der sie eingeladen hat, sondern dass sogar er dachte, sie habe ihm eine Nachricht geschickt.«

»Maunz! Ich kann mich nur wiederholen: Ich verstehe das Problem nicht! Wenn die beiden sich doch über das Treffen gefreut haben, ist es doch wurschtegal, wer wen gefragt hat.

Also, dass Paulsen und Briatore enttäuscht waren, kapiere ich ja. Aber Hedwig? Warum? Und wer hat denn überhaupt diese ganzen Einladungen verschickt?«

Ich seufze. Ich glaube, die letzte Frage hängt unmittelbar mit dem ganzen Computerdingsbumskrams von Pauli zusammen und seiner komischen Betaversion. Wobei Beta eindeutig für *bescheuert* steht, so viel ist mir mittlerweile klar geworden. Wie ich das aber Schröder erklären kann, ist mir unklar. So richtig verstehe ich es selbst noch nicht. Was seine erste Frage anbelangt: Die Rituale des menschlichen Paarungsverhaltens sind so kompliziert, dass auch dieses Thema eigentlich etwas für Experten ist. Dazu kann man den kleinen Kater nun wirklich nicht rechnen. Ich bin mir nicht sicher, ob er das rafft. Aber natürlich gebe ich mir Mühe, es ihm zu erklären.

»Also, Schröder, pass gut auf – ich versuche, dir auf jeden Fall deine erste Frage zu beantworten. Bei der traditionellen Anpaarung von Mann und Frau geht die Initiative offenbar meistens vom Mann aus. Jedenfalls offiziell.«

»Warum?«

»Ähm, keine Ahnung. Ich weiß nur, dass es so ist. Als Nina zum Beispiel mit Marc ausgehen wollte, hat sie erst mehrere Versuche unternommen, damit es so aussieht, als wäre sie ihm nur zufällig nahe gekommen. Sie ist ihm absichtlich in den Arm gefallen und hat so getan, als wäre sie über mich gestolpert. Dann hat sie mich ständig unter dem Vorwand, ich wäre krank, zu ihm geschleppt. Erst als das alles nicht half und er gar nicht darauf reagierte, hat sie ihn um eine Verabredung gebeten.«

»Was? Nina wollte sich mit Marc verabreden? Aber der gehört doch Caro! Kann ein Mann mehr als ein Frauchen haben?«

Wuff, der Kater stellt einfach die falschen Fragen!

»Nein! Beziehungsweise: Ja! Also, es kommt drauf an. Aber darum geht es hier gerade nicht. Als Nina versucht hat, sich Marc zu schnappen, gehörte er noch nicht Caro. Was ich damit aber verdeutlichen wollte, ist, dass die meisten Menschenfrauen offenbar lieber von Menschenmännern gefragt werden, ob sie mit ihnen ausgehen wollen, statt selbst zu fragen. Und Hedwig ist es anscheinend sogar besonders wichtig. Sie findet, dass sie es nicht nötig hat, einen Mann um eine Verabredung zu bitten, weil sie selbst so beliebt ist, dass sie einfach darauf warten kann, bis sie jemand fragt. Und deswegen war sie sauer auf Herrn Michaelis, weil der die Frechheit hatte zu glauben, SIE habe IHN gefragt. Verstanden?«

Katerchen schüttelt den Kopf.

»Ich hab's gehört. Aber verstanden hab ich es nicht. Das ist doch total bescheuert. Wieso kommt es denn darauf an, wer zuerst fragt? Wenn sie ihn mag, soll sie doch froh sein, dass er sie auch mag. Und zur rechten Zeit auf der Parkbank mit ihr saß.«

»Schröder, jetzt kommt eine Erkenntnis über die Menschen, die du dir gut merken musst: Bei den Menschen hat vieles überhaupt nichts mit Logik zu tun, auch wenn sie sich selbst für vernunftbegabt halten. Stimmt gar nicht. Vor allem in der Liebe nicht. Da schaltet sich das menschliche Hirn in der Regel einfach aus.«

»Prrrrr, unglaublich! Ja, ich merke es mir. Und was ist mit meiner zweiten Frage? Wer hat denn nun diese ganzen Nachrichten verschickt? Wenn es nicht Hedwig, Herr Michaelis oder die anderen beiden Männer waren?«

»Ich glaube, die hat gar kein Mensch verschickt, sondern ein Computer.«

Die Augen von Schröder werden riesig groß, er schlägt mit dem Schwanz hin und her. »Ein Computer? Jetzt willst du mich aber veräppeln. Wie soll das denn gehen? Ich habe es genau beobachtet: Menschen tippen oft auf ihren Handys rum, und dann bekommen wiederum andere Menschen eine Nachricht von ihnen. Also zum Beispiel hat Marc mal eine Nachricht an Caro geschrieben, obwohl die direkt neben ihm stand. Er hat getippt, dann hat es bei ihr gepiept, sie hat es gelesen, und dann hat sie ihn geküsst. Aber der Computer, der steht doch einfach nur im Büro rum. Der macht doch gar nichts von allein. Jedenfalls nichts, was die Menschen nicht wollen!«

Ich wiege meinen Kopf hin und her. »Ja, da hast du recht. Und das scheint mir hier auch der springende Punkt zu sein – vielleicht hat der Computer etwas von allein gemacht, was er gar nicht sollte. Dazu habe ich zwar einen Verdacht, aber etwas Genaues weiß ich auch nicht.«

»Schade«, maunzt Schröder.

»Ja, aber letztendlich egal. Lass uns lieber weiter gucken, ob wir noch so etwas wie eine Mütze finden.«

Wir traben los. Als wir gerade an der Bank vorbei sind, legt der Kater auf einmal eine Vollbremsung ein, macht eine Hundertachtziggraddrehung – und stürzt sich auf irgendetwas, das neben der Bank liegt. Ein Vögelchen, eine Maus? Verfluchte Hacke, muss der gerade jetzt seinen Jagdtrieb entdecken? Wir haben doch weiß Gott genug andere Sachen auf dem Zettel!

»Schröder!«, fahre ich ihn scharf an, »nun lass das in Ruhe, was auch immer es ist, und komm endlich! Das wird sonst nie etwas mit unserem Plan!«

Aber Schröder denkt gar nicht daran, von seiner Beute abzulassen, stattdessen geht sein Fauchen in ein selbstzufriedenes Schnurren über.

»Wir! Müssen! Weiter!«, knurre ich ihn laut an. Endlich hebt er den Kopf.

»Nee! Müssen wir nicht. Guck mal, was ich hier gefunden habe.« Er erhebt sich und gibt den Blick auf seine Beute frei. Es ist ein großer Hut mit einem breiten Hutband und einem Ziegenbart an der Seite. Herr Michaelis hat in der ganzen Aufregung offensichtlich seinen Hut vergessen!

Zwei Tage später ist es so weit: In Gedanken gehe ich den Plan noch einmal durch. Wir haben nur diese eine Gelegenheit, da muss einfach alles sitzen! Der Zeitpunkt jedenfalls ist perfekt – es ist eindeutig Sonntag: Heute Morgen gab es frische Brötchen, die alle Wagners zusammen im Bett verdrückt haben. Dann haben Caro und Marc lange darüber diskutiert, dass man zwar eigentlich mit den Kindern rausmüsste, das Wetter aber so schlecht sei, dass Kino vielleicht doch besser passe.

So ging das eine ganze Weile hin und her, ohne dass irgendjemand auf die Uhr geschaut hätte. Die Wahl fiel dann doch auf Kino, und das ist für uns natürlich großartig. Wenn nämlich alle Wagners im Kino sind, haben Schröder und ich sturmfreie Bude. Dann werden wir selbige, soweit wir können, in ein Trümmerfeld verwandeln und den Hut an gut sichtbarer Stelle drapieren. Wenn wir dann verschwunden sind, werden Caro und Marc mit Sicherheit von einem Einbruch mit Entführung ausgehen und die Polizei holen. Und Caro wird garantiert nicht am nächsten Tag nach Paris fliegen, sondern Daniel den Vortritt lassen. Den Koffer hat sie zwar schon gepackt im Flur stehen, aber den kann sie ja auch wieder auspacken.

Der schwierigste Teil unserer Aktion wird allerdings der mit der Wohnungstür werden – die müssen wir schließlich aufbekommen, um selbst abhauen zu können. Sonst bringt das ja alles nichts. Für die Lösung dieses Problems aber hatte Schröder eine wirkliche Eins-a-Idee: Er würde erst auf die Garderobe im Flur und dann von der Garderobe auf die Klinke der Wohnungstür springen. Da weder Caro noch Marc jemals die Tür abschließen, wenn sie gehen, kann man die Tür auf diese Weise öffnen. Wir haben es getestet – es funktioniert tatsächlich. Schon toll, was Katzen so alles mit ihrer enormen Beweglichkeit und Sprungkraft hinkriegen, ein Dackel hätte das niemals geschafft!

Unten im Hausflur dann das gleiche Spiel, allerdings nicht mit der Garderobe, sondern mit dem Briefkasten, der innen an die rechte Seite der Haustür geschraubt ist, damit die Briefe, die der Postbote von außen durch den Briefschlitz schiebt, nicht zu Boden fallen. Wenn Schröder auf diesen Kasten springt, kommt er auch an die Klinke. Läuft bei uns!

Schröder schnürt an meinem Körbchen vorbei, in dem ich mich gerade für den großen Coup ausruhe.

»Mann, wann gehen die endlich ins Kino?«, beschwert er sich. »Das kann doch nicht so schwer sein, dass sich alle Schuhe und Jacke anziehen und endlich abhauen.«

Tja, da merkt man, dass Schröder noch nicht lange Mitglied der Familie Wagner ist. Sonst wüsste er, dass Ewigkeiten vergehen können, bis alle vier Wagner-Kinder abmarschbereit sind. Während die Kleinen meist mit handfesten Problemen wie fehlenden zweiten Schuhen, mangelnder Schleifentechnik oder in letzter Minute dreckig gemachten Hosen kämpfen, sucht Luisa in der Regel ihr Handy, findet ihre Frisur doof und muss sich noch mal umstylen oder braucht noch ganz dringend das WLAN. Letzteres, so habe ich gelernt, kann man zwar nicht sehen, hören oder riechen, es ist für Luisa aber überlebenswichtig. Es zaubert nämlich irgendwie Spiele, Nachrichten und Fotos auf ihr Handy. Wenn es ausgefallen ist, ist Luisa sehr schlecht gelaunt, und wenn sie unterwegs entdeckt, dass es dort auch ein WLAN gibt, ist sie überglücklich. Und meistens ist es leider so, dass Kinder, die schon fertig angezogen, mit Handy und toller Frisur versehen waren, mit der ganzen Prozedur von vorn anfangen, wenn wiederum der letzte Wagner startklar ist. Mit anderen Worten: Ich kann hier ganz entspannt noch rumliegen. Die Tatsache, dass Marc schon seit geraumer Zeit seine Jacke angezogen hat, hat rein gar nichts zu sagen.

»Marc, wo ist denn der Autoschlüssel?«, will Caro jetzt wissen. Okay, wenn sie den Autoschlüssel suchen, kommen wir dem Aufbruch hingegen wirklich näher. Also, immer noch nicht *nah*, denn Caro muss ihn auch erst noch finden. Aber immerhin schon näher.

»Keine Ahnung, wo der ist«, murmelt Marc und klingt dabei genervt. Wahrscheinlich, weil ihm mittlerweile ziemlich warm in seiner Jacke ist.

»Aber du bist als Letzter mit dem Auto gefahren. Was hast du dann mit dem Schlüssel gemacht?«

»Ich habe doch schon gesagt: Ich weiß es nicht.«

»Wie ich diese Sucherei hasse! Häng den Schlüssel doch bitte ans Schlüsselbrett! Wie oft muss ich dich darum noch bitten? Wenn du den Schlüssel einfach da hinhängen würdest, wo er hingehört, müsste ich nicht immer so viel Zeit mit Suchen verbringen.«

»Ja, ja, ist ja gut! Reg dich nicht so auf. Ich suche ihn ja.«

Marc verschwindet im Schlafzimmer. Man hört ihn schimpfen: *Immer dieses Chaos hier ... was heißt denn Schlüsselbrett? In Wirklichkeit bin ich hier der Einzige, dem Ordnung etwas bedeutet ... Wie das schon wieder aussieht ...* Und dann ein lautes: *Ha! Ich hab ihn!*

Er erscheint wieder im Flur und schwenkt den Autoschlüssel triumphierend in der Hand.

»Rat mal, wo der war, meine Liebe!«

»Keine Ahnung. Mir ist jetzt nicht nach Ratespielen. Ich will endlich los!«

»Er lag auf DEINEM Nachttisch. Wo DU ihn gestern hingelegt hast. Weil DU nämlich gestern Abend noch deine Kopfhörer aus dem Auto geholt hast. Ha!«

Betretenes Schweigen.

»Na und? Das kann mir doch wohl auch mal passieren. Sonst bist du immer derjenige, der alles rumliegen lässt.«

»Da bin ich aber völlig anderer Meinung, ich würde sagen …«

»Papa, Caro, können wir endlich los?« Luisa kommt aus ihrem Zimmer gestapft. Sie ist nur so mittelprächtig gelaunt, denn eigentlich wollte sie lieber zu Hause bleiben. Das hätte unseren Plan natürlich zunichtegemacht, aber dem Dackelgott sei Dank hat Marc den Ausflug ins Kino zur Familienaktivität erklärt, an der alle, auch die schlecht gelaunten Teenager, teilnehmen müssten. Genau so hat er es gesagt, Widerstand zwecklos.

»Sind deine Geschwister fertig?«, fragt Marc.

Luisa zuckt mit den Schultern. »Keine Ahnung. Bin hier ja nicht der Babysitter.«

»Du, ich übrigens auch nicht!«, motzt Marc sie an. »Also geh bitte ins Kinderzimmer und scheuch die Zwillinge hierher. Ich schnappe Henri, der musste sich eben noch mal die Hände waschen. Bist du auf die bescheuerte Idee gekommen, ihm die Stempelfarbe für Fingermalerei zu geben?«

Luisa grinst, sagt aber nichts, sondern zischt zu den Zwillingen ab, die sie tatsächlich in erstaunlich kurzer Zeit in den Flur bugsiert bekommt. Irgendetwas muss sie mit ihnen besprochen haben, da bin ich mir ganz sicher! Dann biegt auch Marc mit dem schwarz gesprenkelten Henri um die Ecke, Caro winkt mit dem Autoschlüssel, und endlich, endlich verlässt die komplette Familie Wagner die Wohnung und zieht die Tür hinter sich zu. Schröder und ich lauschen angestrengt – nein! Sie schließen tatsächlich nicht ab!

»Maunzmiau!«, jubelt Schröder. »Es hat funktioniert! Unser Plan klappt!« Als ich nicht ebenfalls in Jubel ausbreche, guckt er mich erstaunt an. »Hey, was'n los? Freust du dich nicht?«

»Doch. Hurra!«, antworte ich lahm.

»Ich verstehe dich nicht, Herkules! Wir sind unserem Ziel schon richtig nah, und du wedelst nicht mal mit dem Schwanz.«

»Okay, wedele ich eben ein bisschen mit dem Schwanz, wenn du dich dann besser fühlst. Tatsache ist allerdings, dass wir erst ganz am Anfang stehen und noch nicht wissen, ob das alles so funktioniert, wie wir uns das denken. Oma Hedwig hat dafür ein sehr schönes Menschensprichwort: Man soll den Tag nicht vor dem Abend loben!«

»Prrrr, *Oma Hedwig.* Du klingst langsam wie Opa Herkules«, mosert Schröder, und ich zucke kurz zusammen. Ob er recht hat? Klinge ich schon wie ein Großvater? Oder gar wie Herr Beck, Gott hab ihn selig? Ich schüttle mich. So ein Quatsch! Ich bin nicht alt, ich bin erfahren. Und meine Erfahrung sagt mir, dass wir hier schleunigst in die Pötte kommen sollten.

»So, Oma, Opa, Uroma – alles völlig egal, Schröder. Wir werden jetzt mal das Wohnzimmer ordentlich verwüsten, legen den Hut mitten in den Flur und dann: ab durch die Mitte!«

»Wieso durch die Mitte? Ich dachte durch die Tür?«

»Grrr, Schröder, das sagt man doch nur so!«

»Ach, wieder so ein Spruch von Oma Hedwig?«

»Jetzt werd mal nicht frech, sondern hilf mir!«, weise ich ihn zurecht und renne, ohne eine Antwort abzuwarten, ins Wohnzimmer.

Dort stoße ich als Erstes mit meiner Schnauze vor die Schwingtüren des kleinen Schränkchens neben dem Fernseher, in dem Hedwig immer so gern die Servietten ordentlich stapelt, wenn sie sie gebügelt hat. Die Türen schwingen nach dem Stoß zurück, und blitzschnell fahre ich mit dem Kopf dazwischen, um sie richtig zu öffnen. Dann reiße ich den ganzen Stapel Servietten heraus und auch die flache Schachtel, die gleich daneben liegt. Es scheppert ordentlich. Super, ich habe soeben das Tafelsilber entdeckt! Ich verteile Gabeln, Löffel und Messer sehr großzügig über den Wohnzimmerteppich und auch ein paar andere Teile, von denen ich nicht weiß, was genau man damit macht. Egal, Hauptsache, Chaos!

Der Kater tut es mir nach und springt auf den großen Schrank mit den Glastüren, in dem Bücher, Kerzen und Vasen stehen. Von oben kann er mit seinen Tatzen zwischen Tür und Regal greifen und die Türen aufdrücken. Er springt wieder herunter und reißt schon im Fallen die ersten Bücher mit sich. Ich mache mich am unteren Regalbrett zu schaffen und räume alle Vasen aus, die ich erwischen kann. Klirr! Die kleine weiße Vase, die Caro so gern auf den Esszimmertisch stellt, segnet das Zeitliche. Das ist natürlich schade, aber echte Räuber hätten da vermutlich auch keine Rücksicht drauf genommen.

Schröder hüpft auf meinen Rücken, so kommt er bestens an die Bücher und rupft diese fröhlich auseinander. So geht das auf der gesamten Regallänge weiter, schon nach kurzer

Zeit stapelt sich ein beachtlicher Haufen von Büchern vor dem Schrank. Als es für uns beide zu hoch wird, macht sich Schröder an den Vorhängen zu schaffen.

»Ne, das lass mal«, rufe ich ihm zu. »Wir wollen doch nichts richtig kaputt machen!«

»Warum nicht? Du hast doch auch gerade ein paar Vasen geschrottet.«

»Ja, aber das war aus Versehen! Komm da runter!«

»Warum? Es soll schließlich nach einem Kampf aussehen. Und wenn jemand versuchen würde, mich einzufangen, würde ich mich im Zweifel an den Vorhängen festklammern.«

Ich überlege kurz.

»Okay, aber nur dieser eine Vorhang. Mehr nicht!«

So toben wir noch eine ganze Zeit lang durch die Wohnung, mir gelingt es sogar, die große Bodenvase so vorsichtig umzukippen, dass sie heil bleibt. Nur das Wasser in ihr fließt an den Blumen vorbei auf den Teppich und bildet dort erst einen ziemlichen See, dann einen großen dunklen Fleck. Cool, sieht echt dramatisch aus!

Schließlich finden wir nichts mehr, was wir umschmeißen oder verschleppen könnten.

»Ich glaube, es sieht wirklich wild genug aus«, stelle ich fest und bin tatsächlich ein bisschen außer Atem.

»Wenn du meinst. Ich hätte irgendwie Lust weiterzumachen«, maunzt Schröder.

»Nee, lass mal. Am besten, wir hauen jetzt ab und suchen uns ein schönes Versteck in der Nähe, von dem aus wir beobachten können, was passiert, wenn sie den Überfall entdecken. Wo ist der Hut?«

»Moment, hole ich. Ich habe ihn unters Sofa geschoben. Außer Oma Hedwig guckt da wirklich nie jemand drunter.«

Ein kicheriges Maunzen, kurz darauf ist Katerchen mit dem Hut zur Stelle.

»So, leg ihn richtig schön mitten auf den Couchtisch. Sie dürfen ihn auf keinen Fall übersehen.«

Schröder tut wie ihm geheißen, zufrieden schaue ich mich um. Es ist vollbracht! Jetzt muss der Kater die Tür öffnen, und wir können abhauen. Der hangelt sich an dem einen Ende meiner Leine, die von der Garderobe herunterhängt, hoch und sitzt kurz darauf auf der Garderobenablage. Optimale Sprungposition! Von dort oben schmeißt er noch ein paar Jacken, Halstücher und Marcs Mantel auf den Boden – nun sieht es auch im Flur ziemlich wild aus.

Schröders Weg über die Hundeleine bringt mich noch auf eine neue Idee. Ich erwische die Leine mit meinen Zähnen und ziehe sie mit einem kräftigen Ruck zu mir. Soll schließlich so wirken, als hätten die Entführer die absichtlich mitgenommen, als sie den Dackel entführt haben.

Schröder dreht sich zu mir. »Soll ich?«

»Ja!«, belle ich kurz und bündig. Schröder springt faszinierend zielsicher auf die Klinke und drückt sie mit seinem Körpergewicht nach unten, es macht Klack!, und dann öffnet sich die Tür tatsächlich einen Spalt. Wahnsinn! Jetzt bin ich auch kurz davor zu jubeln!

Wir stoßen die Tür auf, laufen aus der Wohnung hinaus, dann die Treppen ins Erdgeschoss nach unten. Vor der Haustür das gleiche Spiel wie eben: Schröder springt auf den Briefkasten, dann zielsicher auf die Klinke, auch diese Tür öffnet sich und – schwupp, sind wir draußen vor dem Haus.

»Wohin jetzt? In den Garten? Oder in den Vorgarten gegenüber, hinter die kleine Hecke?«, will Schröder wissen.

»Hinter die Hecke, gute Idee!«, lobe ich ihn. »Das ist der optimale Beobachtungsposten für uns.«

Wir sind schon fast an der Straße, da merke ich, dass ich die Leine unten im Hausflur beim Briefkasten vergessen habe. Die hole ich noch schnell! Ich renne kurz zurück und witsche durch die Haustür, die immer noch offen steht. Da liegt die Leine, direkt auf der inneren Fußmatte. Ich schnappe sie mir und wende mich zum Rückweg – als in diesem Moment ein Luftstoß an mir vorbeifegt. Es ist wirklich nur eine halbe Dackellänge, die mich von der offenen Haustür trennt, aber es ist die entscheidende: Denn in diesem Moment fällt die Tür vor meiner Nase mit einem lauten *Wumms!* zu. Und ich sitze auf der falschen Seite der Tür, gefangen im Eingangsflur unseres Hauses.

EINUNDZWANZIG

Jaul, jaul, JAUL! Es ist aussichtslos! Bestimmt zwanzig- oder dreißigmal habe ich jetzt versucht, auch irgendwie auf den doofen Briefkasten zu springen – ohne Erfolg! Ich bin einfach zu unbeweglich und zu kurzbeinig, ich schaffe es nicht. Vor der Tür steht Schröder und feuert mich verzweifelt an, doch es ist sinnlos. Völlig erschöpft gebe ich schließlich auf und lege mich auf die Fußmatte.

»Herkules? Was ist los? Versuch es weiter!«, maunzt Schröder durch die Tür hindurch.

»Lass gut sein, Kumpel. Wir müssen uns eingestehen, dass der Plan gescheitert ist. Und zwar an meiner eigenen Doofheit.«

»Nein! Das kann ich nicht hinnehmen! Du musst doch irgendwie auf diesen blöden Briefkasten kommen! Du bist immerhin Carl-Leopold von Eschersbach!«

Oh, der Kleine hat sich meinen vollen Namen gemerkt! Ich bin gerührt! Ändert aber leider nichts an der Tatsache, dass ich keine Katze bin, ergo völlig ungeeignet, hier Sprungkunststücke zu vollführen.

»Schröder, dein Vertrauen in mich ehrt dich, aber es ist aussichtslos. Am besten drückst du dich draußen rum und kommst bei nächster Gelegenheit mit einem der Nachbarn wieder rein.«

»Auf gar keinen Fall! Wir brauchen jetzt einen Plan B! Was denkst du, was los ist, wenn die alle wieder nach Hause kommen, und wir sind noch da? Sie werden sofort wissen, dass wir die Übeltäter waren. Und ich weiß, wie unangenehm Menschen werden können. Ich will nicht wieder ausgesetzt werden! Und hast du mal an Caros Flug gedacht? Den nimmt sie doch morgen garantiert, wenn sie die Entführergeschichte nicht kauft. Dann war alles für die Katz!«

Puh, stimmt! Im wahrsten Sinne des Wortes. Wahrscheinlich hat Schröder recht, und wir brauchen wirklich einen Plan B. Mit dem Kopf auf meinen Vorderläufen grüble ich nach.

»Schröder?«

»Ja?«

»Ich glaube, es gibt zwei Möglichkeiten: Entweder es kommt demnächst mal ein Nachbar hier vorbei, schließt die Tür auf, und ich kann einigermaßen unerkannt an ihm vorbei ins Freie hechten.«

»Ähm, sorry, unerkannt? Wohnt hier im Haus noch ein anderer Dackel? Einer, den ich noch nicht kennengelernt habe?« Ein – wie ich finde – sehr bösartiges Katzengekicher dringt durch den unteren Türspalt.

»Ja, ist ja gut! Kein Grund, sich über mich lustig zu machen!« Ich breche unwillkürlich in weiteres Gejaule aus, so unglücklich bin ich mit der Situation.

»’tschuldigung! Was ist denn die zweite Möglichkeit?«

»Die zweite Möglichkeit ist, dass du dich jetzt mal schnellstens verdünnisierst. Oben steht die Tür ja noch auf – ich werde also in die Wohnung zurückrennen und, wenn die Wagners wieder auftauchen, den traumatisierten Dackel geben.«

»Den was?«

Hrrr, immer diese Jungkatzen!

»Den traumatisierten Dackel! Ich werde so tun, als habe

mich irgendetwas ganz schlimm erschreckt. Die Bude sieht sowieso nach wildem Kampfgetümmel aus, du fehlst, ich winde mich in Krämpfen oder mime den Bewusstlosen – sie werden schockiert sein. Und schnell davon überzeugt, dass Räuber die Wohnung überfallen und dich als Geisel genommen haben. Auch ohne Erpresserbrief.«

»Super!«, juchzt Schröder, und ich glaube, durch das Glas der Haustüre sehen zu können, dass er einen Luftsprung macht. »Und dann wird Caro ihren Flug absagen, weil sie ihre Familie in dieser Situation nicht allein lassen will, und Daniel wird stattdessen fliegen!«

»Genau! Dann trifft er auf diese komische Aurora, erzählt es Nina, die wird eifersüchtig und erkennt endlich wieder, was sie an Daniel hat. Ende vom Lied: alles wieder gut!«

»Verstanden! Also, ich hau ab!«

Ein schabendes Geräusch, dann Stille.

»Hey, Schröder! Bist du schon weg? Wir müssen doch noch einen Treffpunkt ausmachen, an dem ich dich finde, wenn alles wieder in Ordnung ist! Hey! Schröder?!«

Keine Antwort. Scheint so, als hätte sich der Jungkater schon vom Acker gemacht. Hoffentlich bleibt er in der Nähe des Hauses, sonst verläuft der sich noch!

Ich renne die Treppe zur Wohnung hoch – und stehe vor einer verschlossenen Tür. So ein verfluchter Mist! Der Windstoß hat offenbar auch diese zugeschlagen. Was ist das eigentlich für ein unterirdischer, schrecklicher Tag? Er fing doch so gut an, nahezu perfekt passend zu unserem Plan! Und was ist jetzt? Nix is'! Es wird mir nichts anderes übrig bleiben, als stundenlang vor der Wohnungstür rumzulungern und zu warten, bis Marc, Caro und die Kinder wieder nach Hause kommen. Großartig!

Frustriert packe ich mich auf die Fußmatte vor der Tür. Jetzt merke ich, dass ich sehr müde bin. Schlafen kann ich allerdings nicht, dazu schwirren mir zu viele Sachen im Kopf rum. Vielleicht hätte ich mich aus der ganzen Geschichte mit der Dienstreise raushalten sollen. Wenn Daniel auf die Hilfe eines Dackels und eines Katers angewiesen ist, damit es mit Nina wieder besser läuft, ist das wahrscheinlich sowieso alles Murks. Ach, ach, was habe ich bloß getan …

»Herkules! Warum liegst du denn vor der Wohnungstür? Und wieso liegt deine Leine unten im Flur?«

Huch! Bin ich etwa doch eingeschlafen? Vor mir kniet Hedwig und schaut mich erstaunt an. Ich will mich gerade hochrappeln und sie freudig begrüßen, da fällt mir ein, dass ich ja eigentlich schwer traumatisiert bin. Also strecke ich alle viere von mir und röchle, was das Zeug hält.

»Ach du Schreck! Was ist denn los mit dir?«

Hedwig klingt ernsthaft besorgt, ich rolle mich zur Seite und jaule jämmerlich.

»Gute Güte, dir geht es ja richtig schlecht!«

Sie kramt in ihrer Handtasche, zieht ihr Handy hervor und wählt eine Nummer. Offenbar niemand erreichbar, denn jetzt steckt sie das Handy wieder ein.

»Tja, Marc und Caro scheinen noch im Kino zu sein, die sind nicht erreichbar. Ich bringe dich erst mal in die Wohnung. Ein Glück, dass ich schon so früh hier aufgetaucht bin. Eigentlich wollte ich erst heute Abend kommen, aber da hatte ich ja offenbar den richtigen Riecher.«

Weiteres Kramen in der Handtasche, diesmal hat sie einen Schlüsselbund in der Hand und schließt damit nach kurzem Überlegen die Haustür auf, um sie dann weit aufzustoßen, sich zu bücken und mich hineinzutragen. Im Wohnungsflur angekommen legt sie mich ganz vorsichtig und sacht in mein Körbchen, bevor sie sich wieder aufrichtet und sich noch einmal umschaut.

»Oh, die scheinen es aber mal wieder sehr eilig gehabt zu haben. Sieht ja noch schlimmer aus als sonst. Haben die dich dabei aus Versehen ausgesperrt? Mitsamt Hundeleine? Sehr mysteriös. Und wieso liegen denn da alle Jacken auf dem Boden? Auf der Flucht verloren, oder wie! Heieiei, die lernen es nie!« Sie lacht laut auf, dann bückt sie sich, hebt die Jacken und Marcs Mantel auf und hängt alles wieder an die Garderobenhaken.

»Ruh dich ein bisschen in deinem Körbchen aus, ich mache hier schon mal klar Schiff. Hätte nicht gedacht, dass es hier so wild aussieht, wenn Caro morgen auf eine Dienstreise geht … Diese jungen Leute! Keine Vorstellung davon, wie man einen Haushalt führt. Nur gut, Herkules, dass ich jetzt ein paar Tage hier bin und mich um alles kümmern kann. Marc hat zwar gesagt, dass es völlig reicht, wenn ich ab morgen komme – aber wie man hier schon in eurem Flur sieht, stimmt das natürlich nicht.«

Ich tue, wie mir geheißen, verrenke mir allerdings im Liegen fast den Hals, weil ich natürlich genau beobachten will, was passiert, wenn Hedwig das Chaos im Wohnzimmer sieht. Lange warten muss ich nicht, denn nun öffnet sie die Wohnzimmertür.

»Oh! Mein! Gott!«, ruft sie laut und springt einen Schritt zurück. »Herkules, was ist passiert?! Wer war das? Einbrecher? Räuber? Gab es einen Überfall?«

Okay, wir haben offenbar ganze Arbeit geleistet! Hedwig ist völlig erschüttert, dabei hat sie den Hut noch nicht einmal entdeckt. Den hätten wir vermutlich weglassen können. Bei diesem Gedanken durchzuckt mich kurz ein unangenehmes Gefühl, das ich nicht ganz einordnen kann, das aber auch sofort wieder verschwindet.

»Oh, ich wünschte, du könntest sprechen!«, klagt Hedwig laut aus dem Wohnzimmer.

Wuff – sooft ich mir das auch schon selbst gewünscht habe, gerade im Moment passt es mir eigentlich ganz gut, dass niemand von mir eine genaue Schilderung der letzten Stunden verlangen kann. Also rapple ich mich aus dem Körbchen hoch, laufe zu Hedwig und setze meinen treusten Dackelblick auf. Hedwig überlegt kurz. Dann kramt sie wieder ihr Handy hervor, tippt darauf herum, hält es sich ans Ohr und wippt ungeduldig von einem Bein aufs andere.

»Mensch, Marc«, murmelt sie vor sich hin, »nun geh endlich an dein verdammtes Handy!«

Offenbar funktioniert die Gedankenübertragung von Mutter auf Sohn ganz hervorragend, denn in diesem Moment höre ich Marcs Stimme aus dem Handy dröhnen.

»Hallo? Mama? Was gibt es denn?«

»Huch«, erschreckt sich Hedwig, »jetzt hab ich dich auf laut gestellt, Moment!« Sie tippt wieder auf dem Handy herum. »Ja, also, ihr müsst sofort nach Hause kommen, Marc!«

»Was ist denn los?« Marc ist immer noch laut und deutlich zu hören.

»Gute Güte, wie kriege ich denn diesen blöden Lautsprecher ausgestellt?« Hedwig klingt verzweifelt.

»Mama, ist alles in Ordnung? Warum bist du denn so aufgeregt? Und wo bist du überhaupt?«

»Ich bin bei euch zu Hause!«

»Wieso bist du denn bei uns? Ich dachte, du wolltest morgen Mittag kommen?«

»Ich dachte, es wäre praktischer, wenn ich heute schon … ach, das ist doch jetzt auch total egal! Jedenfalls: Ihr müsst sofort kommen – bei euch ist eingebrochen worden! Die ganze Wohnung ist ein heilloses Chaos, und Herkules saß ganz verschreckt VOR der Haustür! Offenbar hat er das Ganze beobachten müssen und hat versucht zu fliehen. Oder vielleicht war es auch ganz anders. Ich bin ganz durcheinander!«

»So ein Mist, das hat uns gerade noch gefehlt! Caro – vergiss die Hotdogs, wir müssen los! Tschüss, Mama, wir sind gleich da!«

Gleich ist natürlich ein dehnbarer Begriff – aber für ihre Verhältnisse sind meine sechs Wagners wirklich schnell wieder da. Offenbar hatten alle ihre Schuhe an, und der Autoschlüssel war auch griffbereit. Ich kann die Zwillinge, Henri und Luisa schon hören, bevor Marc und Caro die Tür aufgeschlossen haben – so laut kommen die Kids die Treppe hochgetrampelt. Offenbar sind sie genauso aufgeregt wie Hedwig. Kein Wunder, die Nachricht vom Einbruch ist schließlich ein Schock. Einerseits freue ich mich, dass Schröder und ich genau den Eindruck erweckt haben, den wir erwecken wollten – andererseits habe ich nun ein tierisch schlechtes Gewissen. Im wahrsten Sinne des Wortes! Und so fällt es mir auch gar nicht schwer, weiter den gequälten Dackel zu spielen und mit gesenktem Haupt durch die Gegend zu schleichen.

Die Tür geht auf, und Marc stürmt herein. Täusche ich mich oder ist er ziemlich blass um die Nase?

»Mama? Wir sind wieder da!«

Er läuft weiter ins Wohnzimmer, dicht gefolgt von Caro und den Kindern, die sich schon bald vor dem Bücherstapel vor dem Regal drängen.

»Scheiße!«, flucht er laut. »Du hattest recht – ein Einbruch!«

»Das gibt's ja nicht!«, ruft Caro. »So eine verfluchte Schweinerei! Hast du schon geguckt, was fehlt, Hedwig?«

Die schüttelt den Kopf.

»Nein, meine Liebe, ich habe die letzten zehn Minuten auf dem Sofa gesessen und auf euch gewartet. So spontan ist mir nichts aufgefallen. Der Fernseher ist noch da, das Silber ist über den Fußboden verteilt – schon komisch. Sieht aus, als seien die Diebe überrascht worden, nicht? Oder Herkules hat versucht, sie zu vertreiben.«

Luisa kniet sich neben mich und streichelt mich. Ich versuche, ein bisschen zu zittern und zu wimmern.

»Bist du mein tapferer kleiner Hundeheld? So mutig!« Dann richtet sie sich auf und blickt sich um. »Wo ist eigentlich Schröder abgeblieben? War der auch vor der Tür, Oma?«

Hedwig schüttelt den Kopf. »Nein, den habe ich heute noch gar nicht gesehen.«

»Schröder?«, ruft Luisa. »Schröder, komm her! Es ist alles wieder in Ordnung!«

Ich fange an zu jaulen. Kann ja nicht schaden, wenn ich hier noch mal meinem enormen seelischen Schmerz Ausdruck verleihe. Schließlich wurde ich Zeuge, wie mein Katzenkumpel entführt wurde. Also, gewissermaßen.

»O nein, Papa!«, ruft Luisa. »Ich glaube, Schröder ist etwas zugestoßen! Guck mal, wie schlecht es Herkules geht – der macht sich ganz dolle Sorgen um seinen kleinen Katzenfreund!«

»Hm, wirklich komisch, wo steckt denn der Kater?«, wundert sich Marc. »Lass uns mal überall in der Wohnung suchen, vielleicht versteckt er sich nur in irgendeiner Ecke. Kommt, helft alle mit!«

Auf dieses Kommando stürmen Henri, Milla und Theo

gleich mit Mordsradau durch die Wohnung. Also – selbst wenn Schröder noch hier wäre, spätestens bei diesem Lärm würde er sich tatsächlich verstecken. Auch Caro und Hedwig gucken unter das Sofa, hinter die Vorhänge und laufen durch alle anderen Zimmer. Schließlich treffen sich alle wieder vorm Bücherregal. Marc seufzt.

»Okay, keine Spur von dem kleinen Kerlchen! Was ist hier bloß passiert? Eine verwüstete Wohnung, ein verängstigter Dackel, den irgendjemand aus der Wohnung gejagt hat, und ein verschwundener Kater! Ich sag euch, was ich jetzt mache: Ich rufe die Polizei!«

ZWEIUNDZWANZIG

Die Frau und der Mann sind von Kopf bis Fuß schwarz gekleidet, tragen dunkle Schirmmützen und weiße Gummihandschuhe und sehen tatsächlich so aus wie die Polizisten in den Krimis, die sich Caro immer so gern anschaut. Hedwig hat sich vorsichtshalber mit Henri und den Zwillingen in eines der Kinderzimmer verzogen, damit die beiden Polizisten in Ruhe ihre Arbeit machen können. Sie laufen durch die Wohnung, gucken sich alles ganz genau an und unterhalten sich leise miteinander. Insbesondere die Wohnungstür hat es ihnen offenbar angetan – sie schließen und öffnen sie ein paarmal hintereinander und untersuchen das Schloss sehr gründlich.

»Herr Wagner, haben Sie die Tür abgeschlossen, als Sie die Wohnung verlassen haben?«, will der Polizist von Marc wissen.

Der schüttelt den Kopf. »Nee, ich weiß, das sollte man eigentlich, aber wir machen das nur, wenn wir längere Zeit nicht da sind. Sonst ziehen wir die Tür einfach ins Schloss.«

Die Polizistin verzieht das Gesicht. Ich glaube, ich kann ihre Gedanken lesen: *diese Idioten!* Aber anstatt es laut auszusprechen, bleibt sie ganz nüchtern in ihrer Bestandsaufnahme.

»Also ganz offensichtlich haben hier eine oder mehrere Personen Ihre Wohnung nach lohnender Beute durchsucht. Sie sagen, dass auf den ersten Blick nichts fehlt? Vielleicht sind die Diebe oder der Dieb gestört worden, oder sie wurden von Ihrem Hund angegriffen? Es scheint ja irgendeine Art Kampf gegeben zu haben – sehen Sie sich mal die Vorhänge an.« Sie zeigt auf den Vorhang, den Schröder arg demoliert hat. »Zerrissen – hier und hier. Da hat offenbar jemand dran gezerrt oder versucht, daran hochzuklettern.«

Caro runzelt die Stirn. »Vielleicht hat Schröder versucht zu fliehen? Vielleicht wollten sie ihn mit Gewalt mitnehmen? O mein Gott – der Arme!«

»Schröder?«, wiederholt der Polizist. »Wer ist das? Vermissen Sie jemanden? Müssen wir von einer Entführung ausgehen? Dann informiere ich sofort die Kollegen von der Kripo!«

Caro lächelt ein trauriges Lächeln. »Das können Sie gern tun – aber vermutlich ist diese Entführung nicht interessant für Ihre Kollegen. Schröder ist ein niedliches schwarzes Katzenjunges. Wenn ich mir den Vorhang und die Wand dahinter so anschaue, dann hat man ihn da hochgejagt! Und da er jetzt nicht mehr in der Wohnung ist, haben sie ihn wohl mitgenommen.«

»O nein!« Luisa schlägt die Hände vors Gesicht, und mit einem Mal fühle ich mich sehr schlecht.

»Aha.« Mehr sagt der Polizist dazu nicht.

Seine Kollegin ist deutlich mitfühlender. Sie legt Luisa eine Hand auf die Schulter. »Wahrscheinlich ist dein Kätzchen vor Schreck einfach abgehauen! Das taucht bestimmt wieder auf. Ich glaube nicht, dass hier jemand einbricht, um eine Katze zu stehlen. Guck mal, auch der Dackel war vor der Tür, sagt deine Oma.«

»Und wie, denken Sie, sind die hier reingekommen?«, fragt Caro nach.

Der Polizist nickt grimmig. »Ja, das ist für mich völlig

klar: Die Tür war nicht abgeschlossen. Das hat Ihr Mann uns ja schon gesagt. Und ein nicht abgeschlossenes Schnappschloss kann man problemlos mit einer flexiblen Plastikkarte öffnen. Man braucht dazu zwar etwas Übung, aber es ist auch keine Geheimwissenschaft. An der Tür sind allerdings gar keine Kratz- oder sonstigen Spuren, da scheint ein Profi am Werk gewesen zu sein. Wir schicken noch jemanden von der Spurensicherung, vielleicht gibt es Fingerabdrücke, aber ich könnte mir vorstellen, dass ein Profi Handschuhe benutzt hat. «

»Wir haben Fotos von der gesamten Wohnung gemacht, morgen früh kommt, wie mein Kollege schon gesagt hat, noch jemand von der Spurensicherung, also bitte reinigen Sie die Tür nicht«, erklärt die Polizistin. »Außerdem sollten Sie eine Liste mit den Gegenständen machen, die Sie vermissen. Und natürlich alles notieren, was Ihnen sonst noch auffällt.«

Caro und Marc nicken, Caro blickt sich noch einmal im Wohnzimmer um, dann zeigt sie plötzlich auf den Wohnzimmertisch.

»Ha! Da! Den sehe ich in diesem Chaos jetzt erst! Der Hut!«

Die Polizistin geht zum Tisch und hebt den Hut hoch. »Dieser hier? Was ist mit dem?«

»Der gehört definitiv nicht uns. Den habe ich hier in der Wohnung noch nie gesehen.«

»Sind Sie sich ganz sicher?«, hakt die Polizistin nach.

»Ja! Tausend Prozent. Ich bin mir ganz sicher.«

»Dann hat ihn möglicherweise der Eindringling hier verloren«, meldet sich nun der Polizist zu Wort. »Ein bisschen seltsam zwar – eine solche Kopfbedeckung dürfte unter Jägern häufiger als unter Einbrechern sein –, aber am besten nehmen wir ihn als Beweisstück schon mal mit.«

Mittlerweile ist Hedwig aus dem Kinderzimmer wieder zu uns ins Wohnzimmer gekommen. Als sie den Polizisten mit dem Hut in der Hand vor dem Couchtisch stehen sieht, macht sie einen schnellen Schritt auf ihn zu und schnappt nach Luft. Und noch bevor sie etwas sagt, ist es wieder da – das schlechte Gefühl, das mich vorhin schon gekitzelt hat. Nur dass es mich jetzt nicht kitzelt, sondern mir regelrecht eins auf die Nase haut, und auch nicht mehr schlecht, sondern sehr schlecht ist. Denn in diesem Moment wird mir klar, dass Hedwig den Hut erkennen wird. Nicht gut, gar nicht gut!

»Entschuldigen Sie, darf ich mal?«

Ohne eine Antwort des Polizisten abzuwarten, nimmt sie ihm den Hut weg und dreht ihn nachdenklich in ihren Händen.

»Das ist doch Friedjofs Hut. Wie kommt der denn hier hin?« Sie wirft mir einen Blick zu. »Na, Herkules, was sagst du dazu?«

Mir wird heiß und kalt, am liebsten wäre ich jetzt weit, weit weg.

Der Polizist und Caro mustern Hedwig erstaunt.

»Wissen Sie etwa, wem dieser Hut gehört?«

»Ja, in der Tat. Er gehört einem Bekannten von mir. Einem sehr entfernten Bekannten.«

Heilige Fleischwurst! An Hedwigs Tonfall kann ich hören, dass sie noch sehr, sehr böse auf den armen Herrn Michaelis ist, der für all das gar nichts kann. Die Sache mit dem Hut wird es nicht besser machen. Und dafür kann er erst recht nichts!

Die Polizistin zieht etwas aus ihrer Hosentasche. Wohl ein Zettel oder Block, auf alle Fälle Papier.

»Gut, können Sie mir bitte den Namen nennen? Und vielleicht auch eine Anschrift?«

»Der Hut gehört Friedjof Michaelis. Wo der Herr wohnt, weiß ich nicht. Ich habe allerdings eine Telefonnummer von ihm.«

»Und Sie sind sich sicher, dass das hier sein Hut ist?«

»Absolut.«

»Haben Sie eine Erklärung, wie der hierhergekommen sein könnte?«

Hedwig schüttelt den Kopf. »Nein. Überhaupt keine.«

»Er war vielleicht mal zu Besuch hier? Hat ihn dann liegen lassen?«, fragt der Polizist nach.

Hedwig schüttelt empört den Kopf. »Nein, der Herr war noch nie hier. Ich hätte auch keinerlei Veranlassung, diesen Menschen in die Wohnung meines Sohnes einzuladen!«

Die Polizistin muss grinsen. »Ich höre da so ein bisschen heraus, dass Sie nicht gerade gut auf den Herrn zu sprechen sind.«

»Wie kommen Sie darauf? Der Herr ist mir völlig egal. Ich sage nur, dass ihm der Hut gehört.«

»Mal eine andere Frage, Frau … äh …«

»Ich heiße auch Wagner. Hedwig Wagner. Ich bin die Mutter von Marc Wagner.«

»Danke. Also, Frau Wagner, sind Sie häufiger hier?«

Hedwig nickt. »Ja. Ich unterstütze meinen Sohn und meine Schwiegertochter oft und gern, indem ich meine Enkelkinder hüte oder mal im Haushalt helfe. Die jungen Leute heute haben da ja ein wenig Unterstützung nötig. Wenn Sie wissen, was ich meine.«

Ich kann sehen, dass die Polizistin sich kurz zur Seite dreht und mit den Augen rollt, bevor sie Hedwig die nächste Frage stellt. »Frau Wagner, weiß Herr Michaelis, dass Sie häufiger hier sind?«

Hedwig überlegt. »Na ja, ich habe vielleicht mal davon

erzählt. Also, meine Familie bedeutet mir sehr viel, natürlich war das auch mal Thema.«

»Weiß Herr Michaelis, wo Ihr Sohn wohnt?«

»Ähm, ja, also … er hat mich nach dem Tanztee mal hier-herbegleitet. Es ist ein netter kleiner Spaziergang vom Seniorenzentrum hierher. Er hat mich zur Haustür gebracht und sich dann verabschiedet.«

»Und nun noch mal zu meiner Frage von vorhin – haben Sie Streit mit dem Herrn?«

Hedwig presst die Lippen aufeinander und schweigt.

»Frau Wagner? Hatten Sie mit diesem Herrn jüngst eine Auseinandersetzung?«

»Oma!«, mischt sich jetzt Luisa ein. »Ich dachte, du magst Herrn Michaelis gerne? Was ist denn passiert?«

Hedwig schweigt.

»Frau Wagner, da ich es nicht für ausgeschlossen halte, dass Ihre Auseinandersetzung mit Herrn Michaelis in einem Zusammenhang mit dem Einbruch in die Wohnung Ihres Sohnes steht, ist es für mich wichtig zu erfahren, worum es bei dem Streit ging.«

Ein tiefer Seufzer, dann beginnt Hedwig zu erzählen. »Herr Michaelis hatte mir eine Nachricht geschickt. Er wollte mich treffen. Auf einer Bank im Park. Hinterher hat er allerdings behauptet, dass ich ihn zu diesem Treffen gebeten hätte, nicht umgekehrt.«

An dem Gesichtsausdruck des Polizisten kann ich erkennen, dass er die ganze Geschichte seltsam findet.

»Nun«, räuspert er sich, »das klingt für mich noch nicht nach einer echten Auseinandersetzung.«

»Wie bitte? Dieser Herr behauptet, Nachrichten von mir bekommen zu haben, dabei ist er es, der welche an mich verschickt hat. Und dann tauchten noch zwei andere Herren aus seinem Seniorenkränzchen auf, die die gleiche Geschichte erzählten – das ist doch richtig unheimlich!«

Offenbar haben beide Polizisten schon deutlich unheimlichere Geschichten gehört, jedenfalls kommentieren sie Hedwigs Ausführungen nicht, sondern sehen eher so aus, als müssten sie sich ein Grinsen verkneifen. Das bemerkt Hedwig allerdings nicht, sie hat sich regelrecht in Fahrt geredet.

»Natürlich habe ich ihm dann ganz klar gesagt, was ich von solchen Spielchen halte, und ihn dort stehen lassen. Ist doch eine Frechheit! Ich bin mir sicher, dass er mit seiner Nachricht irgendwelche finsteren Zwecke verfolgt hat!«

»Ich weiß nicht, Frau Wagner … vielleicht ist es doch gar nicht der Hut von Herrn Michaelis. Ich kann in Ihrer Schilderung jetzt kein Motiv für einen Einbruch als Rachefeldzug entdecken«, wendet die Polizistin ein.

»Doch, doch! Wer so etwas macht, bricht auch in Wohnungen ein! Mich an einen entlegenen Ort locken! Unter falschem Vorwand, und dann alles abstreiten! Der führt doch was im Schilde! Am besten verhaften Sie den Herrn sofort.«

Jetzt räuspert sich Luisa. »Ähm, Oma …«, beginnt sie dann zögerlich, »ich muss dir etwas sagen. Also, wegen der Nachrichten, die du und Herr Michaelis bekommen habt. Und auch Herr Paulsen und die anderen Herrschaften. Das war gewissermaßen eine Computerpanne …«

DREIUNDZWANZIG

Luisa legt ein umfassendes Geständnis ab. Die Erwachsenen müssen abwechselnd grinsen, mal schütteln sie den Kopf. Als Luisa fertig ist, legt Marc eine Hand auf ihre Schulter.

»Spatzl, es ist gut, dass du uns das jetzt erzählt hast. Das war bestimmt nicht leicht, aber ich bin stolz auf dich, dass du es getan hast. Ich denke, damit dürfte klar sein, dass der arme Herr Michaelis nicht der Einbrecher ist, den wir suchen. Wahrscheinlich stammt der Hut gar nicht von ihm. Ich meine – grüner Filz und ein Gamsbart, das ist doch ein Klassiker, den man überall kaufen kann. In München, wo ich studiert habe, gab es den an jeder Straßenecke!«

»Okay, hier in Hamburg ist so ein Hut aber schon ein wenig schwerer zu bekommen. Wir nehmen ihn mal mit und geben ihn ins Labor«, sagt der Polizist. »Bestimmt finden die Kollegen Haare an ihm. Dann könnte man ein DNA-Profil erstellen. Das ist allerdings ein recht aufwendiges Verfahren. Stellen Sie vielleicht erst einmal fest, ob überhaupt etwas gestohlen wurde – also außer dem Kater, meine ich.«

»Mami, ist Schröder jetzt wirklich geklaut worden?« Henri ist aus dem Kinderzimmer zu uns gekommen, seine Augen füllen sich mit Tränen.

»Mein kleiner Schatz, wir wissen es noch nicht. Aber bestimmt finden wir ihn bald wieder.«

»Schödä, Schöda!«, heult nun auch Milla, die Henri hinterhergelaufen ist, dicht gefolgt von ihrem Bruder Theo, der gar nichts sagt, aber dafür umso herzzerreißender schluchzt. Nun stehen die drei da, ein wahrer Trauerchor!

»Pssst, pssst, meine Kleinen«, versucht Hedwig, ihre Enkel zu beruhigen, diese heulen unbeeindruckt weiter. Den Polizisten ist das sichtlich unangenehm.

»Gut«, räuspert sich der Mann, »ich denke, wir haben so weit alles aufgenommen und fotografiert. Sie können jetzt gern aufräumen. Hier haben Sie meine Karte, da können Sie mich gern nachher anrufen und fragen, unter welchem Aktenzeichen der Einbruch bearbeitet wird. Morgen früh guckt sich die Spurensicherung noch einmal die Tür genau an.«

»Könnten die nicht heute kommen?«, fragt Marc. »Immerhin ist hier ein Verbrechen geschehen.«

Die Polizistin lächelt. »Es ist Sonntag, Herr Wagner. Und natürlich arbeiten die Kollegen auch am Wochenende und rund um die Uhr, wenn es sein muss. Aber ich denke mal, hier ist keine Gefahr im Verzug. In diesem Fall reicht es, wenn Sie bis morgen mit einem gründlichen Hausputz warten. Ab wann können wir Sie stören?«

Marc zuckt mit den Schultern. »Ich bin ab kurz vor acht in der Praxis, meine Frau ist gar nicht da …«

»Doch, doch«, unterbricht ihn Caro. »Ich bin zu Hause. Ich wollte eigentlich nach Paris fliegen, aber das werde ich in der momentanen Situation absagen. Das ganze Chaos hier, und Sie sehen ja, was mit den Kindern los ist!«

Bingo! Hurra! Er funktioniert, mein Plan. So, Caro! Dann sag mal schön deinen Flug ab! Vor Begeisterung beginne ich, unkontrolliert mit dem Schwanz zu wedeln. Aber da die Menschen momentan mit sich selbst beschäftigt sind, fällt das keinem weiter auf.

»Ich werde gleich mal Daniel anrufen – ich hoffe, er kann noch so spontan einspringen«, denkt Caro laut nach.

»Aber das musst du doch nicht absagen!«, mischt sich Hedwig ein. »Aufräumen wollte ich hier sowieso mal wieder, und die Kinder kann doch eine Großmutter eigentlich am besten trösten.«

Wuff! Das hätte Hedwig besser nicht sagen sollen – Caros Augen werden zu engen Schlitzen, fast so, als würde sie auf Hedwig zielen wollen. Zum Glück hat sie kein Gewehr in der Hand und kann ihre Schwiegermutter nur mit scharfen Worten beschießen! Was sie allerdings auch tut.

»Liebe Schwiegermama, am besten kann doch wohl immer noch eine Mutter ihre Kinder trösten, und wenn es dir hier zu unordentlich ist, dann kannst du gern gehen!«

»Ähm, apropos«, unterbricht sie die Polizistin, »wir gehen dann jetzt auch mal. Auf Wiedersehen!« Schnell hastet sie mit ihrem Kollegen durch die Tür. Offenbar können sie auf den sich anbahnenden Familienstreit gut verzichten. Ich verstehe sie nur allzu gut!

Als die beiden außer Hörweite sind, beginnt Marc zu schimpfen. »Also echt! Das ist doch jetzt nicht der richtige Zeitpunkt, um sich zu streiten! Und dann noch vor den Bullen. Mann, Mann, Mann!«

»Was heißt denn hier streiten? Deine Frau benimmt sich unmöglich mir gegenüber, lieber Marc! Dabei will ich doch nur helfen.«

»Ich? Benehme mich unmöglich? Da platzt mir aber gleich der Papierkragen! Du bist es doch, die die ganze Zeit an mir herumnörgelt! Nichts passt dir – meine Haushaltsführung nicht, die Kindererziehung nicht, meine Arbeit nicht, einfach nichts! Am liebsten wäre es dir doch, es würde mich nicht geben oder ich wäre zumindest nicht mit deinem Supersohn zusammen.«

Caro schnaubt noch einmal, dann bricht sie in Tränen

aus. Die Zwillinge fangen vor Schreck auch gleich wieder an zu weinen. Was für ein Drama! Hoffentlich ruft Caro bald Daniel an und sagt ihren Flug ab, damit Schröder endlich wieder auftauchen kann. Das ist ja nicht mehr zum Aushalten hier!

»O nein, Spatzl, was ist denn bloß los mit dir?« Marc nimmt seine Frau in den Arm, Hedwig schaut betreten zu Boden.

»Es ist mir alles zu viel, Marc. Die Arbeit, die Kinder, der gesamte Alltag – und nun auch noch das! Ich kann nicht mehr! Eigentlich hatte ich mich schon so auf Paris gefreut, aber nun merke ich, dass es mir viel zu viel wird und ich lieber hierbleibe. Ich fühle mich nicht gut, wenn die Kinder so traurig sind. Aber Daniel wird mich für bescheuert halten, wenn er jetzt doch Paris übernehmen soll, nachdem ich ihm gerade erst gesagt habe, dass ich fahren will. Dieses ganze Hin und Her nervt ihn bestimmt.«

»Schschhhh, alles wird wieder gut, versprochen! Der Kater wird wieder auftauchen. Daniel werde ich jetzt Bescheid sagen, dass er nach Paris muss. Und meine Mutter hat es mit Sicherheit nicht so gemeint, richtig?«

Hedwig nickt und murmelt etwas, was wie nein, nein klingt, und ringt sich zu einem versöhnlichen Lächeln in Richtung Caro durch. Die immerhin hört auf zu weinen und windet sich aus der Umarmung von Marc.

»Ich hab's auch nicht so gemeint, Hedwig«, entschuldigt sie sich dann und reicht ihr die Hand. Puh, endlich wieder Frieden! Ich mag es gar nicht, wenn sich meine Menschen streiten. Vor allem, wenn ich selbst ein wenig daran schuld bin!

»Also, wenn ihr alle ein bisschen runtergekommen seid, würde ich sagen, wir suchen mal draußen nach Schröder, oder?«, schlägt Luisa vor.

Caro nickt. »Gute Idee! Kannst du das mit Henri übernehmen? Ich werde hier drinnen mal aufräumen.«

»Ich könnte mit den Zwillingen und Herkules auch rausgehen und suchen helfen«, bietet Hedwig an. »Also, wenn du möchtest, meine ich.« Wuff, Hedwig klingt auf einmal ganz sanftmütig!

»Danke, das wäre sehr nett!«, entgegnet Caro nicht minder freundlich. »Dann kann ich hier alles in Ordnung bringen und die Sache mit Daniel klären.«

»Ja, mach mal. Ich kümmere mich solange um die Kinder.« Sie wedelt mit der Hand in Richtung Haustür. »So, ihr Racker, dann wollen wir mal rausgehen und das Kätzchen suchen!«

Unten angekommen suchen wir den gesamten Garten gründlich ab. Vor dem Haus, hinter dem Haus – ich gucke hinter und unter jeden Busch, immer dicht gefolgt von den Zwillingen, die ebenfalls unter jeden Busch schauen, dort aber natürlich ebenfalls keinen Schröder finden – auch wenn sie die ganze Zeit lauthals nach ihm rufen. Ich vermute meinen Katzenfreund sowieso eher im Park, aber selbst wenn ich sprechen könnte, würde ich es Hedwig nicht erzählen. Nicht dass Caro dann doch noch nach Paris fliegt!

Als wir zum dritten Mal unter alle Autos geguckt haben, die vor dem Haus parken, gibt Hedwig auf.

»Ich glaube, hier ist er nicht.«

»Wir könnten doch Aushänge machen«, schlägt Luisa vor. »Ich habe ein paar Fotos von ihm, wir entwerfen eine Vermisstenmeldung, drucken die ein paarmal aus und hängen die überall hier in der Gegend auf.«

Hedwig nickt. »Das ist wirklich eine gute Idee, Luisa. Wenn sich Schröder vor den Einbrechern erschreckt hat, dann hat er sich vielleicht bei dem Versuch, sich zu verstecken, verlaufen und findet nicht allein zurück.«

Jetzt, wo Hedwig das so sagt, bekomme ich einen ziemlichen Schreck. Hoffentlich finde ich Schröder am Ende unseres Plans auch noch wieder! Nicht dass er sich tatsächlich verlaufen hat. Besonders gut kennt er sich hier ja noch nicht aus!

»Super, Oma! Dann lege ich gleich mal los mit der Vermisstenanzeige!« Luisa will sich umdrehen und zur Haustür zurückgehen, da legt ihr Hedwig eine Hand auf die Schulter.

»Nicht so schnell, junge Dame! Es gibt noch eine andere wichtige Sache, die du dringend erledigen musst.«

Luisa macht große Augen. »Echt? Welche denn?«

»Findest du nicht, dass du dich bei Herrn Michaelis entschuldigen solltest? Deine Aktion hat für ganz schön viel Ärger gesorgt. Ich habe Herrn Michaelis letzte Woche richtig abgekanzelt und ihn heute mehr oder weniger eines Einbruchs verdächtigt. Und alles nur, weil ich durch diese seltsame SMS einen ganz falschen Eindruck von ihm bekommen habe. Von den anderen Herren, die frohgemut in den Park spaziert sind, wollen wir erst gar nicht anfangen.«

»Öhm.« Mehr fällt Luisa dazu erst mal nicht ein. Stattdessen beguckt sie sich intensiv ihre Fingerspitzen.

»Luisa? Findest du nicht, dass ich recht habe?«

»Doch, klar. Und es tut mir auch total leid. Aber mir ist das voll peinlich. Ich glaube, ich sterbe, wenn ich das Ganze jetzt auch noch Herrn Michaelis erzählen muss.«

Ich denke, Luisa übertreibt maßlos. Ich kann mir nicht vorstellen, dass Peinlichkeit eine echte Todesursache bei Menschen ist. Sonst gäbe es viel weniger Zweibeiner, die meisten wären lange tot. Auch Hedwig muss grinsen.

»Kann ich verstehen, Luisa. Aber es hilft nichts. Du hast

dir die Suppe eingebrockt, du musst sie auch auslöffeln. Vielleicht hilft dir dein Pauli ja dabei.«

Luisas Gesicht beginnt, sich dunkler zu färben. »Oma! Das ist nicht *mein* Pauli! Und das wäre ja noch peinlicher – der weiß doch gar nicht, dass ich mir das mit der Plattform nur ausgedacht habe, um ihn zu treffen!«

»Umso besser. Da schlägst du gleich zwei Fliegen mit einer Klappe. Herr Michaelis weiß, dass ich ihm keine Nachricht geschrieben habe, und Pauli, dass du ihn magst.«

Luisa schüttelt heftig den Kopf. »Nein, das kann ich nicht. Dann gehe ich lieber zu Herrn Michaelis und nehme alles allein auf meine Kappe.«

»Wie du meinst. Als alte Frau mit viel Lebenserfahrung rate ich dir zwar, Pauli zu sagen, was du für ihn empfindest. Aber wenn du nicht willst…«

»Wirklich, Oma?« Luisa kichert. »Also, wenn das dein Rat ist, verstehe ich nicht, warum du dich so über Herrn Michaelis aufgeregt hast. Den magst du doch auch gern. Hättest du ihm ruhig mal sagen können, anstatt so ein Drama wegen der verschickten Nachrichten zu machen.«

Jetzt ist es Hedwig, deren Gesicht sich verfärbt. Ist sie sauer? Nein, sie kichert ebenfalls.

»Du hast recht, Luisa. Wer im Glashaus sitzt… und so weiter. Ich schlage dir Folgendes vor: Wir gehen zusammen zu Friedjof Michaelis und entschuldigen uns beide. Dann kann ich ihn auch gleich fragen, wie sein Hut in eure Wohnung kommt. Ich bin mir nämlich sehr sicher, dass es sein Hut ist. Egal, was die Polizei meint.«

Liebe Hedwig, dazu wird dir dein Friedjof auch nichts sagen können. Da müsstest du schon mich interviewen. Wobei ich langsam zu dem Schluss komme, dass die Idee mit dem Hut doch nicht so doll war. Wenn ich geahnt hätte, zu welchen Verwicklungen das führt, hätten wir den Hut neben der Bank liegen lassen. Aber für diese Erkenntnis ist es jetzt ein bisschen spät.

Hedwig sammelt Henri und die Zwillinge aus den verschiedensten Ecken des Gartens wieder ein, dann laufen wir zurück ins Haus und in die Wohnung. Caro und Marc haben schon ziemlich viel aufgeräumt, und Caros Stimmung hat sich deutlich gebessert. Man könnte auch sagen, sie ist mit einem Mal richtig gut gelaunt. Das fällt auch Hedwig gleich auf.

»Oh, was ist denn in der Zwischenzeit passiert? Du strahlst ja richtig!«

»Ja, ich habe mit Daniel telefoniert, und es war gar kein Problem. Im Gegenteil: Er freut sich und hat sich gleich einen Flug gebucht. Und es kommt noch besser: Nina wird ihn begleiten! Sie hat bei der Fluggesellschaft nachgefragt – für dreißig Euro Gebühr kann sie mein Ticket übernehmen.«

»Ach, warum macht sie denn das?«, will Hedwig wissen, und mich würde die Antwort ehrlich gesagt auch brennend interessieren. Das stellt ja meinen ganzen Plan auf den Kopf! Warum macht hier schon wieder keiner, was er soll?!

»Oh, bei Daniel und Nina hat es in letzter Zeit ein bisschen geknirscht«, erklärt Caro. »Da dachte sie wohl, ein paar Tage zu zweit in der Hauptstadt der Liebe könnten Wunder wirken.«

Uiuiui! Wie viel Wunder werden dann erst ein paar Tage zu dritt bewirken? Ich würde meine Lieblingsfleischwurst geben, um dabei zu sein, wenn Aurora feststellt, dass Daniel seine Freundin mitgebracht hat!

»Das freut mich für deinen Kollegen. Paris soll wirklich sehr romantisch sein«, stellt Hedwig fest.

Caro nickt. »Ja. Daniel ist jedenfalls total happy, und ich bin erleichtert. Jetzt müssen wir nur noch Schröder finden, dann ist alles wieder gut. Und alle sind wieder glücklich.«

Alle glücklich? Das glaube ich kaum!

VIERUNDZWANZIG

So langsam mache ich mir Sorgen. Ziemliche sogar. Es ist mittlerweile Montag, also der Tag nach Sonntag. Caro ist wirklich nicht nach Paris geflogen, stattdessen hat sie Nina und Daniel zum Flughafen gefahren, und danach ist sie in die Werkstatt gegangen. Zusammen mit mir. Es gibt also keinen Grund mehr, weiter den geklauten Kater zu spielen. Und das würde ich Schröder auch sagen. Nur: Ich finde ihn nicht! Ich bin natürlich vom Garten vor der Werkstatt gleich in den Park gelaufen in der Hoffnung, Schröder da irgendwo zu finden. Schließlich habe ich mit ihm gemeinsam schon oft genug den Spaziergang von unserer Wohnung zum Park gemacht, ich hatte also gehofft, dass er sich dort versteckt. Alle Plätze habe ich abgesucht, an denen wir schon zusammen waren: die Wiese direkt hinterm Tor zum Werkstattgarten, die Baumgruppe hinter der Wiese, den Weg zum Teich, auch die Bänke am Teich – überall Fehlanzeige. Selbst bis zum Café Violetta bin ich gerannt, habe dort auf der Terrasse geschaut und heimlich einen Blick in den Gastraum geworfen. Kein Kater. Nirgends.

Nun sitze ich wieder vor den Bänken am Teich und gucke mich noch einmal genau um. Irgendwo muss Schröder doch stecken! Andererseits: Hamburg ist groß. Das weiß ich aus Erzählungen und aus unseren gelegentlichen Autofahrten zu irgendwelchen Kunden von Caro und Daniel. Selbst wenn ich der Meinung war, wir müssten nach langer Fahrt schon fast die Rückseite vom Mond erreicht haben, waren wir offenbar immer noch in Hamburg. Wenn sich Katerchen also verlaufen hat, kann das in Hamburg böse ausgehen. Dann reichen meine bescheidenen Ortskenntnisse wahrscheinlich nicht aus, um ihn zu finden. Bei diesem Gedanken krampft sich mein Dackelmagen gehörig zusammen. Denn wenn ich ihn nicht finde, wer wird ihn dann finden? Er ist nicht gechippt, er trägt kein Halsband, er hat gar keine Erfahrung mit dem Leben auf der Straße – mit anderen Worten: Er ist in höchster Gefahr! Und das ist auch meine Schuld!

Was mache ich denn jetzt nur? Ob die Polizisten nach Schröder suchen werden? Wenn ich ehrlich bin: Ich glaube, denen ist der kleine Kater egal. Heute früh war noch einmal jemand von der Polizei da. Er hat die Wohnungstür mit einem schwarzen Pulver bestäubt und nach *Fingerabdrücken* gesucht. Ob er welche gefunden hat, weiß ich nicht. Eigentlich hätte er erkennen müssen, dass auf der Klinke eher Tatzenabdrücke waren. Dazu hat er aber nichts gesagt, und als Caro ihn fragte, wie es denn nun weitergehe, hat er nur mit den Schultern gezuckt. Ich hatte nicht den Eindruck, dass unser Einbruch ganz oben auf seiner Liste stand.

Immerhin hat Luisa schon Zettel gebastelt und wird die nach der Schule gemeinsam mit Henri überall aufhängen. Vielleicht hat ja irgendjemand meinen Freund gesehen und ruft dann an. *Meinen Freund.* Habe ich das gerade wirklich gedacht? Ich überlege. Ja, habe ich. Wenn ich ehrlich bin, finde ich Schröder mittlerweile gar nicht mehr so lästig. Eigentlich mag ich ihn sogar. Schade, dass mir das erst auffällt, nachdem er verschwunden ist!

Mein Magen schmerzt noch doller, und jetzt beginnt es auch noch ganz kräftig, in meinen Ohren zu rauschen und zu wummern. Ich will meinen Schröder zurück! Ich will wieder von seinen Fragen und neunmalklugen Bemerkungen genervt sein! Bitte, lieber Dackelgott, wenn du Schröder zurückbringst, dann verspreche ich, dass ich nie wieder Löcher in den Rasen hinter der Praxis graben, nie wieder Kaninchen erschrecken und mein Beinchen nie wieder an dem großen Blumentopf vor dem Hauseingang zur Seniorenbegegnungsstätte heben werde! Großes Dackelehrenwort! Ich werde mich mustergültigst benehmen, keine Fleischwurstscheiben mehr heimlich vom Esstisch klauen und die Zwillinge nicht mehr in die Waden zwicken, wenn sie mir auf den Keks gehen. Ich werde alles mit stoischer Ruhe ertragen und überhaupt in Zukunft ein Ausbund an guter Erziehung und Ausgeglichenheit sein. All das will ich tun – wenn du mir nur Schröder zurückbringst!

Ich mache die Augen zu, weil ich das Gefühl habe, dass ein Gebet mit geschlossenen Augen irgendwie wirksamer ist, und wiederhole meinen Schwur. Und noch mal und noch mal – doppelt hält bekanntlich besser.

»Herkules, was machst du denn hier?«

Eine sehr vertraute Stimme reißt mich aus meiner Meditation. Es ist Hedwig, die auf einmal vor mir steht. Und sie ist nicht allein gekommen. Sie hat Herrn Michaelis mitgebracht. Lieber Gott, du hast mich falsch verstanden. Ich wollte nicht ZWEI Menschen, sondern EINEN Kater!

»Bist du etwa von zu Hause ausgebüxt?«, hakt Hedwig nach.

Ich schüttle den Kopf.

Herr Michaelis lacht. »Na, das Kerlchen scheint sich ja richtig mit Ihnen unterhalten zu können.«

»Und ob! Unser Herkules ist mit Sicherheit der schlauste Hund weit und breit. Für meinen Geschmack manchmal ein bisschen zu schlau.«

Herr Michaelis betrachtet mich nachdenklich. »Den hatten Sie doch auch schon mal im Seniorentreff mit, oder?«

»Ja genau. Als ihm das olle Schrapnell auf die Pfote getreten ist.«

»Hm, irgendwie habe ich das Gefühl, als ob ich ihn neulich noch woanders gesehen hätte. Aber bilde ich mir vielleicht auch ein. Na ja. Wollen wir uns setzen?«

Er macht eine einladende Geste in Richtung Bank, Hedwig lächelt und nimmt Platz. Weil ich von der Suche nach Schröder und dem ganzen Beten schon sehr erschöpft bin, lege ich mich einfach zu ihren Füßen hin. Friedjof Michaelis setzt sich neben sie und schaut sie erwartungsvoll an.

»Also, was wollten Sie mir sagen, liebe Hedwig? Am Telefon sind Sie mit der Sprache ja nicht so recht rausgerückt. Aber ich habe mich über Ihren Anruf und die Bitte, Sie hier zu treffen, schon gefreut. Das letzte Mal war ja ein wenig, nun ja, verunglückt.«

»Äh, ja, es ist nämlich so: Ich wollte mich bei Ihnen entschuldigen, Friedjof. Für meinen Auftritt neulich. Der war unnötig. Und außerdem habe ich Ihnen unrecht getan. Das tut mir sehr leid!«

Friedjof Michaelis guckt Hedwig erstaunt an. Offenbar hat er mit vielem gerechnet – aber nicht mit einer Entschuldigung. Ich kann ihn verstehen, das ist tatsächlich nicht Hedwigs Spezialität.

»Wie meinen Sie das?«

»Na ja, ich habe inzwischen herausgefunden, wie das mit den Nachrichten wirklich gekommen ist. Es ist nämlich so: Weder habe ich Ihnen noch Sie mir eine geschrieben. Und ich habe auch nicht an Paulsen und Briatore geschrieben.«

»Natürlich nicht!«, beeilt sich Michaelis zu antworten.

»Genau. Und auch kein anderer Mensch hat diese Nachrichten geschrieben. Sondern ein Computer, der noch dazu nicht richtig funktionierte.«

»Wie bitte?«

»Ja, Sie hören ganz recht: Ein Computer hat Ihnen geschrieben. Und mir auch.«

Michaelis kratzt sich am Hinterkopf und guckt sehr ratlos. »Ich glaube, ich verstehe nicht recht…«

»Ja, mir ging es zuerst genauso. Aber offensichtlich hat meine Enkelin mit dem jungen Mann, der den Seniorentreff leitet, ein Programm entwickelt, das, nun, sagen wir mal: die Kontakte zwischen den einzelnen Mitgliedern des Treffs verbessern soll. Und bevor sie noch richtig fertig damit waren, hat sich das Programm durch einen Programmierfehler verselbstständigt und angefangen, Nachrichten an die einzelnen Mitglieder zu verschicken. Und zwar im Namen wiederum anderer Mitglieder.«

»Das ist ja allerhand!« Michaelis schüttelt heftig den Kopf. »Diese jungen Leute! Wie kommen sie denn auf so eine Idee? Ich meine, dass dieser Pauli sich doll mit Computern auskennt, das ist mir auch schon aufgefallen. Aber wir brauchen doch keinen Computer, um uns besser kennenzulernen! Und man sieht ja, wohin das geführt hat! Fast hätten Sie gar nicht mehr mit mir geredet!«

Hedwig nickt und setzt dann ein mildes Lächeln auf. »Ja, das war schon ein starkes Stück. Und Luisa, meine Enkelin, wollte es Ihnen eigentlich auch selbst sagen und sich bei Ihnen entschuldigen. Aber dann dachte ich, dass vor allem ich diejenige bin, die allen Grund hat, Sie um Verzeihung zu bitten, und dass es besser sei, wenn ich damit anfinge. Zur Ehrenrettung meiner Enkelin kann ich allerdings sagen, dass sie das beste Motiv hatte, das es in ihrem Alter gibt.«

»Nämlich?«

»Die Liebe!«

»Aha.«

Mehr sagt Michaelis dazu nicht. Junge, Junge, der scheint mir doch etwas begriffsstutzig zu sein.

»Sicher doch!«, fährt Hedwig fort. »Luisa ist in Pauli verliebt und wollte Zeit mit ihm verbringen. Und da fiel ihr kein besserer Vorwand ein, als ihn zu bitten, dieses Programm mit ihr zu entwickeln.«

»Ich verstehe das nicht.«

»Friedjof, das ist doch nun wirklich ganz einfach! Sie brauchte eine Ausrede!«

»Nein, das meine ich nicht, Hedwig. Ich meine, wieso Sie sagen, Liebe sei das beste Motiv im Alter Ihrer Enkelin. Ich finde, es ist auch in unserem Alter das beste Motiv für alles.«

»Oh.«

Nun ist es Hedwig, die nichts mehr dazu sagt. Stattdessen schaut sie verlegen zu Boden. Friedjof Michaelis betrachtet sie nachdenklich, dann greift er tatsächlich zu ihrer Hand.

»Hedwig, ich bin sehr froh, dass Sie mich angerufen haben. Und dass sich das nun aufgeklärt hat. Ich war richtig unglücklich in den vergangenen Tagen. Weil ich Sie nämlich sehr, sehr gern mag.«

Hedwig schweigt immer noch, aber lässt ihre Hand in seiner liegen. So sitzen die beiden eine ganze Weile da, schüchtern lächelnd, ohne ein Wort zu sagen.

Schließlich räuspert sich Hedwig. »Eine Frage habe ich aber noch.«

Michaelis schaut sie erwartungsvoll an.

»Was haben Sie eigentlich mit Ihrem Hut gemacht? Ich sehe, dass Sie ihn heute gar nicht tragen.«

»Tja«, er schlägt die Hände zusammen, »mein schöner Hut ... den habe ich tatsächlich verloren. Ich glaube sogar, am Freitag, genau hier bei dieser Bank. Ich hatte ihn neben mich gelegt, als wir unseren kleinen Streit hatten. Ich bin danach noch mal zurückgegangen und habe ihn gesucht, aber da war er schon weg. Sehr schade!«

»Ich glaube, ich weiß, wo er jetzt ist. In der Asservatenkammer der Hamburger Kriminalpolizei.«

»Bitte wo?«

»Bei der Kripo.«

»Ach, das ist ja ein Ding! Kümmern die sich um Fundsachen? Ich hätte gedacht, so was kommt ins Fundbüro.«

Hedwig schüttelt den Kopf. »Nein, so meine ich das nicht. Ihr Hut ist jetzt keine Fundsache, sondern ein Beweisstück. Bei meinem Sohn ist eingebrochen worden. Und raten Sie mal, was die Diebe haben liegen lassen!«

»Meinen Hut? Das gibt es doch gar nicht!«

»Ja, das ist ein Ding, oder? Ich... äh, ich habe sogar ... also, ich, äh ... habe erwähnt, dass der Hut möglicherweise Ihnen gehört.«

»Hedwig! Wie konnten Sie das tun? Nicht dass ich demnächst verhaftet werde!«

»Es tut mir leid! Da war ich noch so verstimmt wegen Freitag. Und außerdem ist es bestimmt Ihr Hut! Ich frage mich nur, wie er in die Wohnung gekommen ist. Wenn Sie ihn hier im Park verloren haben, wer hat ihn dann zu Marc gebracht?«

»Tja, wer war hier und hat auch Zugang zur Wohnung Ihres Sohnes? Also, wenn Sie es nicht waren ...«

Hedwig grinst. »Na, in der Stimmung von Freitag hätte ich den Hut eher rituell verbrannt, als ihn mit zu meinem Sohn zu nehmen!«

Michaelis grinst ebenfalls, dann denkt er nach und schaut sich noch mal rund um die Bank um. Schließlich bleibt sein Blick an mir hängen.

»Vielleicht … aber das kann eigentlich nicht sein, oder? Aber möglicherweise ja doch … sagten Sie nicht, Herkules sei der schlauste Hund weit und breit?«

»Ja, das stimmt. Aber was hat das mit dem Hut zu tun?«

»Ich hatte doch eben schon das Gefühl, dass ich Herkules neulich irgendwo gesehen habe. Also, ein zweites Mal. Nachdem ich ihn im Seniorentreff das erste Mal gesehen habe. Er ist doch schon ein bisschen auffälliger. Kein reiner Dackel, sondern ein Mix, oder?«

Hedwig nickt. »Richtig. Aber ich verstehe immer noch nicht …«

»Jetzt ist es mir wieder eingefallen – es war hier im Park. Kurz bevor wir beide uns getroffen haben. Er lief mit mir den Weg zu den Bänken entlang. Da bin ich mir ziemlich sicher. Wo er dann geblieben ist, weiß ich nicht mehr. Ich hatte schließlich nur Augen für Sie, liebe Hedwig!«

Verlegenes Kichern von Hedwig. »Sie alter Charmeur!« Sie seufzt. »Und Sie sind sicher, dass das Herkules war?«

»Ziemlich sicher. Ach was: Zu 98 Prozent sicher. Und das lässt für mich nur einen Schluss zu: Der Dackel hat meinen Hut in die Wohnung Ihres Sohnes geschleppt.«

Wuff! Ertappt! Ich schiebe meinen Kopf unter meine Vorderläufe. Ich mag in meiner momentanen Gemütslage nicht noch beschimpft werden!

»Aber warum sollte Herkules das tun?«, wundert sich Hedwig.

Tja, meine Liebe, da kommst du nie drauf! Das kann ich dir auch auf keinen Fall mit Kopfnicken und Schwanzwedeln erklären!

»Ja, das ist in der Tat die Frage!«, ruft Friedjof Michaelis. »Vielleicht hat er eins und eins zusammengezählt und ist zu dem Ergebnis gekommen, dass ich meinen Hut so am schnellsten von Ihnen zurückerhalte. Oder aber – und ich weiß, dass klingt jetzt total verrückt, aber ich will es wenigstens kurz erwähnt haben – der treue Herkules hat gleich gemerkt, wie es um mein Herz bestellt ist. Und um Ihres doch wohl auch, liebe Hedwig. Dann hat er den Streit miterlebt. Da hat er sich überlegt, wie er uns beide wieder zusammenbringen könnte. Oder zumindest in ein Gespräch. Und da ist er auf die Idee gekommen, ganz der schlaue Dackel, einfach meinen Hut mitzunehmen. Damit Sie mir den zurückbringen müssen. Und wir noch einmal miteinander reden.«

Michaelis lächelt schüchtern, Hedwig reißt die Augen auf, sagt aber nichts.

»Ja, bisschen abenteuerlich zurechtgesponnen, das gebe ich zu«, murmelt er dann und hebt entschuldigend die Hände.

Hedwig schüttelt den Kopf. »Nein, überhaupt nicht! So muss es gewesen sein! Herkules wollte uns versöhnen, der treue Kamerad! Das hat im Übrigen auch geklappt – wahrscheinlich nicht ganz so, wie sich Herkules das gedacht hat, aber wenn der Hut nicht in der Wohnung gelegen und ich der Polizei nichts von Ihnen erzählt hätte, dann hätte wiederum meine Enkelin mir nichts von der Computeraffäre erzählt. Und ich hätte Sie nicht angerufen.«

Jetzt strahlt sie über das ganze Gesicht. »Herkules, du bist ein echter Postillon d'Amour!«

Ich weiß zwar überhaupt nicht, was das ist. Aber trotzdem beeile ich mich diesmal ganz doll mit dem Nicken und Schwanzwedeln und auch dem Männchenmachen, weil mir diese Version der Geschichte deutlich besser gefällt als die Wahrheit. Sollen sie Hedwig und Co. also ruhig glauben.

»Guter Hund!«, lobt mich nun auch Michaelis. »Da hast du dir aber einen großen Knochen verdient! Es ist schon toll, dass er verstanden hat, wie wichtig Sie mir sind, Hedwig. Ich meine, ist wahrscheinlich gar nicht so einfach für einen Hund, so etwas wie … äh … so ein Gefühl wie … äh … wie tiefe Freundschaft nachzuempfinden und zu verstehen, wie wichtig das ist.«

Moment mal! Ich verstehe nichts von tiefer Freundschaft? Der Typ hat wohl überhaupt keine Ahnung von Hunden. Sofort muss ich wieder an Schröder denken, und sofort wird mir wieder sehr schwer ums Herz. Ich jaule, was das Zeug hält.

»Was hat er denn auf einmal?«, wundert sich Michaelis.

Hedwig betrachtet mich und runzelt die Stirn. »Vielleicht, weil Sie das mit der Freundschaft gesagt haben? Das hat ihm bestimmt nicht gefallen!«

»Auweia!«, grinst Michaelis. »Ich muss mich offenbar noch daran gewöhnen, dass hier ein Hund mithört, der jedes meiner Worte versteht. Das hat man ja auch nicht alle Tage! Also, Herkules: Tut mir leid, das war nicht so gemeint. Entschuldige!«

Michaelis krault mich hinter den Ohren. Ich aber jaule weiter.

»Hat es vielleicht nur mit dem Thema Freundschaft zu tun, Herkules?«, will Hedwig wissen.

Ich jaule, so laut ich kann.

»Du vermisst auch einen Freund?«

Jaul, jaul, JAUL!

»Ist es der kleine Kater?«

Ich fange an zu bellen.

Hedwig springt von der Parkbank auf. »Friedjof, das ist es! Herkules ist traurig, weil sein Freund Schröder verschwunden ist, ein kleiner schwarzer Kater! Nach all dem, was Herkules für uns getan hat, müssen wir ihm nun unbedingt helfen, Schröder zu finden, meinst du nicht?«

Friedjof guckt zwar, als ob er tendenziell ein bisschen an Hedwigs Verstand zweifelt, antwortet aber tapfer: »Unbedingt!«

Und ich springe vor Freude und Erleichterung an Hedwig hoch und schlecke ihre Hände ab. Denn wenn sich unsere Oma Hedwig der Sache annimmt, ist Schröder schon so gut wie gefunden!

FÜNFUNDZWANZIG

Luisa und Henri haben in den letzten beiden Tagen mit Sicherheit fünfunddrölfzig Plakate mit Fotos von Schröder aufgehängt. Hedwig ist mit Herrn Michaelis jede Straße in unserem und den umliegenden Vierteln mindestens viermal abgefahren und fünfmal abgelaufen. Marc hat alle Tierheime abtelefoniert, und Caro ist sogar bei jedem Heim noch mal vorbeigefahren und hat sich alle Katzen angesehen – »sicherheitshalber«, wie sie sagt. Selbst die Zwillinge haben kleine selbst gemalte Handzettel in ihrer Kita und auf Spaziergängen verteilt. Auf denen erkennt man zwar nicht genau, was überhaupt gesucht wird, aber schon ihr Einsatz rührt mein Herz. Allein – alles umsonst. Schröder ist und bleibt verschwunden.

Mittlerweile kann ich auch nachts kein Auge mehr zumachen, wenn ich mich in mein Körbchen lege. Anstatt zu schlafen, lausche ich ständig in die Nacht, ob sich nicht von irgendwoher der kleine Kater anschleicht.

Raschelt da nicht gerade irgendetwas verdächtig? Tatsächlich! Ich höre eindeutig ein Tapsen über den Boden. Ganz zart und leise, aber unverkennbar. Schröder! Er ist endlich wieder zu Hause! Hurra, Hurra, HURRA! Mein Herz schlägt Kapriolen, ich bin so erleichtert! Sofort schieße ich aus meinem Körbchen hoch und rase in Richtung des Geräuschs – um dort volle Lotte mit Luisa zusammenzustoßen. Was macht die denn hier? Und vor allem in diesem Aufzug: ein kurzes Kleid, das nach meiner Kenntnis der Sachlage eindeutig kein Nachthemd ist, dazu aber keine Schuhe an den Füßen, sondern barfuß. Deswegen auch das tapsende Geräusch, wie von den Schröder'schen Pfoten. Sehr seltsam!

»Aua! Herkules, was soll denn das? Ich dachte, du schläfst schon!« Luisa reibt sich ihr Schienbein und guckt mich vorwurfsvoll an.

Ich starre sie an und beginne dann, leise vor mich hin zujaulen.

»O nein, du Armer!« Sie bückt sich und hebt mich hoch. »Immer noch so traurig wegen Schröder? Ich kann es verstehen. Ich mache mir auch furchtbare Sorgen. Aber morgen suchen wir weiter, versprochen! Lena und die Mädels werden mit mir noch mehr Plakate aufhängen, und außerdem haben wir auch Flyer dabei, die wir verteilen können. Und im Internet, auf Insta und Facebook, läuft gerade eine regelrechte Schröder-Such-Kampagne, da kümmert sich Pauli drum. Das wurde schon mehr als tausendmal geteilt, ein toller Erfolg!« Sie drückt mich an sich und kuschelt mich ein bisschen. »Alles wird gut, ganz bestimmt. Und jetzt versuch mal zu schlafen.«

Das will ich gern tun. Bleiben aber immer noch zwei Fragen: Erstens, wie genau teilt man im Internet? Teilen kann man doch nur Sachen, die man anfassen kann. Ich dachte, das Internet ist mehr so etwas, was nur im Computer existiert. Ähnlich wie das Fernsehprogramm, das man meines Wissens auch nicht aus dieser Kiste herausbekommt. Ich habe es jedenfalls schon mal versucht, als im Fernsehen eine riesige, sehr appetitlich aussehende Portion Futter gezeigt wurde. Ging nicht. Habe mir böse die Nase geprellt. Wie also soll Teilen im Internet funktionieren? Und wie soll das helfen, Schröder zu finden? Und die zweite Frage: Was hat

Luisa eigentlich zu nachtschlafender Zeit hier im Flur zu suchen? Frage eins kann ich hier und jetzt nicht klären, Frage zwei schon. Ich beschließe, das genauer zu beobachten. Also bleibe ich brav im Körbchen liegen und tue so, als wäre ich eingeschlafen.

Luisa wartet einen kurzen Moment, dann schleicht sie weiter in Richtung Ausgang, nimmt ihre Ballerinas von der Fußmatte, öffnet die Tür – und verschwindet einfach ins Dunkle der Nacht! Noch ein *Klack*, dann hat sie die Wohnungstür hinter sich zugezogen, weg ist sie! Das ist ja allerhand!

Ich hüpfe wieder aus meinem Körbchen. Wie finde ich denn jetzt heraus, was Luisa da draußen will? Die Tür ist, wie das *Klack* leider schon vermuten ließ, geschlossen. Die Nummer mit der Garderobe und dem Sprung auf die Türklinke kriege ich auf gar keinen Fall hin. Ich überlege kurz. Wenn Luisa gleich auf der Straße vor dem Haus steht, müsste ich sie aus dem Küchenfenster sehen können. Also, wenn ich groß genug wäre. Was ich natürlich nicht bin. Aber wenn ich irgendwie auf den Esstisch springen könnte, dann … ja, dann könnte es vielleicht klappen.

Schnell sause ich in die Küche und nehme Maß. Ein Sprung auf einen der Stühle, schwupp, schon bin ich auf der Tischplatte und schaue in Richtung Fenster. Mist. Vom Tisch aus kann ich nichts erkennen. Das Fenster ist zwar recht nah, aber so, wie ich auf der Platte sitze, kann ich nur geradeaus in die Baumwipfel gucken. Ich müsste direkt auf die Fensterbank, dann würde es vielleicht gehen. Ob ich dort rüberspringen kann? Weit ist es ja nicht. Ich bin zwar kein Kater, aber so schwer kann das doch eigentlich nicht sein!

Drei Schritt zurück für den passenden Anlauf, dann flitze ich los und – springe! Den Bruchteil einer Sekunde später lande ich auf der Fensterbank, und zwar mit so viel Schwung, dass ich richtig gegen das Fenster krache. Was, wie sich sofort zeigt, ein echtes Problem ist. Denn leider, leider gibt das Fenster in diesem Moment nach und öffnet sich. Nach außen. Und ehe ich michs versehe, segle ich tatsächlich aus dem nunmehr geöffneten Fenster. Heilige Fleischwurst! Lieber Gott, mach bitte, dass auch Dackel neun Leben haben!

KAZZZZUSCH! Um mich herum lauter Blätter, sehr pieksige Zweige und – aua – dann schließlich ein Baumstamm, auf dem mein empfindlicher Dackelpo sehr hart landet! Ich bin offenbar in den kleinen Baum direkt neben dem Hauseingang gestürzt. Schätze mal, ich kann darüber ziemlich froh sein, denn außer meinem Po tut mir tatsächlich nichts weh.

»Mensch, was war das?«, höre ich Luisa Stimme flüstern.

»Hm, vielleicht ein Vogel? Jetzt ist es ja wieder ruhig«, antwortet eine Stimme, die ich auch schon einmal gehört habe. »Meinst du, dir ist jemand gefolgt?«

»Nein, ich glaube nicht. Ich musste auf dem Weg nach draußen nur kurz Herkules trösten, aber alle anderen bei uns schlafen tief und fest.« Sie kichert.

»Na, dann ist doch gut«, antwortet die Stimme. »Wollen wir ein bisschen spazieren gehen?«

»Gern.«

Ich luge durch die Blätter hindurch, und sofort sehe ich, wer zu der Stimme gehört: Es ist Pauli! Luisa trifft sich nachts mit unserem selbst ernannten Computerexperten! Bestimmt will er ihr von den Ergebnissen seiner Suchkampagne berichten und letzte Details abstimmen, bevor er gleich morgen weitermacht. Das nenne ich Arbeitseinsatz! Wenn die jetzt weggehen, muss ich unbedingt hinterher! Vielleicht erfahre ich dann auch, wie man im Internet teilt!

Ein Blick zum Boden: tief, aber nicht zu tief. Hoffe ich jedenfalls. Wenn ich mir beim Sprung alle Beine breche, war es leider eine Fehleinschätzung. Ich warte kurz, bis Pauli und Luisa ein Stück weggegangen sind. Dann Augen zu und los!

Diesmal lande ich relativ weich auf dem Rasen des Vorgartens. Alles gut gegangen! Schnell schnüffle ich in die Luft und nehme Luisas Fährte auf. Die beiden laufen etwas weiter vor mir die Straße hinunter, ich versuche, ihnen möglichst unauffällig zu folgen. Also halte ich mich immer wieder hinter einem am Straßenrand geparkten Auto oder einem Stromkasten versteckt.

Obwohl es ziemlich düster ist, erkenne ich nach einiger Zeit, wo die beiden hinwollen: Es zieht sie offenbar in den Park. Hm. Wie seltsam. Ich hätte jetzt eher gedacht, sie gehen irgendwohin, wo ein Computer steht. Aber was weiß ich schon von solchen Sachen – möglicherweise ist der Park genau der richtige Ort, um etwas im Internet zu teilen.

Im Park angekommen marschieren Luisa und Pauli zielstrebig zu dem kleinen Spielplatz, der gleich am Anfang des langen Weges liegt. Links und rechts davon gibt es keine Büsche mehr, hinter denen ich mich verstecken könnte, aber die beiden Teenager sind so in ihr Gespräch vertieft, dass ich ihnen trotzdem unbemerkt folgen kann. Noch kann ich nicht verstehen, worüber sie sich unterhalten, ich muss also näher ran.

Was machen die beiden denn jetzt? Die wollen doch wohl nicht…? Doch, wollen sie. Pauli und Luisa setzen sich auf die beiden Schaukeln zwischen Sandkasten und Rutsche und fangen an, langsam zu wippen. Ich gucke mir die Umgebung der Schaukel näher an – und entdecke das ideale Versteck für mich. Direkt neben dem Sandkasten ist ein großer eckiger

Mülleimer, hinter dem ein kleiner Dackel locker verschwinden kann. Nun muss ich da nur noch unbemerkt hinkommen, dann habe ich den perfekten Lauschposten!

Eine gute Gelegenheit bietet sich, als die beiden mit Schwung von der Schaukel lachend in die Sandgrube vor ihnen springen. Schnell renne ich zum Mülleimer und hocke mich dahinter. Als sie wieder auf den Schaukeln Platz nehmen, kann ich sie tatsächlich bestens verstehen.

»Ach, du Scheiße!«, prustet Pauli, immer noch lachend. »Das habe ich gar nicht mitbekommen. Unsere Testversion hat sich selbstständig gemacht und von allein Einladungen verschickt? Das ist ja der Hammer! Dann müssen wir die aber dringend überarbeiten. Warum hast du mir das nicht schon längst erzählt?«

»Na ja, es war bei uns so viel los, mit dem Einbruch und mit Schröder – da habe ich das ganz vergessen. Aber klar, wir müssen an unsere Testversion wohl noch mal ran.«

»Unglaublich. Und was hat deine Oma dazu gesagt?«

»Och, die hat sich natürlich erst mal gewundert. Ist aber jetzt ganz häppi mit ihrem Typen, diesem Michaelis.«

Wuff! Na, so stimmt die Geschichte aber nicht ganz, junges Fräulein! Eigentlich solltest du doch diesem Pauli erzählen, dass dieser ganze Computerprogrammdingsbumsquatsch nur ein Vorwand war, um sich mit ihm zu treffen! Und überhaupt – wann redet ihr denn endlich über das wichtigste Thema des Tages, meinen armen Schröder?

»Tja«, seufzt Pauli, »ist irgendwie toll, dass man sich auch in dem Alter noch verlieben kann, so kurz vor scheintot.«

Sie lachen beide, als wäre der Gedanke an zwei verliebte Senioren völlig abwegig. *Scheintot?* Pah! Wenn Hedwig das hören würde, wäre hier aber der Teufel los! Unsere Oma ist noch sehr lebendig! Fast hätte ich vor Empörung laut ge-

bellt – aber ich kann mich gerade noch beherrschen, schließlich will ich wissen, was die beiden sich noch zu erzählen
haben.

»Sag mal …«, beginnt Luisa nun zögerlich, »warum wolltest du mich denn heute Nacht treffen?«

Doch hoffentlich, um über seine Fahndungsfortschritte
zu berichten!

»Ähm, ja … also …«

Heilige Fleischwurst, der macht das aber spannend! Und
zudem wird er immer leiser – so kann ich ihn wirklich
schlecht verstehen. Ich robbe noch ein wenig dichter an die
Schaukel heran, ich will natürlich kein Detail verpassen.

»Öh, das war nämlich … also, im Grunde genommen …«

»Ja?«

Pauli räuspert sich und atmet dann tief durch, das kann
ich selbst von meiner Warte aus erkennen.

»Also, es ist so: Ich habe mich total gefreut, als du mich
gefragt hast, ob ich dir mit dieser Dating-Plattform helfe.
Weil … also, nicht weil ich so gern programmiere, sondern,
ähm, weil ich dich schon … also – ich fand dich in der Schule
schon echt nett.«

Luisa seufzt. Und ich kann sie sehr gut verstehen. Denn
natürlich will auch sie von Pauli nicht wissen, ob der sie schon
in der Schule nett fand oder ähnliche Belanglosigkeiten, sondern sie brennt natürlich darauf zu erfahren, ob dieses komische Internet-Geteile schon irgendwelche neuen Erkennt-
nisse ob des Verbleibs von Schröder gebracht hat! Ich hoffe
also, sie wäscht diesem Pauli jetzt gleich mal gehörig den
Kopf und bringt ihn auf das eigentliche Thema zurück. Ich
meine – das ist doch eine Zumutung! Da steht die arme Luisa
mitten in der Nacht auf, um weiter nach Schröder zu suchen,
und dann sülzt der Typ sie hier so voll! Schlimm!

236

»Echt?«, haucht Luisa.

Echt? *Echt?* Was soll das denn heißen? Ich verstehe die Welt nicht mehr!

»Ja. Echt. Ich fand dich immer schon gut. Aber ich hab mich nie getraut, dir das zu sagen. Und, na ja, als wir dann im *Bensons* waren, da wollte ich es dir erst sagen, aber dann ging es nur um das Computerprogramm. Da wollte ich natürlich einen total professionellen Eindruck bei dir hinterlassen. Also hab ich dann doch nichts gesagt. Und dann habe ich mir gedacht, wenn ich dich nicht mal ohne so ein Thema oder auch ohne Lena erwische, dann kriege ich das nie hin. Dir das zu sagen. Und da kam mir die Idee mit dem Mondscheinspaziergang. Weil – das ist ja fast automatisch romantisch. Dachte ich mir so.« Er grinst schief.

»Echt?«

O Mann, ich dreh durch! Kann Luisa auch mal was anderes sagen als dieses bescheuerte *Echt*? In echt jetzt!

Luisa holt tief Luft. »Dabei habe ich mir das mit der Plattform doch nur ausgedacht, um mich mit dir treffen zu können. Ohne dass dir direkt auffällt, dass ich dich unbedingt wiedersehen will. Weil ... weil ich dich nämlich auch schon ganz lange sehr nett finde.«

Langsam dämmert mir, dass die beiden sich nicht getroffen haben, um an der Taktik unserer Suchaktion zu feilen, sondern um sich gegenseitig ihre Verliebtheit zu gestehen. Menno! Mein liebster Schröder schwebt womöglich in Lebensgefahr, und ihr turtelt hier rum!

Jetzt greift Pauli tatsächlich nach Luisas Hand, und sie schwingen noch einmal kräftig von hinten nach vorn und springen dann wieder gemeinsam in den Sand. Dort bleiben sie nebeneinander stehen, Pauli zieht Luisa an sich heran, so nah, dass ihre Gesichter ganz dicht voreinander sind, und –

und dann gehen mir leider die Nerven durch! Ich kann mich nicht mehr beherrschen, springe hinter dem Mülleimer hervor und kläffe, was das Zeug hält! Fangt endlich an, Schröder zu suchen, will ich laut rufen. Im Internet, im wahren Leben, wie und wo auch immer! Hauptsache, ihr gebt endlich Gas!

Luisa und Pauli haben sich so erschreckt, dass sie aus dem Stand bestimmt einen Meter zurückspringen.

»Ach, du Kacke!«, ruft Pauli. »Was ist das?«

»Herkules, wie kommst du denn hierher? Wie bist du aus der Wohnung gekommen?« Auch Luisa ist völlig verstört. Aber das ist mir alles egal. Knurrend laufe ich auf sie zu und springe dann an ihr hoch. Ich will, dass hier endlich mal Prioritäten gesetzt werden, und Kuschelmuschel unter Halbwüchsigen gehört ganz sicher nicht dazu!

»Mann, dein Dackel hat aber auch ein untrügliches Gefühl für schlechtes Timing«, grummelt Pauli.

»Ich fürchte, du hast recht«, kichert Luisa.

Verräterin! Ich gehe von Knurren zu Jaulen über.

»Wobei – das arme Kerlchen zittert ja!«, stellt Pauli dann völlig zutreffend fest.

»Ja, seit der kleine Kater weg ist, ist Herkules richtig von der Rolle.«

»Kann ich verstehen. Ist auch ätzend, wenn man sich um einen Freund solche Sorgen machen muss. Ich kann gleich mal meine Mails checken, vielleicht hat sich schon jemand auf die Suchanzeigen gemeldet. Ich habe sogar hundert Euro Belohnung versprochen, das haben die alten Leutchen vom Tanztee gespendet. Komm, wir setzen uns auf den Rand von der Sandkiste, dann kann ich mal gucken.«

Eine ganz hervorragende Idee! Warum nicht gleich so! Die beiden laufen zur Sandkiste und hocken sich dort hin, ich lege mich daneben. Pauli zieht sein Handy aus der Hosentasche.

»Moment mal. Also …« Er tippt auf dem Gerät herum. »Hm, zwanzig neue Nachrichten bei Facebook … das ist schon mal gut.« Dann liest er laut vor. »*Hi! Habe den Kater gesehen, kann ihn euch morgen vorbeibringen. Ist allerdings nicht schwarz, sondern eher getigert. Kriege ich jetzt die hundert Euro?*« Er lacht. »Das isser wohl eher nicht. Und hier: *Huhu, falls ihr ihn nicht heil wiederkriegt, verkaufe ich euch gern die schwarze Katze meiner kleinen Schwester. Merken eure Kinder bestimmt nicht. Schnäppchenpreis 300 €. Meldet euch einfach, wenn ihr interessiert seid!*« Wieder lacht Pauli. Ich verstehe allerdings nicht, was daran so lustig ist. Das ist doch niederschmetternd! Auch die nächsten Nachrichten sind überhaupt nicht hilfreich. Erst lasse ich nur die Öhrchen hängen, dann auch den Kopf und am Ende auch meine Rute – es ist kein einziger guter Tipp dabei!

»So, die letzte Nachricht«, verkündet Pauli, »mal sehen, welcher Verrückte da wieder schreibt.« Dann liest er laut weiter. »*Hallo, Pauli, ich glaube, ich habe vielleicht heute Abend euren Kater gesehen. Nein, ich bin mir sogar ziemlich sicher. Ich kenne nämlich den Dackelmix, der auf eurem Fahndungsfoto neben ihm sitzt. Den hatte ich neulich erst mit dem Kater zusammen hier bei uns im Tierheim. Der Kater ist allerdings so scheu, dass ich nicht an ihn rankomme. Er muss sich irgendwo hier auf dem Gelände verstecken. Ich habe ihn beobachtet, wenn er heimlich an unsere Futternäpfe für die Freigänger geht. Meldet euch doch bei mir, vielleicht kommt er aus seinem Versteck, wenn er eine vertraute Stimme hört. Meine Telefonnummer ist …*«

Weiter kommt Pauli nicht. Denn in diesem Moment fällt ihm Luisa erst um den Hals und küsst ihn dann ziemlich genau auf den Mund. Pauli sieht für einen Moment so aus, als würde er in Ohnmacht fallen.

»Pauli!«, ruft sie. »Du hast es geschafft! Du hast Schröder gefunden, ich bin mir ganz sicher! Danke, danke, danke!«

Und auch mich hält es nicht mehr auf meinem Platz – ich springe dem völlig verdatterten Pauli auf den Schoß und schlecke ihm einmal mitten durch das Gesicht. Wenn schon allgemeines Geknutsche, dann will ich aber auch mitmachen!

SECHSUNDZWANZIG

Aber bei genau dem Tierheim war ich doch gestern. Sie hatten keine schwarzen Fundkatzen. Sie hatten überhaupt keine neuen Fundkatzen. Also auch keinen Schröder.«

Caro klingt sehr skeptisch, als ihr Luisa von der Nachricht an Pauli erzählt. Fast hätte sie sie noch in der Nacht deswegen geweckt, aber Pauli konnte sie davon überzeugen, dass Caro um drei Uhr nachts nicht so gut auf die frohe Kunde reagiert hätte. Leider. Ich wäre auch am liebsten sofort zum Tierheim gefahren. Nun sitzen wir also am Frühstückstisch beziehungsweise ich liege darunter.

»Caro, wir müssen da unbedingt hin. Die Tierheim-Frau hat Pauli auf seine Facebook-Vermisstenanzeige geantwortet. Und zwar, *nachdem* du dort warst. Sie hat Herkules sofort erkannt.«

»Wieso denn Herkules? Der wird doch gar nicht vermisst. Der liegt hier friedlich unter dem Tisch.«

»Nein, so meine ich das doch gar nicht! Die Frau, die die Nachricht geschrieben hat, arbeitet in dem Tierheim, in dem Herkules und Schröder neulich schon mal gelandet sind. Die hat also Herkules auf dem Foto erkannt und konnte sich auch noch an Schröder erinnern. Und die hat gestern Abend einen kleinen schwarzen Kater auf dem Gelände des Tierheims entdeckt, der aussieht wie Schröder, und hat dann das Fahndungsfoto mit Herkules gesehen. Dann hat sie eins und eins zusammengezählt und Pauli eine Nachricht geschrieben. Und deswegen müssen wir da jetzt sofort hin! SOFORT!«

»Aha.« Caro überlegt kurz. »Gut, ich würde sagen, du musst jetzt SOFORT in die Schule. Ich rufe im Tierheim an und fahre da nachher vorbei. Vorher muss ich nämlich noch Daniel und Nina vom Flughafen abholen, die landen um halb zehn.«

Wuff! Nein! Nicht erst zum Flughafen fahren! Zum Tierheim fahren! Bitte, bitte! Ich fange an zu fiepen und hoffe, es klingt möglichst elendig.

»Caro, hör doch mal, Herkules ist auch schon völlig runter mit den Nerven. Wir können nicht erst heute Nachmittag ins Tierheim fahren! Bitte, lass mich heute ausnahmsweise mal blaumachen und gleich ins Tierheim fahren. Ich hab die ganze Nacht kaum geschlafen, ich muss wissen, ob das wirklich Schröder ist!«

Okay, um der Wahrheit die Ehre zu geben, hat sie natürlich nicht nur wegen Schröder nicht geschlafen. Aber wen interessiert schon die Wahrheit, wenn es um Schnelligkeit geht!

»Muss Luisa nicht in die Schule?«, erkundigt sich Henri interessiert. Seine große Schwester rollt mit den Augen.

»Natürlich muss sie in die Schule, genau wie du, mein Schatz!«, unterbindet Caro diesen Fluchtversuch mit einer gewissen Eleganz. Gut, dass die Zwillinge heute schon um halb acht mit Marc in die Kita gefahren sind, um pünktlich zu einem Ausflug zu starten. Sonst würden die mit Sicherheit auch das Diskutieren anfangen.

Henri guckt zweifelnd. Er ist anscheinend noch nicht ganz überzeugt.

»Geht sie wirklich? Sonst will ich auch nicht!«, stellt er noch mal klar.

»Natürlich gehe ich. Hast Mama doch gehört. Komm, wir können das erste Stück zusammen laufen. Hol schon mal deinen Ranzen.«

Wie bitte? Luisa gibt kampflos auf?

Wenig später ist meine kleine Dackelwelt wiederhergestellt. Luisa kommt nämlich zurück. Ohne ihren Bruder.

»Luisa! Was machst du hier? Ich denke, du bringst deinen Bruder zur Schule!«, schimpft Caro mit ihr. Die grinst nur.

»Das habe ich nie behauptet. Ich habe gesagt, wir gehen das erste Stück zusammen. Ich bin dann umgedreht, als er mich nicht mehr gesehen hat. Ich habe nämlich furchtbare Kopfschmerzen.«

»Soso. Kopfschmerzen. Dann gehörst du wohl ins Bett. Und zwar sofort!«, wird Caro streng. Luisa verdreht die Augen.

»Caro, nun komm schon! Ich hatte im letzten Schuljahr fast gar keine Fehltage und bin doch insgesamt sehr gechillt da durchgekommen. Ich mache mir echt Sorgen wegen Schröder, bitte, lass uns gleich hinfahren!«

»Na gut«, seufzt Caro, »von mir aus komm mit. Aber wir schaffen es nicht mehr, bevor der Flieger aus Paris landet. Und ich habe Daniel versprochen, ihn abzuholen. Außerdem bin ich total gespannt, was die Geschäftsreise ergeben hat. Ist ja ein ziemlich großer Auftrag für uns, und ich habe Daniel wegen dem ganzen Stress hier gar nicht zwischendurch gesprochen. Also, zuerst fahren wir zum Flughafen, dann setzen wir die beiden bei ihnen zu Hause ab, und dann fahren wir zum Tierheim, okay?«

»Danke, Caro!« Luisa macht einen regelrechten Luftsprung, und ich springe vorsichtshalber auch mal an Caro hoch. Nicht dass die mich noch zu Hause vergessen! Caro zieht eine Augenbraue hoch, aber die Botschaft ist angekommen.

»Ich fürchte, wir müssen auch den Dackel mitnehmen. Der macht sich ja offenbar mehr Sorgen um Schröder als wir alle zusammen.«

»Ist doch klasse! Am Anfang hatte ich mal kurz das Gefühl, die beiden würden sich nicht verstehen«, sagt Luisa.

Bitte? Der Kater und ich? Uns nicht verstehen? Wie kommt das Kind denn auf solche Gedanken!

Am Flughafen sieht es deutlich hübscher aus als am Bahnhof, das steht mal fest. Es liegt nicht überall Dreck rum, der Boden riecht nicht nach Straße, sondern eher wie in einem normalen Haus, und es gibt auch nicht so viele dröhnende Lautsprecherdurchsagen. Ich würde also sagen, der Flughafen ist ein netter Ort.

Ich warte mit Caro darauf, dass endlich Nina und Daniel aus der großen Glastür kommen, die in regelmäßigen Abständen aufgeht und dabei viele Leute ausspuckt. Luisa guckt sich in der Zeit die diversen Schaufenster an und ist begeistert, wie gut man hier shoppen könnte, wenn man denn Zeit hätte.

»Da sind sie!«, ruft Caro schließlich und beginnt zu winken. Tatsächlich – da vorn kommen Nina und Daniel aus der Schleuse heraus. Sie ziehen ihre kleinen Koffer hinter sich her und sehen sehr gut gelaunt aus. Regelrecht strahlend – so habe ich die beiden schon lange nicht mehr zusammen gesehen! Offenbar funktioniert die Sache mit »Stadt der Liebe« und so tatsächlich. Wuff! Das wären natürlich großartige Neuigkeiten!

»Juhu! Hier bin ich!«, ruft Caro. Dann hat Daniel sie entdeckt und steuert zu uns herüber.

»Hallo, Caro!«, ruft er fröhlich. »Klasse, dass du uns abholst!«

»Na klar, ich bin doch schon total gespannt, was du zu erzählen hast!«

»Hallo, Caro!«, begrüßt sie nun auch Nina. »Auch von mir vielen Dank für den Shuttle-Service!«

Wir rollern mit den Koffern zum Auto, sammeln unterwegs noch Luisa ein, die mit der Nase förmlich an einem Schaufenster klebt, und dann geht es endlich los. Also, fast los. Denn wir müssen noch einen kleinen Umweg fahren, um Nina und Daniel abzusetzen. Luisa setzt sich mit Nina auf die Rückbank, Daniel nimmt vorn auf dem Beifahrersitz Platz. Ich kuschle mich in seinen Fußraum.

»Nun erzählt doch mal, ich bin schon so neugierig!«, fordert Caro Daniel auf, während sie aus dem Parkhaus fährt.

»Ja, also, es gibt gewissermaßen eine gute und eine schlechte Nachricht. Welche willst du zuerst hören?«

Caro schaut ihn erstaunt über ihre Schulter an. »Äh, okay, dann zuerst die gute.«

»Ja. Dachte ich mir. Also, die gute Nachricht ist, dass Nina und ich beschlossen haben, endlich zusammenzuziehen.«

»Bitte?«

»Du hörst ganz recht: Wir ziehen endlich zusammen. Nägel mit Köpfen! Wir wagen es! Hast du doch auch immer gesagt, dass wir das mal machen sollen.«

»Ähm, ja klar, das freut mich für euch. Toll! Dann läuft es ja wieder bei euch, klasse!«

Überflüssig zu sagen, dass ich mich auch freue, oder? Vorsichtshalber belle ich fröhlich, um das zum Ausdruck zu bringen. Leider beachtet mich keiner. Egal. Bin gespannt, was es noch zu erzählen gibt. Von sich aus erzählt Daniel aber nicht weiter. Ich ahne, woran das liegen könnte.

»Ähm, und was ist die schlechte Nachricht?«, fragt Caro dann vorsichtig nach.

»Tja, ich muss dir leider sagen, dass Papadopoulos den Auftrag storniert hat. Beziehungsweise, eigentlich habe ich den Auftrag storniert.«

Das Auto macht einen scharfen Ruck und quietscht. Ich werde sehr unsanft in den Fußraum gedrückt. Aua! Was soll denn diese Vollbremsung? Hinter uns wird laut gehupt. Die anderen Verkehrsteilnehmer sind offenbar auch nicht glücklich mit Caros Fahrstil.

»DU HAST WAS?!«, schreit diese jetzt ihren Beifahrer an. »Bist du völlig irre? Das ist eine echte Katastrophe! Und das sagst du mir hier so beiläufig?«

»Wieso? Ich habe dich doch gefragt, was du zuerst hören willst.«

»Aber ... aber warum hast du mich denn nicht gleich aus Paris angerufen? Was ist denn passiert? Und wieso bist du so gelassen? Ich fasse es nicht!«

»Nun beruhig dich mal. Ich bin auch nicht begeistert von der ganzen Geschichte, aber wenn ich sie dir von vorn erzähle, dann wirst du schnell meiner Meinung sein, dass es nicht schade drum ist und dass ich richtig gehandelt habe.«

Caro bricht in schrilles Gelächter aus. »Nicht schade drum? Auf die Geschichte bin ich dann aber mal sehr gespannt, werter Herr Carini!«

Nun mischt sich Nina von der Rückbank aus ein. »Jetzt sei doch nicht so giftig, Caro! Daniel kann da überhaupt nichts für! Und wenn du hörst, wie das gelaufen ist, wirst du froh sein, dass ihr diesen Papadopoulos los seid. Ich bin es jedenfalls.«

Caro schnauft hörbar und klingt etwas ruhiger, als sie weiterspricht. »Na gut, dann schieß los. Ich kann mir allerdings nicht vorstellen, dass es irgendetwas gibt, was mich davon überzeugt, dass es nicht schade um ein Honorar von hundertfünfzigtausend Euro ist. Wirklich nicht. Oder hat sich herausgestellt, dass Papadopoulos in den Geigen in Wirklichkeit nur Drogen schmuggeln wollte?«

»So ähnlich«, erwidert Daniel. »Es geht irgendwie tatsächlich um eine Droge.«

»Aha – *irgendwie*?«

»Ja. Es geht um Liebe. Was ja *irgendwie* auch eine Droge sein kann.«

»Daniel, mir ist wirklich nicht nach Rätselraten!«, schimpft Caro. »Erzähl einfach, was passiert ist, okay?«

Daniel seufzt. »Okay. Also, das war so: Wir kamen bei dem Laden von diesem französischen Zwischenhändler an. Ein kleines Auktionshaus, spezialisiert auf Instrumente, mitten in Paris. Ich habe Nina vorher an den Champs-Élysées abgesetzt, wir wollten uns nach meinem Termin treffen.«

»Ja, ja, ja … ganz so detailliert will ich es gar nicht wissen. Sag einfach, was in aller Welt passiert ist, dass du so einen Mega-Auftrag verbaselt hast!«

»Lass ihn doch mal ausreden! Daniel hat überhaupt nichts verbaselt!«, verteidigt ihn Nina.

»Hab ich auch nicht! Also, der Termin lief noch ganz normal. Monsieur Leclerc hatte wirklich gute Geigen da, auch ein tolles Cello, es war ein sehr gutes Gespräch, und ich war bestens gelaunt. Er sagte dann, soweit er informiert sei, komme am nächsten Tag auch diese ominöse Nichte dazu, die sollte die vorgeschlagenen Instrumente auch noch mal spielen. Habe ich mir noch nichts dabei gedacht. Hab mich zwar ein bisschen gewundert, dass Papadopoulos selbst davon gar nichts erzählt hat, aber was soll's. Der Kunde ist schließlich König. Dann habe ich Nina wieder eingesammelt, und wir sind erst mal ins Hotel, das die Assistentin für mich gebucht hatte. Und da habe ich mich dann noch mehr gewundert – denn sie hatte die Honeymoon-Suite für mich reserviert. Obwohl sie doch gar nicht wusste, dass Nina mitkommt.«

»Daniel, worauf willst du hinaus? Ich verstehe momentan nur Bahnhof.«

»Wart's ab. Wir also mit dem Gepäck in die Suite. Dort stand schon die Flasche Champagner im Eiskübel, zwei Gläser dazu und eine Schüssel randvoll mit Erdbeeren.«

»Wie bei *Pretty Woman*«, fügt Nina hinzu. »Langsam kam sogar ich in romantische Stimmung – und das will wirklich etwas heißen.«

Stimmt. Das kann ich als Dackel nur bestätigen. Ich kenn mich mit menschlicher Romantik zwar nur so mittel aus, aber selbst mir ollem Vierbeiner ist schon aufgefallen, dass sich Romantik mit Ninas Kratzbürstigkeit nicht so gut vereinbaren lässt. Wenn es sich bei dem Getränk namens Champagner also um Alkohol handeln sollte, ist das ein großer Vorteil. Ich kenne Nina nun schon seit ein paar Jahren und habe festgestellt, dass Alkohol der Romantik bei ihr sehr zuträglich ist.

»Wir haben es uns dann erst mal richtig nett gemacht. Den Schampus geköpft, die Stereoanlage getestet und dann … nun ja, wir hatten es dann auch sehr kuschelig.« Der Unterton in seiner Stimme verrät, dass hier ein anderes Kuscheln gemeint ist, als wenn mich Luisa krault, während ich auf dem Sofa alle viere von mir strecke.

Caro schüttelt den Kopf. »Ja, passt schon. Bitte keine Details.«

Nina kichert. »Wirklich nicht? Da verpasst du aber was.«

»Pfui!«, ruft Caro mit gespielter Empörung. »Es sind Kinder anwesend.«

»Ich steig gleich aus«, mosert Luisa vom Rücksitz, »ihr seid alle so voll peinlich, das ist schlimm!«

»Tut mir leid«, entschuldigt sich Daniel. »Ich erzähle das auch nur, weil es wichtig ist. Denn während wir so ... äh ... also, jedenfalls klingelt es plötzlich an der Tür. Die Suite hatte so eine richtige Eingangsklingel, müsst ihr wissen. Haben wir erst mal ignoriert. Aber dann wurde wieder und wieder geklingelt, also habe ich mir ein Laken um die Hüften geschlungen und bin zur Tür, um zu gucken, wer da so hartnäckig ist.«

»Und? Wer war es?«, will Caro wissen. »Der Zimmerservice mit der nächsten Flasche Champagner?«

Daniel schüttelt den Kopf, und ich ahne schon, was er antworten wird.

»Nein. Es war Aurora.«

»Aurora? DIE Aurora?«

»Ja. Du hörst ganz recht – Aurora Hartwig. Meine Ex.«

»Oh! Mein! Gott!«, prustet Caro los. »Wie schrecklich ist das denn?«

»Jau. Und es kommt noch schrecklicher. Sie wollte mir offenbar schon um den Hals fallen, als ihr dann doch mein seltsamer Aufzug auffiel. Dann ist sie sofort an mir vorbeigezischt und ins Schlafzimmer – und hat dort die Szene ihres Lebens hingelegt. Und glaube mir: Diese Frau ist die unangefochtene Meisterin der Szene! Es gipfelte dann in einem hysterischen Ohnmachtsanfall. Wir mussten einen Arzt kommen lassen.«

»Ja, und dann? Was hat das alles zu bedeuten?«

»Ungefähr gleichzeitig mit dem Arzt traf dann auch Herr Papadopoulos ein. Der wollte mal gucken, ob ich denn mittlerweile im Hotel gelandet bin. Und schon seine Nichte getroffen habe. Das konnte ich eindeutig bejahen.«

»O nein. Ich ahne, worauf das hinausläuft«, seufzt Caro. Ja, sie ist eben sehr schlau, unsere Frau Wagner.

»Dein Verdacht ist leider ganz richtig, alte Spürnase!«, lobt Nina. »Es war alles eine große Verlade: Aurora ist zwar tatsächlich die Nichte von Papadopoulos. Und er war auch bereit, richtig Schotter loszumachen. Aber eben nicht, um eine Geigensammlung aufzubauen. Sondern um den armen Daniel wieder einzufangen. Sie hatte sich ausgerechnet, er werde schon merken, dass er sie noch liebt, wenn sie nur lange genug mit ihm auf Recherchereise ist und ihr Onkel mit viel Geld um sich schmeißt. Dass er mittlerweile in äußerst festen und – ich muss sagen – den besten Händen gelandet ist, hatte sie wohl nicht richtig mitbekommen. Oder wollte es ignorieren. Mein Anblick war dann allerdings zu viel für sie. So hatte sie sich das natürlich nicht vorgestellt. Papadopoulos war das schon sehr unangenehm. Er hat dann vorgeschlagen, dass er, Aurora und Daniel sich am nächsten Tag noch mal in Ruhe treffen.«

»Aber«, übernimmt Daniel, »das habe ich dann abgelehnt. Freundlich. Aber bestimmt. Ich bin nicht käuflich. Und, viel wichtiger: Ich habe mein Herz bereits vergeben.«

»Mein Held! Ich war so stolz auf dich!«

Bei seinen letzten Worten beugt sich Nina nach vorn und haucht Daniel einen Kuss auf die Wange. Wuff! Die ist ja regelrecht weichgespült! Was so eine Flasche Schampus, ein bisschen Konkurrenz und eine markige Ansage doch ausmachen können! Der Bildhauer braucht hier nicht mehr aufzukreuzen, würde ich sagen.

»O Mann«, kommentiert Luisa. »Das ist ja der Hammer! Und wie ging es dann weiter?«

»Wir haben uns noch zwei schöne Tage in Paris gemacht«, erzählt Daniel vergnügt. »Geschäftstermine gab es
dann schließlich keine mehr.«

»Bei einem nächtlichen Spaziergang an der Seine haben
wir beschlossen, dass Daniel bei mir einzieht. Spart ja auch
Geld, jetzt, wo der große Auftrag doch nicht kommt«, grinst
Nina.

»Na super.« Caro schüttelt den Kopf. »Dann setze ich
euch besser ganz schnell zu Hause ab, damit ihr keine Zeit
verliert.«

Eine hervorragende Idee! Wir haben schließlich auch
noch etwas äußerst Wichtiges zu erledigen!

SIEBENUNDZWANZIG

Als wir auf den Parkplatz des Tierheims rollen, bin ich unglaublich aufgeregt. Werden wir endlich Schröder finden und ihn mit nach Hause nehmen können? Oder wird unser Besuch eine grandiose Enttäuschung, weil hier zwar *ein* schwarzer Kater zugelaufen ist, aber nicht *mein* schwarzer Kater?

Luisa, Caro und ich laufen zum Büro, aus dem die Tierheim-Frau neulich bei Wagners angerufen hatte. Die Tür steht offen, die Frau sitzt am Schreibtisch und begrüßt uns freundlich.

»Hallo, Frau Wagner! Meine Kollegen haben mir schon erzählt, dass Sie neulich schon einmal wegen des Katers da waren. Aber da hatte ich ihn noch nicht gesichtet. Schön, dass Sie noch einmal gekommen sind.« Sie schaut zu mir herunter. »Oh, und seinen Kumpel haben Sie auch gleich mitgebracht. Das ist eine gute Idee. Das Katerchen ist nämlich sehr scheu, ich habe ihn wirklich nur durch Zufall überhaupt entdeckt. Vielleicht kann der Dackel ihn herauslocken.«

Wuff! Natürlich! Wenn der Kater Schröder ist, dann kann ich das selbstverständlich! Allerdings frage ich mich, wie in aller Welt Katerchen hierhergekommen ist. Falls er es denn wirklich ist.

»Kommen Sie. Ich zeige Ihnen, wo ich ihn zuletzt gesehen habe.«

Sie steht hinter ihrem Schreibtisch auf und führt uns aus dem Büro rüber zu dem niedrigen Gebäude, in dem die Katzen untergebracht sind. Direkt daneben geht es einen kleinen Hang zu einem Wäldchen hinauf. Die Frau bleibt stehen und zeigt auf die Bäume.

»Da muss er irgendwo herumschleichen. Gestern Abend und heute früh ist er zwischen den Bäumen hervorgekommen und hat sich aus den Näpfen für die Freigänger bedient, die neben dem Katzenhaus stehen.«

Luisa kniet sich hin und flüstert mir ins Ohr. »Kumpel, du weißt, was du zu tun hast! Lauf los und finde Schröder!«

Nichts lieber als das! Ich flitze los, renne den Hang hinauf und schaue mich zwischen den Bäumen um. Auf den ersten Blick sehe ich nichts.

»Schröder!«, belle ich. »Wenn du wirklich hier steckst, melde dich!«

Keine Antwort. Hat der mich nicht gehört?

»Schröder!«, wiederhole ich, nun deutlich energischer.

Erst nichts, dann aber, ganz leise und zaghaft, ein Maunzen. Ich bin wie elektrisiert – das war Schröders Stimme, eindeutig!

»Kater, komm endlich da raus! Was soll denn das doofe Versteckspiel?«

Das Maunzen wird lauter, und schließlich erkenne ich, dass sich Katerchen aus dem Wipfel eines der Bäume herunterwindet. Mir fallen ganze Wagenladungen von Steinen von der Brust!

»Wuhu!«, fiepe ich los. »Gott sei Dank!«

Nun ist Schröder auf dem untersten Ast angekommen, zögert aber herunterzuspringen.

»Hey, komm runter, Kumpel!«, fordere ich ihn auf. »Worauf wartest du noch?«

»Hallo, Herkules«, maunzt er mir zu, »ich ... ich ... ich trau mich nicht!«

»Nicht da runter?«, frage ich erstaunt nach.

Schröder schüttelt den Kopf. »Nein, das meine ich nicht. Ich traue mich irgendwie nicht, dir unter die Augen zu treten. Ich komme mir so bescheuert vor.«

»Warum?«

»Weil ich es verkackt habe. Weil ... weil, eigentlich wolltest du mir Bescheid sagen, wenn alles geklappt hat. Aber dann bin ich einfach so losgerannt, ohne einen Treffpunkt vereinbart zu haben. Und als mir das aufgefallen ist, da war es schon zu spät. Ich hatte mir auch überhaupt nicht gemerkt, wo ich langgerannt bin. Und dann habe ich nicht mehr zurückgefunden. Ich bin einfach zu blöd! Kein Wunder, wenn du von mir genervt bist.«

»Hey, Kumpel! Ich bin gar nicht genervt von dir!«, rufe ich Schröder zu. » Ich bin total froh, dass wir dich gefunden haben, ehrlich!«

»Ja?«

»Ja, auf alle Fälle. Wie bist du überhaupt hierhergekommen?«

»Das war reiner Zufall. Ich bin zwei Tag lang herumgestromert und habe versucht, den Weg wiederzufinden. So bin ich immer weiter und weiter gelaufen. Schließlich wusste ich überhaupt nicht mehr, wo ich bin. Ich war völlig verzweifelt. Aber dann habe ich auf einmal die Stimme dieser Frau gehört. Weißt du – die damals angerufen hat, als wir beide hier gelandet sind. Sie stand an der Zufahrt zu diesem Haus und unterhielt sich mit zwei anderen Menschen, die einen Hund spazieren führten. Ich hörte die Stimme der Frau und hatte auf einmal wieder Hoffnung, dass ich doch noch mal nach Hause komme. Also bin ich hiergeblieben.«

»Na ja. Aber auf einem Baum. So konnte die Frau dir ja nicht helfen.«

»Stimmt. Aber ich wäre schon noch runtergekommen. Ich war dabei, meinen Mut zusammenzunehmen. Nach meinen Erfahrungen mit Menschen dauert das eben ein bisschen. Außerdem fand ich es bei meinem letzten Besuch ein bisschen gruselig in diesem Katzenhaus. Also bin ich hier oben geblieben.«

»Hat dann ja auch so geklappt!«, freue ich mich. »Dann komm jetzt runter, und ab geht's nach Hause! Es muss dir auch nicht peinlich sein, überhaupt nicht! Du wirst sehen, durch deine Aktion hast du gleich zwei Fliegen mit einer Klappe geschlagen.«

»Hab ich?«

»Auf alle Fälle.«

»Welche denn?«

»Erstens: Unser Plan hat funktioniert. Caro ist wirklich nicht geflogen, weil sie sich Sorgen um dich gemacht hat. Und deswegen wissen Daniel und Nina jetzt wieder, dass sie zusammengehören.«

»Und zweitens?«

»Zweitens weiß ich jetzt, dass ich auch mit jemandem zusammengehöre. Nämlich mit dir. Du bist ein richtig guter Freund für mich. Ich habe dich sehr vermisst. Schön, dass du wieder da bist!«

Schröder beginnt zu schnurren.

Luisa kommt den kleinen Hang hochgestapft. »Tatsächlich, hier ist er!«, ruft sie Caro zu. Und zu Schröder gewandt: »Mensch, Katzenjunge, was machst du denn für Sachen! Du kommst jetzt ganz schnell mit mir nach Hause!«

Sie streckt die Arme zu Schröder aus, der springt tatsächlich. Als sie ihn aufgefangen hat, streichelt sie ihn zärtlich.

Diesmal bin ich gar nicht eifersüchtig. Im Gegenteil. Genau in diesem Moment kann ich sagen: Ich bin glücklich. Der Dackel ist endlich wieder im Glück!